源氏物語

紫の結び

一

荻原規子 訳

理論社

源氏物語　紫の結び　一

原作／紫式部
装画・本文絵／君野可代子
装幀／中嶋香織

はじめに

『源氏物語　紫の結び』は、少しでも楽に「源氏物語」を読み進めてほしい、けれども、なるべく原典の良さを知ってほしい――という願いをこめて、個人の考えでまとめたものです。

「源氏物語」五十四帖《じょう》を読もうと挑戦して、一、二冊で挫折する人はたぶん多いでしょう。しかし「源氏物語」の持つ真の値打ちは、光源氏《ひかるげんじ》の晩年まで読み進め、円環をなすものごとを受け取ってこそ初めてわかると思うのです。物語の大きなうねりの豊かさを、自然に体感できます。

それを、多くの人に知って欲しいと願うのは、私自身この古典が大好きだからです。もちろん、原典を読むのが最良の方法ですが、古文を通読しておもしろがる人はあまりいないことに気づきました。

しかし、現代語の逐語訳《ちくご》で「源氏物語」を読み進めることは、私から見ても挫折の多い道のりに見えます。逐語訳では一文がさらに冗長に、一帖がさらに冗長になり、そうでなくとも中だるみ感のある原典が、いっそうの難物《なんぶつ》になってしまうのです。加えて注釈がついていたりするので、ページはなかなかはかどりません。

とはいえ、「源氏物語」をあらすじに短縮してしまうと、これほどつまらない話はないという代物《しろもの》に様変わりしてしまいます。私は「源氏物語」を、必要な教養として読むのではなく、楽しい読み物として読んでほしいのです。「源氏物語」の美質は、描写の細部にあります。原典の細部が持つ魅力でなくては、その良さは少しも伝わってきません。

そこで、テンポよく読み進めるための一つの試みとして、導入の「桐壺《きりつぼ》」の次に「若紫《わかむらさき》」を配しました。「帚木《ははきぎ》」「空蟬《うつせみ》」「夕顔《ゆうがお》」「末摘花《すえつむはな》」といった、光源氏が〝雨夜《あまよ》の品定《しなさだ》め〟で聞き込んだ〝中《なか》の品《しな》〟の魅力を探しにいく流れは、この際、別立てに取り置くことにします。幼い紫《むらさき》の上《うえ》を見出すエピソードから始めることにしました。

光源氏の人生の根幹に、父の女御《にょうご》である藤壺《ふじつぼ》の宮《みや》との不義密通があり、藤壺の宮によく似た女の子を育てて妻にした紫の上がいることは、疑うことができません。この骨格を前面に出し、〃紫《むらさき》〃にまつわる流れを先に追って行きます。

『紫の結び一』では、「若紫」に始まる話が一つの帰着を見せる「明石《あかし》」までを語ります。

この後は、「源氏物語」中盤を占める夕顔《ゆうがお》の娘をめぐる物語――いわゆる玉鬘《たまかずら》十帖――のあたりを飛ばして、光源氏たちの晩年に話を進めます。

なぜ、これを思い立ったかというと、「源氏物語」が現在の形に並べられるには、年月を経た紆余曲折《うよきょくせつ》があったと強く感じるからです。今の順番で一筋に書かれたとはとうてい思えず、骨格になる話を何度か書き改めながら、読者の求めるエピソードを増やしていったように見えます。「源氏物語」最大の読者層といえば、紫式部と同じ階級の女房《にょうぼう》たち（皇族貴族に仕える侍女《じじょ》たち）、つまり〃中の品〃の女性たちでしょう。

枝葉をとって〝紫〟の二人に焦点を合わせると、大もとに書かれていたストーリーがほの見え、光源氏という人物も、かなりすっきりとわかりやすくなります。「若紫」は、幼い紫の上を見出す一方で、藤壺の宮との密通の結果、妊娠がわかる帖でもあるのです。

「若紫」を読んでいくと、光源氏と藤壺の宮の最初の逢瀬《おうせ》を飛ばしているのを感じますが、二人が初めて契《ちぎ》った日のことは、もともと原典にも載っていません。そのときの顚末《てんまつ》は、今は失われた「輝《かがや》く日《ひ》の宮《みや》」の帖に書かれていたという説もあります。もしかしたら、宮中で読まれるには不謹慎な部分があったのかもしれず、わざと残さなかったとも考えられます。

ともあれ「若紫」は、最初に据えて少しもおかしくない、長大な物語を始める原動力と魅力にあふれた帖です。幼い者を活写する紫式部の筆はすばらしく、源氏の君に見出された少女は、千年前とは思えないような生き生きした愛らしさで語りかけてきます。

本作では、原典に似た少ない文字数でスピーディに読み進める工夫として、地の文から敬語を取り払いました。登場人物がここぞとばかりに詠む和歌を、意訳ですませてもいます。後ろめたくはありますが、これも読書の流れを停滞させないためです。

文章は訳文を基本として、短く切ったり語句を前後に入れ替えたりしましたが、解釈する以上に加えた創作はありません。なるべく引き伸ばさない方向を選びました。原典がきめ細かいあまりに長引くシーンを、ところどころ縮めてもいます。

けれども、日本人の美意識の基準になったであろう「源氏物語」の花《か》鳥《ちょう》風《ふう》月《げつ》は、可能な限り残しておいたつもりです。人々の言動が四季の風《ふう》物《ぶつ》と一体となった物語世界のおもしろみを、ぜひとも味わってください。

本作の原典は、岩波書店「新日本古典文学大系　源氏物語」の原文と校注に基づき、複数の現代語訳本と研究書を参考にさせていただきました。

荻原規子

目次

一
桐
壺
きりつぼ

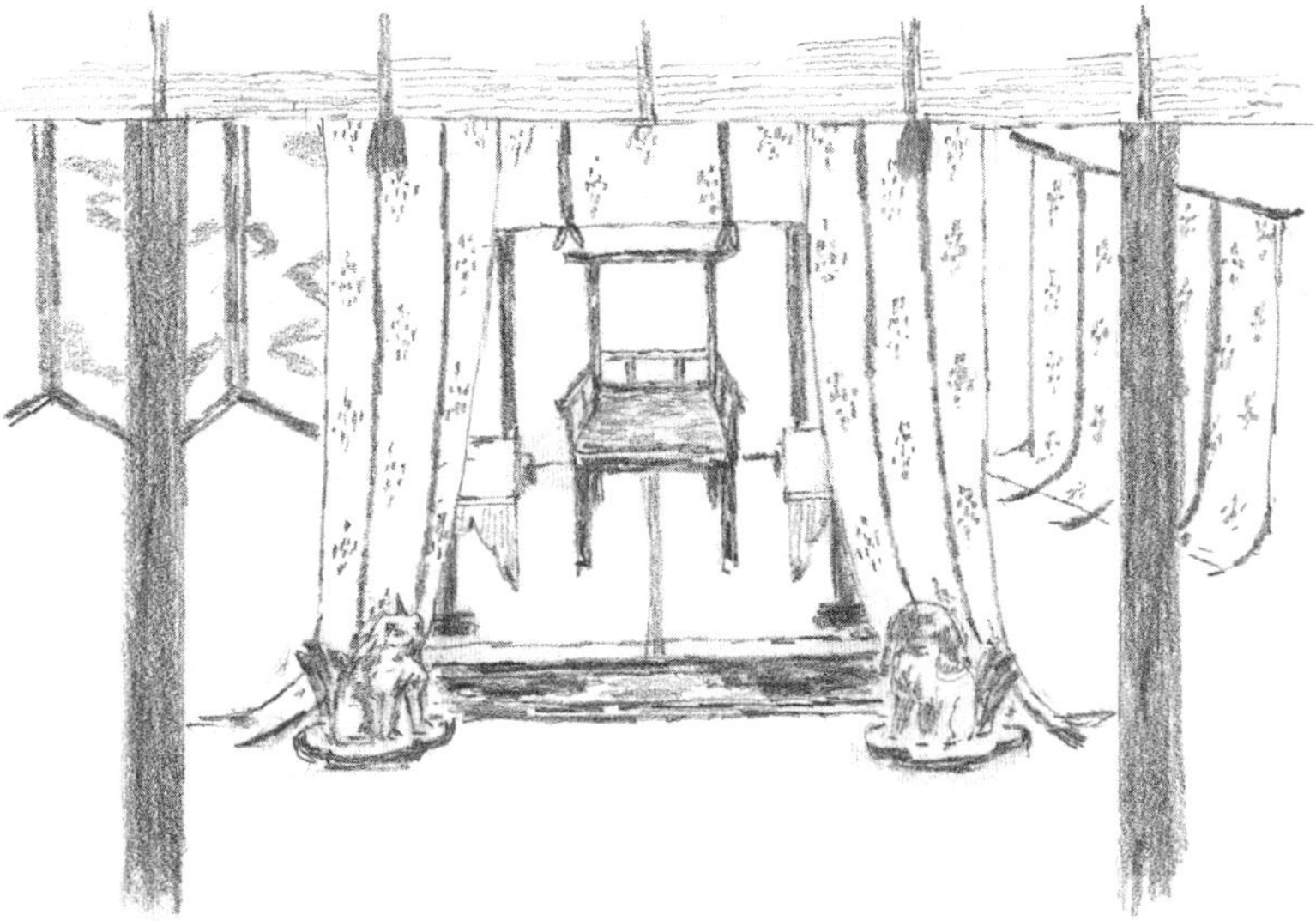

いつの御代《みよ》のことでしたか、後宮《こうきゅう》に多くの妃《きさき》が集まる中、それほど家柄《いえがら》が高くないのに、当代《とうだい》の帝《みかど》に飛び抜けて愛された妃がいました。

身分の高い「女御《にょうご》」の妃たちは、この人を目障《めざわ》りにして蔑《さげす》みました。身分が同じかそれ以下の「更衣《こうい》」の妃たちは、まして嫉《ねた》みをあらわにしました。朝夕を帝のもとで過ごすたび、人々を苛立《いらだ》たせ、恨《うら》みを買っていたせいか、この更衣はだんだん病気がちになり、心細げに里帰りをくり返していました。

帝はその様子をますます可憐《かれん》に思い、非難もかえりみず、前例がないまでただ一人を溺愛《できあい》します。朝廷《ちょうてい》の高位高官は、目にあまる寵愛《ちょうあい》ぶりに悩み、顔をそむけて「唐国《からくに》ではこういうときに世が乱れた」と言い合いました。天下の政《まつりごと》に関わる問題として、楊貴《ようき》妃《ひ》の例《れい》を引き合いに出すまでになっています。当の更衣にとってはいたたまれないことばかりですが、帝の深い愛情をたのみにして、後宮で暮らしていたのでした。

更衣の父の大納言《だいなごん》は、早くに亡くなっていました。母は名家に生まれて教養ある人で、両親揃《そろ》って華やかな妃たちに見劣りしないよう、女手一つで儀式の装束《しょうぞく》などを用意します。それでも、取り立てて後ろ盾《だて》をもたない身では、大きな行事があると心細げでした。帝とは前世《ぜんせ》の縁《えん》も深かったのか、世になく優れた玉《たま》の男御子《おとこみこ》まで生まれました。帝は、更衣がお産の里帰りから戻るのが待ちきれず、呼び戻して御子に面会します。目を見はるほど顔立ちの優れた赤子《あかご》でした。

最初の男御子は、弘徽殿《こきでん》の女御《にょうご》に生まれていました。右大臣《うだいじん》家の姫君《ひめぎみ》であり、御子はまぎれもないお世継《よつ》ぎとして人々が敬い育てています。けれども、更衣の赤子の輝くばかりの美しさにはとても比べられません。帝は、一《いち》の御子《みこ》を公的な立場で尊重するものの、内《うち》には更衣の御子をだれよりもかわいがりました。

この更衣は、帝の御所《ごしょ》に常に控える女房《にょうぼう》ではなく、妃にふさわしい上流の女人《にょにん》です。けれども、帝はいつもそばに置きたいあまり、管弦《かんげん》の遊びや由緒《ゆいしょ》のある催《もよお》しがあると、だれよりも先にこの人を呼び寄せました。ときには、清涼殿《せいりょうでん》の寝所《しんじょ》で共に朝まで寝過ごして、後宮には帰さずに次の日を迎えたりしました。帝がむやみに手離さないので、他の人々から低い扱いに見られたのでした。

赤子の誕生を見てからは、帝も更衣に敬意を払って接するようになります。一の御子の母女御は、ことによると春宮《とうぐう》（皇太子）にも更衣の御子が立つのではと疑いました。弘徽殿の女御は最初に入内《じゅだい》した妃で、女御子たちも生まれています。帝もこの女御の苦言《くげん》ばかりは無視できず、わずらわしくも心苦しくも思うのでした。

更衣は帝の庇護《ひご》をたよりとするものの、他からあまりに中傷が多く、目のかたきにされ続けました。当人は体もか弱く、強固な後ろ盾もなく、帝の厚遇《こうぐう》が増すほどに苦悩が深まります。

この人の後宮の局《つぼね》は、清涼殿からもっとも遠い、東北の隅《すみ》の桐壺《きりつぼ》（淑景舎《しげいさ》）にありました。他の妃の局の前を通り過ぎて帝が通い、暇なくお召《め》しなのがだれにもわかるので、妃たちが苛立つのも無理もないことでした。

桐壺の更衣ばかりが清涼殿へ参上する日が続くと、打橋《うちはし》や渡殿《わたどの》のここかしこに汚いものが撒《ま》かれ、送り迎えの衣《ころも》の裾《すそ》がひどいことになりました。また、必ず通る中廊下《なかろうか》に両側で示し合わせて錠《じょう》をさし、立ち往生《おうじょう》させて恥ずかしめることもありました。

数々の仕打ちに苦しさばかり募《つの》り、桐壺の更衣が打ちしおれていると、帝はかわいそうに思い、後涼殿《こうりょうでん》に曹司《ぞうし》をもつ更衣をよそへ移らせ、この人に上の局として与えました。追い払われた更衣の恨みは、ましてやるかたないものになりました。

更衣の御子が三歳を迎え、袴着《はかまぎ》のお祝いをする年のことです。帝は一の御子と同格に、内蔵寮《くらづかさ》や納殿《おさめどの》から祝賀の品を出して、盛大な祝いごとにしました。このことに世間の非難は高かったのですが、更衣の御子は、成長とともに器量も知恵も抜きん出ていくのでした。後宮でも良識のある人は、つい嫉みきれなくなり、この世にこれほど輝かしい子どもがいるのかと、心を奪われて見つめるのでした。

その年の夏、桐壺の更衣は体調がすぐれず、里に帰って休もうとしました。けれども、帝は退出を許しませんでした。

いつのときも病気がちだったので、不調も見慣れてしまったのです。しかし、少し様子を見てと言っているうちにみるみる重病になり、ほんの五、六日で危篤《きとく》状態になってしまいました。

更衣の母君が、泣く泣く退出を願い出ました。こんな場合にも他の妃の仕打ちをはばかり、御子を宮中《きゅうちゅう》に残したまま、内密に里屋敷《さとやしき》へ運び出す手配をします。

清らかに美しく愛らしかった人が、ほおも痩《や》せ細り、胸に思うことを言葉にできないまま、今にも消え入りそうになっています。面会した帝は気も動転して、泣きながらあれこれ語りかけますが、もはや応じることができず、見上げるまなざしに力がないのでした。いっそうなよなよとして、気も遠くなった様子で横たわっています。

帝は、更衣を輦車《てぐるま》に乗せる特別の宣旨《せんじ》を出したものの、送り出すふんぎりがつかず、再び枕元《まくらもと》に寄り添いました。

「死出《しで》の旅にも遅れたり先立ったりしないと、私と約束したではないか。それなのに、このまま見捨てて行くことなどできないはずだ」

帝が嘆くと、桐壺の更衣も悲しげに見つめ、たえだえの息の下にささやきました。

「〝限りとなるお別れの道は悲しい。行きたいのではなく『生きたい』と思う命《いのち》なのに〟

こうなると思っておりましたら――」

まだ伝えたいことがあるのに、苦しくて言えません。帝はいっそこのまま、更衣がどうなろうとも見届けようかと考えます。

けれども、宮中に死の穢《けが》れがあってはならないことでした。周囲がせき立てました。

「今日中に始める祈禱《きとう》を、しかるべき僧《そう》に依頼してあります。今夜に間に合わなくなります」

帝は、身を切られる思いで退出を許しました。


胸がふさがり、まどろむこともできず、帝は見舞いにつかわした使者が戻らないうちから、後悔を際限なく言い立てていました。しかし、そのころ里屋敷では、桐壺の更衣がすでに息を引き取っていました。

「夜中過ぎに絶え果てました」

人々が泣き騒ぐ屋敷から、使者は気落ちして戻ってきました。帝は何も考えられないほど取り乱し、寝所に籠《こ》もってしまいました。

更衣の御子を、せめても手もとに置きたいと願います。けれども、喪《も》に服《ふく》す者を宮中に留《とど》める手段はありません。里に引きわたすことになります。

御子には、まだ何があったのか理解できません。お付きの女房が嘆き悲しみ、帝もしきりに涙を流すのを、不思議そうに見上げています。こんな折《おり》でなくとも親子の別れは悲しいものですが、帝の悲しみを募らせるばかりでした。

葬儀は、作法どおりの火葬が行われました。葬送地の鳥辺野《とりべの》に朝廷の使者が現れ、亡き更衣に三位《さんみ》の位を授けます。母君をはじめとする人々は、このことにも悲しみを深くしました。帝は、最愛の人を女御にもせずに死なせてしまったことを悔《く》やみ、死後に位を贈ったのでした。

死後の昇格ですら、憎む人は多かったものです。けれども、良識ある人々であれば、亡くなった人の容姿が感じよく美しかったこと、柔らかな気性で、心が素直《すなお》で憎みきれないものをもっていたことを思い出していました。帝の側仕《そばづか》えの女房たちも、見苦しいまでのご寵愛だったから妬《や》いたのであり、思えば人柄はけなげで、やさしく情け深い女人だったと偲《しの》び合いました。どれも今さらなことでした。

はかなく日々が過ぎます。

帝は死後の供養《くよう》に手厚く使者をさし向けますが、毎日がやるせなく悲しくてなりません。他の妃と夜を過ごすこともなくなり、明け暮れ涙に過ごし、お付きの女房たちさえ湿りがちな秋でした。

「亡くなった後にまで、人を不愉快にさせるご執心だこと」

弘徽殿の女御は、今でも桐壺の更衣を許しがたくののしるのでした。

しかし、帝は一の御子を見るにつけても更衣の御子が恋しくてなりません。懇意《こんい》の女房や乳母《めのと》を使者にやって、里の様子を聞くのでした。

野分《のわき》（台風）かと思う大風が吹き、急に肌寒くなった夕暮れどき、帝はいつにもまして御子を偲び、靫負《ゆげい》の命婦《みょうぶ》というお付きの女房を、亡き更衣の里へつかわしました。

夕月夜のさやかに美しいころ、使者を宮中から発たせて、帝はそのまま外の景色に見入ります。

このような秋の宵《よい》には、管弦の遊びに、桐壺の更衣が心にしみる琴《こと》の音《ね》を鳴らしたと、しんみり思い返しているのでした。ふと口にする何気ない言葉も、他の女人とは異なる人でした。今でも面影《おもかげ》が身に寄りそい、更衣がすぐそこにいるような気がしてなりません。けれども〝闇《やみ》のうつつ〟には劣り、けっして現実にはならないのでした。

夜更けに戻った靫負の命婦は、帝が寝所に入らずに待っていたと知り、胸が痛みました。

中庭の草花が、趣《おもむき》のある様子に花盛りなのを眺めながら、側仕えの四、五人とひっそり語らって起きていたようです。

このところ、帝が明けても暮れてもながめる「長恨歌《ちょうごんか》」の絵詞《えことば》は、宇多《うだ》天皇が絵を描かせ、伊勢《いせ》、紀貫之《きのつらゆき》が詞《ことば》を書いたものです。大和《やまと》のものも唐国のものも、「長恨歌」と同じ筋のものばかりを話題にしています。

靫負の命婦は、里のもの悲しげな有様《ありさま》をこと細かに報告し、更衣の母君の文《ふみ》をわたしました。御子をつれて参内《さんだい》するように勧《すす》めた帝の要請を、やんわりことわる内容が書かれていました。畏《おそ》れ多くてとても出向けず、庇護のない御子の行く末が案じられるとあります。

読み終えた帝は、後宮が娘の命を縮めた悲しみが癒《い》えないのだと考えます。

「亡き夫の遺言《ゆいごん》をたがえず、宮仕《みやづか》えの本望《ほんもう》をとげた報《むく》いを、生きる甲斐《かい》のあるものにしようと思っていたのに。今は言ってもしかたない」

文とともに贈られた故人の遺品を見やり、これが楊貴妃の物語のように、亡き人に会った証拠のかんざしならばと、思ってみるのも虚《むな》しいことでした。歌に詠《よ》みます。

「〝たずねゆく幻士《げんし》がいれば、人づてにも死んだ人の魂《たましい》のありかを知ることができるのに〟」

絶世の美女、楊貴妃の顔かたちは、評判の絵師《えし》に描かせても筆《ふで》には限りがあります。生き生きした美しさにはほど遠いものです。太液《たいえき》の芙蓉《ふよう》、未央《びおう》の柳《やなぎ》になぞらえる美しさは、唐風《からふう》の装束《しょうぞく》こそ華麗に描けても、ただそれのみです。

桐壺の更衣の、心を惹《ひ》きつけてやまない愛らしさを思えば、花の色にも鳥の声にもなぞらえることができないと思うのでした。朝夕の語りぐさにも、玄宗皇帝《げんそうこうてい》と楊貴妃のように「翼《つばさ》を並べ枝《えだ》を交《か》わそう」と約束したのに、かなわなかった宿命《しゅくめい》のほどが、尽きることなく恨めしいのでした。

帝が、風の音にも虫の声にも悲しんでいるというのに、弘徽殿の女御は久しく上の局に控えもせず、夜更けまで月見の宴《えん》を開いています。

清涼殿にまで楽《がく》の音《ね》が流れてくるので、帝は寒々しく不愉快だと考えます。その心中を察する宮人《みやびと》や女房は、はらはらしながら聞いています。弘徽殿の女御は、我《が》の強いとげのある気性だったので、わざと更衣の死を黙殺し、忘れたようにふるまっているのでした。

月が山の端《は》に沈みます。

帝は里屋敷の御子を思い、歌に詠みました。

「〝雲の上も涙に曇《くも》る秋の月。露《つゆ》深い浅茅《あさじ》の宿でどのように住む（澄む）というのか〟」

灯火《とうか》が燃え尽きるまで起きていると、近衛《このえ》の武官《ぶかん》の宿直《とのい》申しが聞こえ、丑《うし》の刻《こく》（午前二時）とわかります。帝は、人目を気にして寝所に入りましたが、まどろむこともできませんでした。

朝になっても〝明くるも知らで〟なので、朝の政も怠《おこた》りがちです。食《しょく》も細くなりました。朝食の間で形ばかり手をつける程度で、昼の正餐《せいさん》など、御膳《ごぜん》をそばに寄せつけもせず、給仕の人々が嘆き合っています。帝の側仕えをするすべての人が、男も女も、困ったことになったと言い合いました。

「それほど宿縁《しゅくえん》がおありなのか。非難も恨みもお耳に入らず、更衣の一件ばかりは道理を失っておられる。死後まで治世を見捨てたふるまいをなさるとは、帝にあるまじきことだ」

人々は他国の例をひきあいにして、ひそひそと憂《うれ》うのでした。

月日がたち、更衣の御子が宮中に参内する日がきました。

御子はこの世の者とも思えぬ清らかさ、美しさに成長しており、目にした帝は不吉を感じるほどです。あまりに美しい子どもは、神が取り上げて早世《そうせい》すると言われているからです。

明くる年の春、春宮を立てるにあたっても、帝の心には、一の御子を飛び越えてこの御子にという思いがありました。けれども、力のある親族の後ろ盾がなく、世間の人々も承知しないことなので、意向を示せばかえって御子の身が危ぶまれるのでした。結局はそぶりに出さないまま、一の御子が春宮になりました。

「どれほど更衣の御子をかわいがられようと、やはり限度があったようだ」

世間の人々は言い合い、弘徽殿の女御も溜飲《りゅういん》を下げました。

亡き更衣の母君は、この決定に慰《なぐさ》めようもなく落胆し、早く娘のもとへ行きたいと願ったせいか、まもなく亡くなりました。帝はこの死も限りなく悲しみました。

更衣の御子は六歳になっており、今では死別がどういうことかわかるので、かわいがってくれた祖母を慕《した》って泣きました。いつくしみ育てた御子を残していくことだけが悲しいと、生前にくり返し語っていたのでした。

今となっては、更衣の御子も内裏《だいり》で育ちます。七歳になったので読書始《ふみはじめ》を行うと、似る者もなく賢いので、帝はあまりに秀《ひい》でて恐ろしいと思います。

「春宮が決まった今、だれもこの子を憎む必要はないでしょう。母を亡くした子どもを哀れんで、かわいがってやってください」

帝はそう言って、弘徽殿へ行くときにも更衣の御子をお供《とも》にし、女御の御簾《みす》の内まで入れてやるのでした。

荒々しい武士《ぶし》や仇敵《きゅうてき》であろうと、ほほえんでしまいそうなかわいらしさなので、弘徽殿の女御といえども、冷たく遠ざけることができません。女御が産んだ二人の女御子は、美しさを比べようもありませんでした。

後宮の他の妃たちも、几帳《きちょう》を隔てず、じかに御子をもてなします。年少の今から優雅で、大人に気づかいさせる気品がそなわり、あなどれない楽しい遊び相手と思っていいます。漢書《かんしょ》の学問がよくできるばかりでなく、琴、笛《ふえ》を習っても聞き惚《ほ》れる上達ぶりで、すべてを言い続ければ大げさになるほどでした。


そのころ、来朝した高麗人《こまびと》の中に高名な占い師がいました。

帝は極秘で、更衣の御子を占い師のいる迎賓館《げいひんかん》へやります。

後見人代《こうけんにん》わりに仕える右大弁《うだいべん》が、御子を自分の子のように見せかけて観相《かんそう》してもらうと、高麗人の占い師は驚き、何度も首をかしげて不思議がりました。

「国の祖《おや》となり、帝王《ていおう》の位《くらい》を極める相《そう》をおもちですが、そちらに進めば国の乱れと憂《うれ》いごとがあるでしょう。朝廷のいしずえとなり、天下を補佐《ほさ》する人かと見れば、その相とも異なるようです」

この見立てがいつしか噂《うわさ》となって世間に広がり、帝が何も言わないにもかかわらず、春宮の祖父の右大臣などは、帝の心づもりを危ぶみました。

帝にとっては、以前も国人《くにびと》に占わせて承知していた内容であり、だからこそ、これまで更衣の御子に親王宣下《しんのうせんげ》もせずにいたのでした。相を観る人は賢いものだと内心驚きます。

（この子を、位のない親王で外戚《がいせき》の後ろ盾もないという、浮き草のような身にはするまい。私の治世もいつどうなるかわからないのだ。それならばいっそ、皇族に加えず、臣下としてゆくゆくは朝廷の重鎮《じゅうちん》となるほうが、末たのもしいというものだろう）

そう考えて、御子にますます多方面の教養を学ばせました。際立った成績をおさめ、臣下には惜しい器《うつわ》ですが、親王にすれば帝位《ていい》に野心ありと疑われるのは必至《ひっし》です。占星術の権威に占わせても同じ結果が出たため、帝は更衣の御子を臣籍《しんせき》に置き、源氏《げんじ》とする決断を下したのでした。

年月が過ぎても、帝は桐壺の更衣を忘れることができません。新たに入内する妃がいても、亡き人と同じに見ることはできないと、すべて疎《うと》ましく思っていました。

そんなところに、先帝《せんてい》の四《し》の宮《みや》で美貌《びぼう》の評判高く、母の后《きさき》がたいそう大事に育てている姫宮《ひめみや》の話が伝わりました。御所《ごしょ》の典侍《ないしのすけ》が、先帝にも仕えて母の后と親交のある人で、姫宮を幼少のころから知り、最近屋敷を訪ねたときに見かけたというのです。

「三代《だい》の宮仕《みやづか》えをした私でも、亡くなったお方に似かようお顔立ちの女人を知らなかったのに、この姫宮ばかりはじつにそっくりにお育ちです。まれに見るご器量です」

帝もいくらか気持ちが動き、四の宮の後宮入内を打診しました。

母の后は、とんでもないことだと考えます。

「おお、恐ろしい。春宮の母女御が気性の激しい人で、桐壺の更衣がいじめ抜かれた例も忌《い》まわしいのに」

そのため、すぐには承知もしなかったのですが、しばらくすると、この后も世を去ってしまいました。残された姫宮が心細く過ごすところへ、「私の女御子と同じ待遇で大切にするから」と、帝のねんごろな申し出があります。四の宮の後見人や兄君の兵部《ひょうぶ》卿《きょう》の宮《みや》は、姫宮が淋しく暮らすよりいいと考えるようになり、入内のはこびとなったのでした。

後宮の局は藤壺《ふじつぼ》（飛香舎《ひぎょうしゃ》）です。

たしかに不思議なほど、姿かたちが桐壺の更衣によく似た姫宮でした。とはいえ、こちらは高貴な女御で、ゆるぎない人望と後ろ盾があり、後宮のだれ一人はばかることのない身の上です。亡き更衣の場合は、そこが不釣り合いだったため、帝の寵愛があいにくなものになってしまったのです。

追憶《ついおく》が止《や》むことはないものの、帝も少しずつ四の宮に心を移し、思いもよらず悲しみが紛《まぎ》れた様子なのは、心打たれることでした。

源氏《げんじ》の君《きみ》は、今も帝につれられて後宮のお供《とも》をしていました。

帝が足しげく訪問すれば、藤壺《ふじつぼ》の宮《みや》も、この御子の目から隠れてばかりいられません。後宮に容色《ようしょく》の劣った女人がいるはずもなく、源氏の君は、とりどりに美しい人をよく見慣れています。けれども、だれもが年配でした。新しく入った藤壺の宮ばかりは、それはそれは若くかわいらしく見えました。ひたすら隠れますが、藤壺の御簾に入る機会が多いため、ちらちら目にしてしまうのです。

母の顔は憶えていませんが、典侍から、この女御が自分の母にたいへんよく似ていると聞かされて、幼い心にも思慕《しぼ》が募《つの》ります。いつでも藤壺の局へ行きたい、この女御と親しくなりたいと願うのでした。

帝も、最愛の二人であるため、ことあるごとに藤壺の宮に言い聞かせました。

「この子を嫌《きら》わないでください。無性に母になぞらえたい気がするのです。失礼と思わず、かわいがってやってください。この子の輪郭《りんかく》や目もとは、亡くなった人によく似ているので、あなたと母子に見なしたとしても、それほど変ではないのですよ」

当人も、幼いしわざながら、ちょっとした花紅葉《もみじ》に寄せては藤壺の宮に慕《した》う気持ちを伝えます。

源氏の君が、はた目にわかるほど藤壺の宮に好意を寄せるので、そちらと仲がよくない弘徽殿の女御は、おもしろくなくなります。もとからの憎さも頭をもたげ、再び源氏の君を疎ましく思うようになりました。

藤壺の宮は、世にたぐいなき美貌と評判の女人ですが、その顔かたちに比べても、源氏の君が人々の心をつかむ美しさかわいらしさは、たとえようもないと見えます。

世間の人々は、源氏の君を「光君《ひかるきみ》」と呼びならわしました。

並び立つ藤壺の宮は、どちらも帝の寵愛めでたいことから「輝《かがや》く日《ひ》の宮《みや》」と呼びならわしました。

源氏の君の童形《どうぎょう》の愛らしさは、なくすのが惜《お》しいものでしたが、十二の歳に元服《げんぷく》（男子の成人式）を行いました。

帝は、みずから指揮をとってかいがいしく気を配り、臣下の格以上の典礼《てんれい》を整えます。前年に紫宸殿《ししんでん》で行われた、春宮の元服に劣らぬものをと考えています。饗宴《きょうえん》の支度を内蔵寮、穀倉院《こくそういん》に命じ、じきじきの仰《おお》せに従って、最高に華やかな席がもうけられました。

清涼殿の東の廂《ひさし》に、帝の倚子《いす》を東向きに据え、冠《かんむり》を受ける源氏の君の座《ざ》、冠を授《さず》ける左大臣《さだいじん》の座が、その御前《ごぜん》にあります。申《さる》の刻《こく》（午後四時）、主役が式場に入りました。

みずらに結った髪の顔映りのよさ、輝くほどの美しさを見れば、変えるのが惜しくてなりません。大蔵卿《おおくらきょう》が髪結い役をつとめますが、見事な黒髪を削《そ》ぐのがつらそうです。帝は、これを亡き更衣が見たらと思いをはせ、不吉だから泣くまいと念じました。

初めての冠をつけ、退席して衣服を改めた源氏の君は、庭に降り、拝礼《はいれい》する臣下の舞《まい》を舞います。その姿には、見る者だれもが落涙《らくるい》しました。まして帝はこらえきれず、このごろ紛れる折もあった思い出が、いちどきによみがえります。

これほどか細い少年のうちは、髪を上げては見劣りするかと懸念したのに、源氏の君の姿には、驚くばかり可憐な美がそなわっているのでした。

冠の授け役となった左大臣には、皇族の妻とのあいだに一人娘がいました。昨年、春宮《とう》宮《ぐう》妃《ひ》に欲しいという打診があったのですが、左大臣は源氏の君にと考えて、春宮にはさし出しませんでした。帝も、内々で左大臣の意向を汲んでいます。

「ならば、元服の後見人がいないので、冠の授け役になってもらって、そちらの姫を夜の添《そ》い伏《ぶ》しにでも」

帝のほのめかしがあって、この大臣も心づもりしたのでした。

殿上《てんじょう》の間《ま》で祝い酒を汲《く》みかわす席に、大人として初めて加わる源氏の君が、親王席の末尾に着きます。左大臣はさっそく話しかけ、元服の初夜《しょや》を思わせぶりに語りますが、まだ初々《ういうい》しい源氏の君は気恥ずかしく、はっきりした返事をしません。

帝は、御座所《ござしょ》に左大臣を呼び寄せ、今日の祝儀《しゅうぎ》をふるまうついでに、親としての意向を歌で確認しました。

「〃あどけなく、初めて髻《もとどり》を結った人と、末長く縁《えん》を結ぶ気持ちはあるだろうか〃」

左大臣も歌で返します。

「〃結ぶ心の色深く、私が結った髻《もとどり》の紐《ひも》、その紫の色が褪《あ》せないかぎり〃」

その夜、源氏の君は内裏を出て、左大臣邸《てい》へ向かいました。

婿《むこ》の君《きみ》を迎えるにあたり、屋敷の中は、世間に例がないほど贅《ぜい》を尽くして飾りつけてあります。源氏の君がまだまだ子どもらしいのを、左大臣は、胸を打たれるかわいさだと目を細めて見ています。

一人娘の姫君《ひめぎみ》は、源氏の君より年上でした。婿の君があまりに若いのを知ると、不釣り合いで恥ずかしいという気持ちがわき起こります。

左大臣家は、もともとが名門である上、正妻に迎えたのは帝と同母《どうぼ》の妹宮であり、どこをとっても華やかな権勢でした。加えて、帝の最愛の御子を婿にもらったとあっては、春宮の祖父として頂点に立とうとする右大臣をも、押し消しそうな勢いです。左大臣の子息子女は、たくさんいる妻のもとに多く生まれていました。正妻から生まれた息子は、すでに蔵人少将《くろうどのしょうしょう》になっています。

蔵人少将は、年少のうちから頭角を現す優れた若者で、対立する右大臣家でさえ見過ごしにできず、右大臣の四《し》の君《きみ》の婿になっていました。源氏の君が左大臣家で大事にされるように、蔵人少将は右大臣家で大事にされており、どちらもけっこうな縁組でした。

源氏の君は、帝がしきりに宮中へ呼び寄せるので、おいそれと左大臣邸に落ち着くことができません。しかし、そればかりではなく、源氏の君の心には、藤壺の宮が理想の女人として深く根づいていました。あのような人とこそ結婚したかった、あのかたに似る女人はどこにもいないと、強く思い続けています。

左大臣の姫君は、たしかに美人であり大事に育てられた人と見えますが、少しも親しみがわかないのでした。結婚してからも、幼い日のままに藤壺の宮を慕い、胸が苦しくなるほどです。

成人男子となっては、以前のように後宮の御簾の内に入ることはできません。帝が管弦の遊びをする折に、藤壺の宮の琴に自分の横笛を合わせ、ほのかな声を漏《も》れ聞いて、心の慰《なぐさ》めとするしかありません。そのわずかな機会を得るために、宮中で寝起きすることばかり好んでいました。

内裏に五、六日居続けて、左大臣邸で二、三日過ごすなど、切れ切れにしか妻のもとに顔を出さない有様です。けれども左大臣は、まだ子どもなのだと罪に思わず、大事な婿としての扱いを続けました。お付きの女房に一流の人材を集め、源氏の君が気に入りそうな遊びを用意して、居着かせる工夫に余念がありません。

源氏の君が宮中で暮らすときは、かつて母のいた桐壺を曹司として、母の女房たちをそのまま仕えさせていました。一方では祖母の死後、二条の里屋敷を相続していたため、帝は修理職《すりしき》や内匠寮《たくみつかさ》に命じて、豪華に改築させました。もとから木立や築山《つきやま》に見どころのあった場所に、さらに池を大きく造園し、すばらしい庭ができあがっています。

（こういう場所に、最愛の人を住まわせていっしょに暮らしてみたいのに。ものごとは思うようにいかない）

源氏の君はそう考え、心密かに嘆いているのでした。

この源氏の君の「光君」という愛称は、占い師の高麗人が最初につけたと言い伝えますとか。

二　若紫《わかむらさき》

光源氏《ひかるげんじ》、十八歳の春のことです。

わらわ病《やま》みを患《わずら》い、まじないや加持祈祷《かじきとう》をいろいろ受けましたが、一向によくなりません。熱が上がったり下がったりをくり返していました。

ある人が勧めて言いました。

「北山のさるお寺に、効験《こうけん》あらたかな聖《ひじり》がいます。昨年夏の流行《はや》りに、だれのまじないも効かないところを治した例がたくさんありました。この病《やまい》はこじらせるとやっかいですから、すぐにもたのんでみては」

源氏《げんじ》の君《きみ》は、言われるままに使者を送りましたが、高齢のため都にはもう出られないと返事がありました。しかたなく、お忍《しの》びでこちらから出向くことにします。お供《とも》にごく親しい四、五人だけを伴い、暁《あかつき》のうちに出かけました。

聖が籠《こ》もっている寺は、北山のやや奥まった場所にありました。

三月も末で、都の桜はみな盛りを過ぎたのに、山肌ではまだ満開でした。峰《みね》に分け入ると、春霞《はるがすみ》がただよう様子も風情《ふぜい》があります。これまで遠出したことのない、窮屈《きゅうくつ》な身分の源氏の君には、すべてがものめずらしく映りました。

山中の寺のたたずまいも胸を打ちます。当の聖は、峰の奥の岩屋で勤行《ごんぎょう》をしていました。源氏の君が名のらず、質素な装いで現れたにもかかわらず、聖はすぐに見抜きました。

「これは畏《おそ》れ多くも、過日に使者をくださったおかたですな。今ではこの世のことを離れ、修法《しゅほう》も忘れた私を、なぜ、このようなところまで訪ねていらっしゃる」

驚き騒ぎながらも、微笑を浮かべて応じる様子は、見るからに尊い御坊《ごぼう》でした。源氏の君にまじないを服《ふく》させ、加持祈禱を行います。そのうちに日も高く昇りました。

源氏の君はしばし岩屋を出て、明るくなった景色を見わたしました。山の高いところなので、寺に付属する僧坊《そうぼう》の数々を見下ろすことができます。つづら折りの道を下ったところに、どの僧坊とも同じ小柴垣《こしばがき》ながら、とりわけりっぱな囲いが見えました。造りの大きな家屋《かおく》を廊《ろう》でつなぎ、庭の木立も整っています。

「あれは、だれの住まいだろう」

源氏の君の問いに、供人《ともびと》の一人が答えました。

「なにがしの僧都《そうず》が、この二年、修行に籠もっている住みかだそうです」

「名のある人が近くにいるとも知らず、あまりに貧相な身なりで来てしまったな。身元が知れたら恥ずかしいのに」

言いながらも眺めていると、屋敷の庭に小ぎれいな女童《めのわらわ》が何人も出てきて、仏に供える水や花を取る様子でした。供人たちが口々に評します。

「あの様子では、きっと女が住んでいますね」

「僧都が女を囲っているとは、あまり聞かないのに」

「いったい、どういう女人《にょにん》だろう」

お供も若者ばかりときて、いそいそと下って偵察に行きます。戻ってきてうれしそうに報告しました。

「なかなかきれいな若い女房《にょうぼう》や女童が拝めましたよ」

源氏の君は、寺の勤行をしながら体調を案じていましたが、気を紛《まぎ》らせたほうが治りが早いと言われ、供人と裏山の散策に出かけました。下方には、都の景色が広がります。はるか彼方は霞《かすみ》に隠れ、四方の山の梢《こずえ》が煙ったように見えます。

「絵で見るような景色だな。こんな場所に住む人は、美しい絵が描けて思い残すことがないだろうに」

「この程度の景色でおっしゃるのは早計《そうけい》でしょう。地方に旅して、国々の名勝《めいしょう》をご覧《らん》になったら、どれほど絵が上達なさることか。富士《ふじ》の山、何々の嶽《たけ》」

供人が口々に語ります。西国の浦《うら》や浜の名を挙げる者もいて、みんなで源氏の君の気を紛らそうとつとめました。

「都に近い景勝地といえば、播磨国《はりまのくに》の明石《あかし》の浦は格別です。深い由緒《ゆいしょ》はないのに、ただ海の面《おもて》を見わたすだけで、よそにはない感動を覚える土地です。前の国司《こくし》で出家した人が、明石の浦で娘を育てているのですが、屋敷の壮麗さはたいしたものでした。

前の国司はもともと大臣の家柄で、出世を望めばいくらでもできたものを、偏屈《へんくつ》で人づきあいをせず、近衛中将《このえのちゅうじょう》の地位を捨てて明石へ下った変わり者です。出家しても山奥には籠もらず、若い妻子のために、海べりに家を建てて暮らしています。先ごろ私も見てきましたが、都でこそ無名でも、財力は豊かで贅沢《ぜいたく》な暮らしをし、来世のそなえもぬかりのない様子でした。地方で法師になったことで、かえって土地の人々の尊敬を集めたようです」

源氏の君はたずねます。

「育てているのは、どんな娘」

「評判は悪くありません。美人で趣味もよいと言われます。後任の国司たちが何人も恋文《こいぶみ》を寄せたのに、だれにも応じずにいるとか。それというのも父の入道が、『自分が地方に身を沈めたのは、娘のために思うところがあったからだ。私の亡き後、この大志《たいし》と異なる結婚をするくらいなら、海に身を投げてしまえ』と、日ごろから遺言《ゆいごん》しているせいだとか」

この話をしたのは、播磨守《はりまのかみ》の息子で、今年蔵人《くろうど》から位を得て五位になったばかりでした。君が聞き入るのを知り、他の供人が横やりを入れて笑います。

「海竜王《かいりゅうおう》の后《きさき》を目ざす箱入り娘というわけか。やっかいな気位《きぐらい》の高さだ」

「おまえは色好《いろごの》みだから、自分が恋文を送って言いつけを破らせようとしたのだろう」

「さては、娘をものにしたくて屋敷のまわりをうろついたな」

「評判があろうと、明石生まれではさぞ田舎《いなか》くさいだろう。地方に育って年取った親の言うことしか聞けないようでは」

播磨守の息子が言い返します。

「娘の母親は、都の名家の出ですよ。お付きの女房や女童は上流の家から招き寄せ、まばゆいばかりに育てていますよ」

「無粋《ぶすい》な人物が国司に着任すれば、そういつまでも気ままにふるまえないだろうよ」

供人たちが評する中で、源氏の君がふと口にしました。

「どれほどの大志があって、海の底までも深く思い入れたのだろう。地方に沈んだほうがましと言われては、浮わついた話は難しいね」

強い印象をもった様子でした。この君は、恋の相手にありきたりでなく難儀《なんぎ》な人を好む性癖《せいへき》があるので、辺境の明石にも興味を持ったようでした。


わらわ病みは回復したようで、夕方になっても発熱しません。すぐに帰還を勧める供人もいましたが、聖に大事をとるように言われたので、翌朝まで北山に留《とど》まることにしました。山中の旅寝《たびね》など初めての体験で、源氏の君はおもしろいと考えます。

することもなく暇なので、夕暮れの霞が濃く立ちこめたのをいいことに、昼に見下ろした小柴垣の近くへ行ってみました。他の供人は都に帰したので、乳兄弟《ちきょうだい》の惟光朝臣《これみつのあそん》と二人だけで、こっそり垣根の隙間をのぞいて見ます。

屋敷の西面《にしおもて》に仏壇をつくり、勤行をしている人がいました。尼僧《にそう》でした。

簾《すだれ》をいくぶん巻き上げ、仏壇に花が供えてあるようです。中央の柱に寄りかかり、病身らしく、脇息《きょうそく》の上に置いた経文《きょうもん》をたいぎそうに唱えています。並《なみ》の人には見えない尼君《あまぎみ》であり、四十を過ぎた年頃で、色白で上品でした。痩《や》せてはいても顔の輪郭《りんかく》は柔らかです。尼そぎにした短い髪が、見慣れない源氏の君の目には魅力的に映りました。

小ぎれいな女房が二人おり、あとは女童が出入りして遊んでいます。そこへ十歳くらいの女の子が、なよやかな白と山吹《やまぶき》を重ねた衣《ころも》で走り出てきました。他に何人もいる女童に似てもつかず、いかにも将来が楽しみな愛らしい容姿です。

少女は扇《おうぎ》を広げたような髪を揺《ゆ》らし、手でほおをこすって赤くして立ち止まりました。

「どうしたの、だれかに腹を立てたの」

そう言って顔を上げた尼君に、少し似かよったところがあるので、源氏の君は、尼君の子どもだろうかと考えます。

少女が訴えました。

「雀《すずめ》の子を、犬君《いぬき》が逃がしちゃったの。伏《ふ》せ籠《ご》の中で飼《か》っていたのに」

無念でならない様子に、そばにいた女房が言います。

「いつものそそっかし屋は、またへまをして怒られて困ったこと。雀の子はどちらへ逃げましたか。ようやくかわいくなってきたところだったのに、鴉《からす》などに見つかっては」

立ち去っていく後ろ姿は、髪も背にあまるほど長く感じのいい人です。少納言《しょうなごん》の乳母《めのと》と呼ばれ、この少女の乳母と見えました。

尼君は少女に言います。

「まあ、何と幼い。しようのない子だね、私が今日明日も知れない命を嘆いているというのに、雀などが大事で。生き物を閉じ込めては罪つくりだと言っているのに、がっかりさせてくれる」

尼君がここへおいでと呼び寄せると、少女は膝《ひざ》をついて前に座りました。

顔立ちがじつにかわいらしく、眉《まゆ》のうぶ毛はけぶるようで、無心にかきやる額の生《は》え際も髪の下がり端《ば》も美しい子どもです。年頃になればどう見えるだろうと、興味深く見守った源氏の君は、はっとしました。

（そうだ、この子は、私が心の限り慕《した》う人に面影《おもかげ》が似ているのだ。だから、これほど目にとまって離れないのだ）

気づくそばから、恋の痛みに涙があふれました。

尼君は、少女の髪をかき撫《な》でながら言っています。

「梳《と》かすのをうるさがるけれど、きれいな髪ね。あなたの無邪気《むじゃき》すぎるところが、私には心配でならない。この年になれば、これほど幼稚《ようち》でない人もいるのに。あなたのお母様は、十あまりで父君に死に別れたおりには、もう分別《ふんべつ》のある子でしたよ。私がこの世を去ったら、この子はどう生きればいいのだろう」

尼君がすすり泣く様子は、盗み見る者さえ悲しくなるようでした。

少女も神妙《しんみょう》な態度になり、じっと尼君を見守ってから、伏し目になってうつ伏しました。こぼれかかる髪がつやつやと見事でした。

「〝生《お》い先も知らぬ若草を、後に残す露《つゆ》の身は、心残りで消える空もない〟」

尼君が胸の思いを歌にすると、そばの女房が泣いて歌を返します。

「〝初草の生《お》い先を見もせず、露《つゆ》と消えることなどあってよいものか〟」

そこへ、屋敷主《やしきぬし》の僧都がやって来て人々に声をかけました。

「ここは外からよく見えますぞ。今日に限ってずいぶん端《はし》に出ておられる。この上の聖のもとに、源氏の中将《ちゅうじょう》がわらわ病みのまじないにおいでだと、たった今聞いてきたところです。お忍びでいらしたそうで、そうとは知らずご挨拶《あいさつ》もしなかった」

「あら、大変。はしたないところを見られたかしら」

御簾《みす》が急いで降ろされました。僧都が続けて尼君に言っています。

「この機会に、世に名高い光源氏を拝見してはいかがですか。世を捨てた法師でさえ、憂《うれ》いを忘れ、寿命《じゅみょう》が延《の》びるほど見目麗《みめうるわ》しいかたですよ。さて、これからお見舞いにうかがおう」

僧都が立ち去る足音を聞き、源氏の君と惟光は急いで引き上げました。

(よいものを見た。こういう発見があるから、色好みの男は忍び歩きに励《はげ》んで、あらぬ場所で恋人をつくっているのか。ちょっと出歩いただけでも、これほど思いがけない出会いがある)

源氏の君はおかしく思いながら、それにしてもかわいい女の子だったと考えました。

(どういう素性《すじょう》の子だろう。自分には一生許されない人の代わりに、あの子を私のそ

ばに置いて、明け暮れの慰《なぐさ》めにできないだろうか）

寺に戻り、そ知らぬふりで寝ていると、ほどなく僧都の弟子と僧都その人が現れて、源氏の君に対面を申し込みました。

出家者《しゅっけしゃ》であってもひとかどの人物であり、世間の評判も高いので、源氏の君はやつした身なりで会うことに気後《きおく》れを感じます。僧都は気にとめず、熱心に自分の屋敷へ招待しました。

「同じ粗末《そまつ》な庵《いおり》ですが、ここよりは少し、涼しい水の眺《なが》めなども楽しんでいただけるかと」

源氏の君は、僧都がまだ見ぬ人々に大げさに語った言葉を知っているので、顔を出すのは面映《おもは》ゆいと考えますが、少女の素性が気になるので招待を受けました。

屋敷主が言うだけあり、庭は風流《ふうりゅう》をこらした造りで、同じ草木も植え方で見映《みば》えがしました。月のない夜でしたが、遣水《やりみず》の周囲を篝火《かがりび》で照らし、軒端《のきば》にも灯籠《とうろう》が下げてあります。南面《おもて》の座敷《ざしき》をきれいに整え、客人を通しますが、薫《くゆ》らせた香《こう》が心にくく行きとどき、仏前の名香《みょうごう》と合わせて屋内に満ちていました。その中に、さらに源氏の君の袖《そで》の香《か》が入り混じり、歩く風が匂《にお》い立つことに、屋敷の人々は感じ入ったことでしょう。

僧都は無常《むじょう》の世《よ》を話題にし、来世《らいせ》のあり方なども語ります。聞き入る源氏の君は、内心、わが身の罪深さを恐ろしく思いました。

（私は、無分別な恋に夢中になったあげく、生きる限りこの件で悩み苦しむ身であるらしい。まして来世の私は、今生《こんじょう》の報《むく》いでどれほどの苦しみを味わうだろう）

僧都のように出家して暮らしたいと考えるのですが、そのそばから、昼に見た少女の面影が気にかかるのでした。

「こちらにいらっしゃる尼君は、どういうおかたなのですか。以前、夢に出てきたことがあって、それを今日思い合わせたので、お近づきになりたいのですが」

適当な話で水を向けると、僧都は笑って答えました。

「いきなりな夢語りですな。知ってもがっかりなさるばかりですよ。亡くなって久しい按察使大納言《あぜちだいなごん》を、お若いあなたはご存じないだろうが、その後家《ごけ》が私の妹なのです。夫を亡くして尼になりましたが、近ごろ病を患《わずら》って、都を離れた私の所在をたよってきたのです」

源氏の君は、当て推量にたずねます。

「按察使大納言には、たしか娘御《むすめご》がいらしたと聞いたような。これは色めいた関心ではなく、真面目《まじめ》にお聞きするのですが」

「ええ、一人おりました。他界してもう十年あまりになります。父親は、娘を後宮《こうきゅう》に入れようと大事に育てていましたが、果たせずに亡くなったため、私の妹がひとりで世話をしていました。そのうち、どういうご縁があったのか、兵部卿《ひょうぶきょう》の宮《みや》がお忍びで通うようになりましたが、北《きた》の方《かた》（正妻）が強いため、娘にはつらいことが多かったのです。日々悩んでいるうちに亡くなりました。心労が病に嵩《こう》じる例を、目《ま》の当《あ》たりにしたものです」

（それなら、あの女の子は、兵部卿の宮の娘だったのか）

源氏の君は今こそ合点《がてん》する思いでした。兵部卿の宮は、藤壺《ふじつぼ》の宮《みや》の兄君です。血の濃い間柄だからこそ、顔立ちが似ているのです。

いっそうあの少女が欲しくなりました。高貴な血と美しさの持ち主で、まだまだ幼く何にも染まっていません。この子と親密になり、心ゆくまで教え導いて、理想の女人に花開かせてみたいと考えます。

「お気の毒な境遇です。娘御は、忘れ形見《がたみ》も残されなかったのですか」

「亡くなるときに産み落としました。これも女の子でして、妹にとっては老い先短い身の重荷とあれこれ嘆いております」

まちがいないと見て、源氏の君は思い切って申し出ました。

「おかしな話かもしれませんが、その幼い人の後見人《こうけんにん》として私を、尼君に紹介してはいただけませんか。私は、縁づくところもありながら、世間並の暮らしに疎《うと》いのか、思うところあって今も独《ひと》りで住んでいます。似合わない申し出をして、ふつうの求婚《きゅうこん》のように思われてははしたないのですが」

「ありがたい仰《おお》せですが、ものを知らない子どもでして、冗談にも他人様《ひとさま》にお目にかける娘ではありません。女人は男を通わせて一人前になるとも言いますが、出家した私では、そうした取りもちはしにくいものです。まあ一応、妹に話してみましょう」

僧都の口ぶりがきっぱりと率直なので、若い源氏の君にはきまりが悪く、それ以上たのみ続けることができませんでした。やがて、阿弥陀堂《あみだどう》の勤行の時間になり、僧都は客人にことわりを入れて御堂《みどう》へ出かけて行きました。

雨が少し落ちてきて、山風が冷ややかに吹き、庭の滝の音もこれまでより音高く聞こえてきます。

眠たげな読経《どきょう》の声がとぎれとぎれに伝わり、もの思いをしない人でもしてしまうような住まいでした。まして、思いめぐらすことの多い源氏の君は、わずかも眠れずにいました。

夜はしんしんと更けていきます。けれども、屋内には眠らない人の気配があり、耳をすますと、数珠《じゅず》が脇息にふれてかすかに鳴る音や、抑えた衣《きぬ》ずれの音が上品に聞こえてきます。源氏の君は、仕切りに立てた屛風《びょうぶ》の中ほどを開き、人を呼ぶ合図の扇《おうぎ》を鳴らしました。

音をたよりに膝《ひざ》をすべらした女房がいましたが、こういうことに慣れておらず、空耳《そらみみ》かと疑っている様子です。君はすかさず声をかけました。

「仏の道しるべは、〝冥《くら》きに入《い》りても〟見落としてはならないのでは」

声が若々しく気高いので、屋敷の女房は恥《は》じらいました。

「どこへのお導《みちび》きなのか、わかりかねますもの」

「いきなりだということはわかっていますが、この歌をお伝えください。

〝初草の若葉を見そめてから、旅寝《たびね》の衣《ころも》は、涙の露で乾くひまもない〟」

女房はとまどいました。

「このようなお歌、どなたに当てたものでしょう。ふさわしい人がいないことはご承知かと存じますが」

「承知してこう言うのだと、考えてください」

源氏の君がそれしか言わないので、女房は尼君に伝えに行きました。尼君はもちろんのこと驚きました。

「まあ、恋歌のやりとりなど。孫娘を妙齢《みょうれい》の乙女《おとめ》とでも思っていらっしゃるのかしら。それにしても、どうして若草の歌をご存じなのだろう」

思い乱れますが、このまま放っておくのも客人に失礼と考え、返歌を伝えました。

「〝一夜《ひとよ》の旅の露《つゆ》を、深山《みやま》の苔《こけ》むす私の思いと、比べることなどできるだろうか〟

それこそ乾くひまのないものです」

源氏の君はこれを聞いて、再び申し送りました。

「人づての話には不慣れで、これまでしたことがありません。お返事をいただいた機縁に、一つ真面目にご相談したいことがあります」

女房たちは、気後れして尼君に言いました。

「こうまでおっしゃるのに、私どもがさし出たまねをして、お気を悪くされては」

「そうね、若い人では尻込《しりご》みして当然。真面目な話だとおっしゃるのに、年寄りが前面に立たなくては」

尼君は言い、屏風のほうへ膝をすべらせました。

「たまたまのご訪問であるのに、こうまでのお申し出があるとは、どのような理由がおありでしょうか」

源氏の君は、老成した相手に気圧《けお》されますが、それでも懸命《けんめい》に伝えました。

「心痛めるご境遇にふれ、亡くなられた姫君の代わりに、忘れ形見のお世話がしたいのです。この私も、ものごころつかない年齢で母に死に別れ、たよりなく年月を重ねてきました。同じ境遇にある人に、ここにも同じ者がいると名乗り出たくてならず、勝手ながら申し出ています」

尼君は答えます。

「何ともうれしいお話ながら、お取り違いがあるかと恐縮《きょうしゅく》してなりません。たしかに、老いたわが身一つをたよりとする者がおりますが、どうしようもなく子どもで、殿方《とのがた》のお好みにかなうすべもありません。お申し出はお受けできないものです」

「すべてを重々《じゅうじゅう》承知した上です。どうか遠慮なさらず、通りいっぺんの男とは異なる私の志《こころざし》を信じてください」

源氏の君が言い張っても、尼君には、結婚相手と勘違《かんちが》いしているとしか思えず、色よい返事はできませんでした。

そのうちに、僧都が御堂の勤行を終えてもどってきます。

「いいでしょう。こうして直接お話できただけでも今後のたのみになります」

源氏の君はあきらめて、屏風のすき間を押し戻しました。

明けの空はたいそう霞《かす》み、鳥たちのさえずりがそこここに響きます。名も知らぬ花々が入り乱れて、錦《にしき》を敷《し》くように見える中、鹿がのんびり歩き回る様子も見慣れないものでした。

源氏の君の病は完治していました。岩屋の聖は、動くことにも不自由な身ながら、何とか護身の法を授けます。枯れさびた声が効験あらたかに聞こえる調子で、陀羅尼《だらに》を読み上げました。

都からお迎えの人々が登ってきて、君に平癒《へいゆ》のお祝いを述べます。帝《みかど》からも御文《おふみ》が届きました。北山の僧都は一行のもてなしに、山の珍味《ちんみ》を谷の奥から取り集めて酒宴《しゅえん》を開きました。

宴も果て、帰りの牛車《ぎっしゃ》を仕立てているところへ、舅《しゅうと》の左大臣《さだいじん》がこの事態を知ってつかわした人々が到着します。惣領《そうりょう》息子の頭中将《とうのちゅうじょう》（前の蔵人少将《くろうどのしょうしょう》）、弟の左中弁《さちゅうべん》、その他ふだんから源氏の君を慕う宮人《みやびと》たちが、賑《にぎ》やかに登ってきました。

「こういうときのお供には、必ず同行できると信じていたのに、はずされていたとは情けない」

頭中将は、源氏の君に恨《うら》み言《ごと》を言います。

「せっかく来た北山の花盛りなのに、わずかも足をとどめずに引き返すのは、どうにももったいないな」

彼らのために、急きょ花見の席が用意されました。苔むした岩の窪地《くぼち》を宴席に仕立て、滝の眺めに風情のある場所でした。

頭中将が懐《ふところ》から横笛を取り出し、澄《す》んだ音色で吹き始めます。左中弁は、扇をかるく打ち鳴らし、「豊浦《とよら》の寺の西なるや」と催馬楽《さいばら》を歌います。人並優れた貴公子《きこうし》たちが楽《がく》を奏《そう》する中、源氏の君は、病《や》み上がりの気《け》だるさで岩に寄りかかっていましたが、ただそれだけで見映えして、人々を魅了するのでした。

篳篥《ひちりき》を巧みに吹く従者《じゅうしゃ》や、笙《しょう》の笛をお伴にもたせた趣味人《しゅみびと》もいます。北山の僧都はたまらず、自分の琴《こと》を持ちだして源氏の君にさし出しました。

「どうかこの琴をひと鳴らし。これほどの管弦《かんげん》の遊びとなったからには、北山にさえずる鳥たちを驚かせてください」

あまりに熱心に勧められるので、源氏の君もことわりきれません。

「まだ体の具合が悪くて、演奏には耐えられないのですが」

そう言いながらも、ひとさわり見事に掻《か》き鳴《な》らします。その後は、だれもが帰路《きろ》につきました。

集まった寺の法師や童《わらわ》は、涙ぐんで飽《あ》き足《た》らずにいます。まして、僧都の屋敷の尼君や女房は、かつてこれほど優美な人を見たことがなく、泣きながら口々に言い合いました。

「この世のこととも思えないこと」

僧都もしきりに目をぬぐっています。

「どのような因縁《いんねん》あって、これほど秀でたおかたが末世《まっせ》の日本にお生まれになったのか。もったいないことだ」

若草の少女も、大人といっしょに見物していました。そして、幼心《おさなごころ》にも源氏の君を美しい人だと思ったようでした。

「宮様より、もっとおきれいね」

「それなら、あのかたの子どもになりますか」

女房が冗談にたずねると、うなずいて、それでもいいと思う様子でした。この日から、人形遊びにもお絵描きにも源氏の君をこしらえて、一番きれいな衣装を着せて遊びました。

内裏《だいり》に参上した源氏の君は、父の帝にわらわ病みが癒《い》えたことを報告しました。

帝は、源氏の君がやつれたことをしきりに心配し、北山の聖の効験に感激し、今まで公《おおやけ》の地位に取りたてなかったことを悔《くや》しがりました。

そこへ、舅の左大臣が来合わせます。

「みずからお迎えにとも思ったのですが、お忍びと聞いて遠慮したのですよ。この上は、わが家でゆっくり一日二日養生《ようじょう》なさるとよろしい」

源氏の君は気のりしないものの、ことわることもできず、左大臣の牛車で内裏を出ました。国の重鎮《じゅうちん》たる人物が、車の奥に引きこんで婿《むこ》の君《きみ》を尊重するので、心づかいを申し訳なく思わずにいられません。

左大臣邸《てい》の人々も用意がよく、源氏の君が久々に顔を出すにもかかわらず、前以上に曹司《ぞうし》をきれいに仕立て、何もかも最上に整えてありました。ただ、妻の葵《あおい》の上《うえ》だけが、いつものように別室に引きこんで、すぐには婿の前に顔も出さないのでした。

父親がしきりにせかして、ようやくしぶしぶ出てくる有様《ありさま》です。源氏の君の前に座っても、絵に描いた姫君《ひめぎみ》のように身じろぎもせず、堅苦しい態度で押し通すのでした。

源氏の君は、山道の感想などを語りますが、語り甲斐《がい》のある楽しい受け答えがあってこそのものです。少しも打ちとけず、年月が立つほど隔《へだ》てが増すのを見て、思わず言ってしまいます。

「たまには、世間並の夫婦らしさを見せてほしいものです。私が病に耐えがたく苦しんだというのに、妻から体の具合を尋《たず》ねてももらえないとは、いつものこととはいえ、やっぱり情けなくなる」

「問《と》（訪《と》）われないのは、つらいものとか」

ようやく口を開いた葵の上は、夫が左大臣邸に寄りつかないことを当てこすります。横目づかいのまなざしには、相手を恥じ入らせるものがあり、気高い美しさです。

「たまに返事をくれると思えば、それですか。私たちは隠れもない夫婦であって、忍んで訪問する仲ではないでしょう。いつかはその態度を思いなおしてくれると、こちらはあれこれ努力しているのに、よけい疎《うと》まれるばかりなのか。いいでしょう、命《いのち》長ければだ」

そう答えて、源氏の君はさっさと寝所《しんじょ》に入ってしまいました。

葵の上は、夫に続いて寝所へ移ろうともしません。源氏の君は、誘う言葉もかけづらくなり、ため息をついて横になっていますが、しゃくに障《さわ》るので眠いふりをします。ぎくしゃくしたまま続く関係に、心中《しんちゅう》穏やかになれませんでした。

ことさら若草の少女に思いを寄せます。

（求婚《きゅうこん》にふさわしくないのは当然で、男が言い寄るのは難しいのはわかる。どうもっていけば、快《こころよ》くあの子を引き取らせてもらい、毎日会うことがかなうだろう。兵部卿の宮は、上品で優雅だが目立つ美男とは言えないのに、どうして娘があれほど藤壺の宮に似て美しいんだろう。やはり、同じ母君から生まれたご兄妹《きょうだい》だからなのか）

心に秘めた人とのゆかり——紫《むらさき》の色濃さを知ってしまった今は、何としても少女を手に入れたいと願うのでした。

源氏の君は、あきらめずに尼君に文《ふみ》を送りました。

「聞き入れないご様子に恐縮《きょうしゅく》して、思いのすべてをお話しできなかったことが残念です。このように文をさし上げるのも、気まぐれな申し出ではないと知ってくださるとうれしいからです」

縦《たて》にたたんだ公式の手紙の中に、小さく結んだ手紙が入れてあります。結び文は恋文の様式でした。開けば歌がしるしてあります。

「〝山桜《やまざくら》の面影がこの身を離れない。心は北山に残してきたはずなのに〟

夜風《よかぜ》に散らないかと気がかりです」

見事な筆跡《ひっせき》は言うまでもなく、さりげなく包んだやり方も洗練されて、年老いた尼君や女房には目にまばゆいほどです。尼君は心苦しく思いながら返事をしたためました。

「先のお話は、ただのお気まぐれと思いなしておりましたが、これには、どのようにお返しすればよいものか。こちらの者は、手習《てなら》いの文字すら続けて書けない幼さですから、恋文をいただく甲斐がないというものです。それにしても、

〝嵐に散る山桜。そのわずかな間だけ、心にとどめる思いに過《す》ぎないのでは〟

いっそう疑うばかりです」

源氏の君は悔しく思い、二、三日後、惟光を北山へ送り出すことにしました。その人を訪ねていき、

「あそこに、少納言の乳母というお付きの女房がいただろう。その人を訪ねていき、こちらの味方につけてほしい」

惟光は、のぞき見した自分は少女に注目しなかったことを思い、おかしくなります。

（まったく、何一つ取りこぼさないおかただな。私には、幼い子どもとしか見えなかったものを）

しかし、彼は弁舌《べんぜつ》さわやかな若者なので、少納言の乳母に面会すると、言葉を尽くして源氏の君の思いを訴えました。新たな文も届けます。前と同じように結び文が入っています。

「続け文字が書けなくてもいいから、ご当人の返事が見たいものです。

〝あさか山の浅くはない思いだから、山《やま》の井《い》に映る面影が心を離れるときもない〟」

しかし、返ってきた文は、またもや尼君の代筆でした。

「〝汲《く》んでは後悔する山《やま》の井《い》。その浅さで、本当の影など見えるものだろうか〞」

都へもどった惟光が、少納言の乳母を説得できなかったことを伝えます。

「尼君のご病状が安定し、都の屋敷に戻ることができたなら、時期を見てご相談しますと言っておりました」

源氏の君にとっては、まるで当てにできない話でした。

そのころ、藤壺の宮が体調を悪くして、内裏から退出して里帰りをしました。父の帝が嘆く様子を、源氏の君も心苦しく思うのですが、この好機に密会できたらという欲望を抑えられません。他の一切《いっさい》が手につかなくなりました。どこへも出歩かなくなり、宮中《きゅうちゅう》にいても二条院にいても、昼はぼんやり過ごしています。夜ともなれば、王命婦《おうみょうぶ》という藤壺の宮の側近《そっきん》をつけ回し、密会の機会をつくるよう責め続けます。この女房は、過去に一度二人の逢瀬《おうせ》を手引きしたことがありました。

王命婦は、今回も君の懇願に負けました。どう企《くわだ》てたのか、これほど無茶な密会は、源氏の君でも夢か現実か決めかねたのは、わびしいことでした。

藤壺の宮は、思いもよらぬ過去の一夜を生涯の苦悩と考え、過《あやま》ちは一度で終わらせようと固く決めていました。それなのにと、再度の逢瀬に耐えられない思いがします。

それでも、忍び入った源氏の君に無粋《ぶすい》な態度はとらず、慕《した》わしく愛らしいしぐさで、かと思えば容易に心を許さず、思慮深《しりょぶか》さと気高《けだか》さで応じるのでした。どんな女人もこうはいかない、どうして嫌《きら》いになれる欠点がないのかと、源氏の君が恨めしくなるほどです。

夏の短夜《みじかよ》は、つもりつもった胸の内を晴らそうにもたちまち白《しら》んでしまいます。つかの間の逢瀬は、かえってつらさを増すばかりでした。

「〝また見ることもかなわぬ夢。わが身を夢に消してしまう方法があったら〟」

源氏の君は泣きむせび、藤壺の宮もこらえきれずに口にします。

「〝世の人が語り伝えるにちがいない。つらいこの身を覚《さ》めない夢に変えても〟」

帝の女御《にょうご》である人が、世間の口を恐れて思い乱れるのは当然であり、じつに申し訳ないことでした。

王命婦が、源氏の君の脱《ぬ》ぎ散《ち》らした衣類を拾《ひろ》い集めてきました。

二条院に戻った源氏の君は、寝所に泣き伏してその日を暮らします。

男女の逢瀬のあくる朝は、後朝《きぬぎぬ》の文《ふみ》を交わすのが世の習いですが、源氏の君が送った文は見もせずに返されました。藤壺の宮が恋文に返事しないのは、いつものことでありながら、この朝はことさら身にこたえました。

内裏へ参内《さんだい》もせず、数日自宅に籠もりきりましたが、こうしていると父の帝は、また病気の心配をなさるだろうと思うと、自分の罪深さが恐ろしいのでした。

藤壺の宮も、わが身が嘆かわしいあまり、体調の悪さがますます嵩じました。宮中からしきりに使者が来て、参内をうながすのですが、すぐには思い立つこともできません。

体の変調には、じつは思い当たるふしがあったのですが、どうしようと憂えて思い乱れるばかりでした。

暑い時分でもあり、床に伏せってばかりで過ごしています。

身ごもって三月《みつき》になっていました。

ついに、だれの目から見ても妊娠《にんしん》が明らかでした。本人は、あきれる宿命《しゅくめい》をつらいと思うばかりです。事情を知らない人々は、この月まで帝に懐妊《かいにん》を報告せずにいたことを不審がりますが、藤壺の宮の心一つには、だれの子を宿したかがはっきりしていました。

側仕《そばづか》えの女房で、お湯殿《ゆどの》のお世話をする乳母子《めのとご》の弁《べん》、王命婦の二人は、もしやと思うことがありましたが、口にできることではなく、それぞれの胸にしまっています。王命婦は、のがれられない宿命を思い合わせます。帝には、もののけの病に紛れて大事な兆候《ちょうこう》を見逃したと言い訳し、だれもがそれを信じました。

当然ながら、帝は懐妊をこの上なく喜び、内裏の見舞い客が引きも切らずに訪れるので、藤壺の宮は空恐ろしくてなりません。もの思いが晴れるひまもありませんでした。

源氏の君もそのころ、ただならぬ異変の夢を見ていました。

夢合わせをする占い師を呼び、この夢を占わせてみると、思いもよらない方向に言い合わせます。

「――そして、運勢の半《なか》ばに逆風に出会い、身を慎《つつし》むことがあると出ています」

胸が騒ぐうち、藤壺の宮の懐妊の話が耳に入り、源氏の君にも合点《がてん》することがありました。

王命婦をつかまえて、会わせてほしいとたのみ込みますが、この女房も今は後悔する一方でした。二度と密会を取りもとうとしません。これまでは、ほんのときたま、はかない一行が届くこともあった藤壺の宮の文も、今や完全に絶え果てました。

七月になり、藤壺の宮がようやく後宮にもどりました。めでたく身重《みおも》の体となり、帝の寵愛《ちょうあい》は増すばかりです。体つきが今までより少しふっくらし、つわりの悩みに顔ばかりが痩せた様子には、これまでにない魅力がそなわっています。

いつものことながら、帝は明け暮れ藤壺を訪れます。季節もようやく管弦の遊びにふさわしく、源氏の君は頻繁《ひんぱん》に呼び寄せられ、琴や笛の合奏を仰《おお》せつかりました。心を強くいましめ、人々に内心をさとらせずにいる源氏の君ですが、ときたま楽《がく》の音《ね》に漏《も》れる哀切な響きを、御簾の奥の藤壺の宮も、平静に聞けるものではありませんでした。

一方、北山の尼君は、病がいくらか持ち直したので、孫娘《まごむすめ》とともに都の屋敷に戻ってきました。源氏の君は、都の住まいへ便りを送ってみましたが、返事の内容は前と同じでした。源氏の君も、今はかつてにまさる懊悩《おうのう》を抱えていたので、文のやりとりもそのままになり、何の進展もなく数ヶ月が過ぎました。

季節はすでに晩秋《ばんしゅう》になっていました。

源氏の君は無性に淋しくなり、忍んで通う女人の家を訪問しようと、久しぶりに夜の外出をします。

牛車をやるうち、ぱらぱらと時雨《しぐれ》が降ってきました。行き先は六条京極《ろくじょうきょうごく》わたりにあり、内裏から出向くには少々距離があります。都もこれほどはずれまで来ると、人気《ひとけ》もなく荒れた屋敷があり、庭木ばかりが大きく茂って敷地内が暗く見えます。

忍び歩きには必ずお供する惟光が、荒れた屋敷の前で言いました。

「ここが、亡き按察使大納言のお屋敷です。例の少納言の乳母を、用事のついでに訪ねてみたところ、尼君がひどく弱ってしまわれて、今後のこともわからないと言われました」

源氏の君は、はっとしました。

「気の毒な。見舞いをするべきだったのに、どうして今まで言わなかったんだ。屋敷の人に訪問を伝えてくれ」

惟光は、従者を屋敷につかわしました。

寄り道だということは伏せ、源氏の君がわざわざ出かけてきたように告げたので、女房たちはあわてふためきます。

「まあ、なんてもったいない。尼君はこのところ起きられず、ご対面もできないだろうに」

それでも、このまま帰すのは失礼だろうと、南廂《みなみびさし》の間《ま》を何とかつくろって客人を迎えました。源氏の君は挨拶を述べますが、奥まった座席であり、君にとっては勝手のちがう場所でした。

寝たままの尼君が、女房を通して言葉を伝えます。

「病の苦しみはいつものことでしたが、いよいよ最期が近づいたようです。わざわざお越しくださったのに、お相手もできずに申し訳ありません。以前、お申し出いただいた件は、お気持ちが変わらないのなら、孫娘がふさわしく成長した年には数に入れてやってください。あの子を心細い場所に残していくことだけが、私の成仏《じょうぶつ》のさまたげです」

寝所が近いので、源氏の君にも、尼君の細くとぎれとぎれな言葉が聞こえました。

「もったいないお見舞いをいただいたのに、せめて、うちの孫娘がふさわしいお礼の言える大人だったなら」

源氏の君は、幼さが問題にならないことをくり返し訴えました。

「来た甲斐もなく思われますので、あどけない姫君のお声を、一声だけでも聞かせていただけませんか」

屋敷の人々はためらっています。

「あいにくと、何も知らずに寝所で寝入っておりまして」

女房がそう答えた矢先、奥から足音が聞こえました。

「おばあさま、お寺で見た源氏の君がいらしたのですって。どうして見にいらっしゃらないの」

女房たちがばつの悪い思いをして、静かにと制しますが、少女は無邪気で気がつきません。

「どうして。おばあさまが、あの人を見ると苦しさが和《やわ》らぐとおっしゃったから、こうしてお知らせしにきたのよ」

賢いふるまいだと信じて、女房に言い返しています。源氏の君はおかしくてなりませんが、家の人の気まずさもよくわかるので、聞こえなかったふりで真面目な挨拶をし、そのまま帰りました。たしかに他愛《たあい》なく幼いと思いながらも、そこをよく教え育ててみたいと夢想します。

翌日は、ていねいな見舞いの文を送りました。いつも中に入れる結び文には、わざと子ども向けのくずさない文字を書いていています。

「〝あどけない鶴《つる》の一声を聞いてから、葦《あし》で動けない舟《ふね》のようにとらわれている〟

恋しいのは同じ人です」

それもまた筆跡が見事なので、尼君の屋敷の人々は、姫君の習字の手本にしようと言い合いました。返事の文は、少納言の乳母が代筆します。

「今日一日も無事に過ごせそうになく、死出《しで》の旅立ちに北山へ移るときかと。お見舞いをいただいたお礼は、この世の外《ほか》で申し上げることでしょう」

源氏の君も、この文面を読んでは胸が痛みました。

秋の夕べは、憂愁《ゆうしゅう》のある身にはいっそうもの悲しく、狂おしく藤壺の宮のことばかり考えてしまいます。かの人のゆかりを得たいという気持ちは、さらに強まるのでした。今は臨終《りんじゅう》を迎える尼君が、〝消える空もない〟と詠《よ》んだ春の夕べを思い出し、少女の面影を追います。けれども、身近に見れば期待はずれがあるかと危ぶみもします。

独《ひと》り言《ごと》に歌を詠んでみました。

「〝いつの日か、この手に摘《つ》んでみたいと思う。紫《むらさき》の根（寝）に通じる野辺《のべ》の若草〟」

十月になれば、先帝《せんてい》の朱雀院《すざくいん》へ帝の行幸《みゆき》があるため、宮中《きゅうちゅう》は活気づいています。当日の宴《えん》の舞人《まいびと》に、親王《しんのう》や大臣家の子弟、その下の高位高官を含めて、ふさわしい者はすべて抜擢《ばってき》されていました。舞楽《ぶがく》に堪能《たんのう》な宮人《みやびと》であれば、この晴れ舞台の稽古《けいこ》に余念がありません。

源氏の君も多忙でしたが、尼君の消息《しょうそく》を聞いていなかったと思い出し、北山に文を送ってみました。すると、前月の二十日ほどに亡くなったと知らせてきました。源氏の君は、残された少女を思いやります。さぞ悲しんでいるだろうと、自分が母や祖母に死に別れたときを重ねあわせます。

忌《い》みが明けて都に戻ったと聞き、体に空《あ》きのできた夜にみずから訪問しました。すっかり荒れた地所に住む人も少なく、幼い人はさぞ怖いだろうと感じます。前と同じ南廂の間に通され、少納言の乳母がその後の様子を泣きながら語りました。同情して君の袖もむやみに濡《ぬ》れました。

「残された姫君は、宮様におわたしするべきですが、亡くなった母君が、あちらのお屋敷を薄情でひどいものに思っていらしたことが気がかりで。姫君がもう幼子《おさなご》ではなく、まだ大人の気くばりはできない半端《はんぱ》なお年頃ですから、大勢いらっしゃるお子様の格下《かくした》に扱われるのではと、亡き尼君も最後まで憂えていらしたのです」

少納言の乳母は言い続けます。

「この私も、ご心配はもっともだと思うことばかり見聞きしました。ですから、お申し出いただいたことは、今後のことがどうあれ、うれしく存《ぞん》じあげております。それでも、今はあまりに不釣り合いなのです。お年よりさらに幼く育っていらっしゃるので、危惧《きぐ》するばかりです」

源氏の君は説得を試み、歌を詠みます。

「〝あしわかの浦に海松布《みるめ》（見る目）がなくとも、引く波はそのまま返すだろうか〟

姫君を見ずには帰りませんよ」

少納言の乳母は、恐縮《きょうしゅく》しながらも歌を返します。

「〝寄る波の心はわからず、わかの浦《うら》の玉藻《たまも》は、なびいたならば漂《ただよ》うだろう〟

今夜は無理なお話です」

相応に気が利《き》いているので、源氏の君はこの乳母を憎からず思いました。

「なぞ越えざらん」と軽く朗詠《ろうえい》し、「必ず会ってみせる」の意を込める源氏の君の応酬《おうしゅう》に、屋敷の若い女房たちは胸をときめかせて聞き入るのでした。

当の少女は、祖母を慕って寝所に泣き伏せていました。そこへ、遊び相手の女童たちが入ってきて教えました。

「直衣《のうし》を着たお人が訪ねてきたわ。きっと、宮様がおこしなのよ」

兵部卿の宮が訪ねて来たと思い込み、少女は泣きやんで起き上がりました。

「少納言、直衣を着たかたはどちらに。宮様がいらしたの」

かわいい声がして、紫の少女が乳母に近寄ってきたのが、御簾を隔てた源氏の君にもわかりました。外から少女に呼びかけます。

「宮様ではありませんが、同じくらいいい人ですよ。こちらへいらっしゃい」

声と気配で、少女も例の源氏の君だと気がつきました。失礼があってはならないりっぱな人です。失言《しつげん》に恥じ入って、乳母に寄り添いました。

「いっしょに来て。もう、眠いから」

源氏の君は、さらに声をかけます。

「今さら、どうして隠れようなどするの。眠いのなら、私の膝でお休みなさいよ。さあ、もう少しこちらへ来て」

少納言の乳母はしかたなく、少女を少しばかり御簾のほうへ押しやりました。

「こんな調子ですから。まったくの世間知らずで」

少女は、見当もつかずにただ座っています。源氏の君が御簾の下から手をさし入れて探ると、着慣らした衣につやつやした手ざわりのいい髪がかかっています。さらに、髪の末がふっさりと多いのを探り当てました。さぞ見事な髪だろうと思う感触です。

源氏の君が少女の手を握ったので、さすがのこの子も、よく知らない人がここまですることが怖くなりました。

「寝にいくと言っているのに」

逃れようと手を引くと、源氏の君は引かれるまま御簾の内へすべりこんでしまいます。

「今は、私こそあなたの思《おも》い人《びと》ですよ。いやがらないで」

少納言の乳母はうろたえました。

「まあ、困ります。そんなまねをされては。まだ、言い寄られても何もわからない人なのに」

源氏の君は乳母に言います。

「じかに会ったからといって、この年齢の人をどうすると言うんです。世間一般の男とは違う志《こころざし》だということを、最後まで見届けてごらんなさい」

あられが降り風の吹き荒れる、恐ろしげな夜でした。

源氏の君は、どうしてこれほど仕《つか》える人も少なく、心細いありさまで暮らしているのかと、少女のために泣く思いです。このまま帰る気にはなれず、家の人々に言いつけました。

「格子戸《こうしど》を降ろしなさい。気味の悪い夜だから、私が宿直《とのい》をしよう。側仕えの者は、近くに控えているように」

慣れたことのように少女の御帳台《みちょうだい》（四方に帳《とばり》を垂らした寝台）に入る姿に、女房たちはあきれて逆らうこともできません。少納言の乳母は動転し、自分の不始末《ふしまつ》だと考えるものの、声を荒らげて咎《とが》める相手ではないので、泣く泣く帳の外に留《とど》まりました。

少女は恐れて、何が起こるのかと震《ふる》えています。きめ細かな肌が寒そうに粟《あわ》だっているのも愛らしく、源氏の君は単衣《ひとえ》を着ただけの相手を抱きしめました。小さな子に気の毒をしたという自覚もあり、恋人に尽くすように心をこめて寝物語をします。

「私の屋敷へいらっしゃいよ。きれいな絵巻がたくさんあるし、お人形遊びもたくさんできるところですよ」

少女が気に入ることばかり話すので、幼い相手もだんだん怯《おび》えなくなりました。とはいえ、寝入ってしまうほどには気を許せず、明け方までもじもじしながら横になっていました。

嵐は夜通し荒れたので、屋敷の女房たちは、男性がいなければどんなに心細かったかとささやき合いました。同じことなら、姫君がふさわしい大人ならばよかったのにと考えています。

風が少し吹きやんだ暁《あかつき》に、源氏の君が床《とこ》を離れる様子も、まるで男女の逢瀬のように見えました。近くにいた少納言の乳母に声をかけます。

「お気の毒な境遇だとは思っていたが、この様子では片時も安心できなくなったよ。私が独《ひと》り住《ず》まいしている屋敷に移ってほしい、ここには長く住めないだろう。よく今まで怖がらずに過ごせたものだ」

乳母は答えました。

「宮様も、姫君を迎えに来るとおっしゃっています。ただ、尼君の四十九日《しじゅうくにち》が過ぎてからにしようと」

「父親の家に移るのが筋《すじ》であっても、今まで別々に暮らしていたのなら、疎さは私と同じだろう。出会いは今であろうと、大事に思う心は私のほうがまさっている」

源氏の君は少女の頭を撫《な》で、何度もふり返りながら屋敷を出ました。

霧《きり》が立ちこめた景色に風情があります。地上には霜《しも》が降《お》り、夜目《よめ》にも白く映ります。

真実の恋愛にふさわしい明け方だと思うと、源氏の君はもの足《た》りなくなりました。お忍びで通う女人の家近くだったことを思い出します。

そちらの屋敷へ牛車をやり、従者に門を叩《たた》かせましたが、だれも出てきません。お供の中の声のよい者に、門の外から歌わせました。

「〝明け方の、霧立《きりた》つ空の迷《まよ》いにも、行《ゆ》き過《す》ぎかねる『妹《いも》が門《かど》』だ〟」

二度ほどくり返したとき、心得《こころえ》のある下仕《しもづか》えの女が出てきて答えました。

「〝霧《きり》の垣根が過《す》ぎにくいなら、草の戸などが隔《へだ》てにはならないだろうに〟」

下仕えはすぐに引っこんでしまい、後はしんとしています。男側は恰好《かっこう》がつきませんが、次第に明るくなってきたので外聞《がいぶん》が悪く、そのまま二条院へ帰りました。

源氏の君は、愛らしい少女のあれこれを思い返し、独り笑いをして横になります。日が高くなってやっと起き出し、後朝の文を送ろうとしますが、通常の恋仲ではないので、ふさわしい文案《ぶんあん》がまとまりません。書き悩んでは筆を置き、結局は、少女が好みそうな絵を描いて送り届けました。

尼君の屋敷では、この日、兵部卿の宮が訪れていました。

ここ数年に屋敷がますます荒れてしまい、古びた広い建物に住む人が少なくなって久しいのを見回しながら言います。

「こんな場所は、子どもが住むところではないな。やはり、私の屋敷に引き取ろう。

何も遠慮しなくていい、乳母のための曹司《ぞうし》もしつらえるし、この子は同じ年ごろの子どもと遊べて、きっと楽しいだろう」

少女を近くに呼び寄せると、源氏の君の移り香《が》が艶《えん》に匂い立ちます。兵部卿の宮はよい香りを不思議に思いつつ、衣が着古してみすぼらしいので不憫《ふびん》になります。

「長年、病気の年寄りばかりになじんでしまって。本宅《ほんたく》にもっと慣れておいたほうがいいと勧めても、尼君にむげに疎まれて、妻も気を悪くしていたようだ。死に別れて初めて移り住むというのも、気の毒なことだったな」

少納言の乳母は、ためらいがちに申し出ます。

「暮らしが心細いのはたしかですが、今は、姫君にもう少しわきまえがついてから、お屋敷へ移るのがよろしいのではないかと」

少女は昼も夜も尼君を慕い続け、食事も満足にとらないのでした。痩せて顔が細くなってしまっています。けれども、かえって気品のある愛らしさを感じさせます。

「どうしてそんなに悲しむのだ。亡くなった人をいつまでもたのみにしてもしかたないのだよ。父の私がいるだろう」

日が暮れて帰る用意をすると、少女が心細がって泣き出すので、兵部卿の宮も涙ぐんで約束しました。

「そう思いつめなくていい。今日明日にはきっと迎えにくるから」

言いきかせて屋敷を出ましたが、少女はその後も、家の人の慰めも聞かずに泣き続けました。将来の身の上までは思い及ばない子どもです。ただ、片時も離れずにいた尼君が亡くなって、幼心にも胸がふさぎ、ふだんのように遊ぶことができないのでした。

日が高いうちはどうにか気を紛らすことができますが、淋しい夕暮れともなれば、ひどく滅入《めい》って泣きやみません。扱いかねた少納言の乳母が、いっしょになって泣いてしまうほどでした。


その夜、源氏の君は惟光を少女の屋敷へ向かわせました。帝のお召しでやむなくと説明し、代わりに宿直をつとめる男もつかわします。

屋敷の女房たちは、まがりなりにも姫君と寝所を共にしたなら、結婚の習いで三日はかようべきなのにと、落胆《らくたん》しました。

「宮様にこの件が知れたら、付き人の怠慢《たいまん》をひどくお叱《しか》りになるでしょう。ああ、身につまされること。姫様もゆめゆめ、考えもなくこのことをお話ししてはなりませんよ」

少女に言い聞かせますが、本人は何とも思わないので拍子抜《ひょうしぬ》けすることでした。少納言の乳母は、惟光を相手に失望した心中を語ります。

「何年も先のことでしたら、結婚して結ばれるご縁もなくはないと思えるのですが、今すぐは、どう見ても似合わないことですのに。源氏の君のお気持ちを計りかねて、あれこれ思い悩むばかりです。今日も宮様がいらして『身辺をしっかりお守りせよ、幼いからと気を抜くな』とおっしゃったので、私どもは耳が痛く、あの色ごとめいた一件を思い起こしてしまいます」

そうは言うものの、惟光に男女の事実があったと思われては困るので、あまり深く嘆くわけにもいきません。惟光のほうも、何があったのか心得ないままでした。

この報告を聞き、源氏の君は相手にすまないと感じます。しかし、婿入《むこい》りしたように少女の屋敷にかようのも、さすがに変だと考えます。これを漏《も》れ聞いて、酔狂《すいきょう》だと取り沙汰《ざた》する人々がいてはいけないので、人目を忍んで二条院に迎え入れようと考えました。

再び惟光に文を託してさし向けますが、少納言の乳母が言葉少なに告げます。

「宮様が、急に明日、姫君を迎えにくると使いを寄こされたのです。移転の用意にあわただしく、住み慣れた屋敷を去ることも悲しく、仕え人の私どもも心が乱れてしまって」

今は相手をする余裕もなく、縫《ぬ》いものに必死な様子なので、惟光も引き返しました。

源氏の君は、左大臣邸へ来ていました。

いつものことながら、葵の上はすぐに出てこようとしません。腹立たしいので和琴《わごん》をつま弾き、「常陸《ひたち》には田《た》をこそ作れ」と艶《つや》っぽく風俗歌《ふうぞくか》を歌って憂《う》さ晴《ば》らしをしています。

そこへ惟光が戻ってきたので、近くへ呼び寄せました。

報告を聞けば、残念でなりません。少女が本宅に入ってしまえば、源氏の君が迎えに行けばもの好きと見られ、実行できたとしても、幼い人を盗み取ったという非難を浴びるでしょう。向こうへ移るより先に、屋敷の人々に口止めして強行してしまおうと、すばやく決意を固めました。

「暁にあちらの屋敷へ向かう。車の装備をそのままにして、従者《じゅうしゃ》を一人二人待たせておくように」

指示を出しながらも、まだ少し迷います。ことが知れわたったら、面目《めんもく》を失うのは目に見えています。

（どうしよう、噂《うわさ》になってもの好きと決めつけられたら。相手が成熟《せいじゅく》した女で、思い合って盗み出したというなら、世間の人もうなずく話だが、この場合、父の宮に探し当てられたときには、どれほど人聞きの悪い騒ぎとなるだろう）

けれども、それでも、紫の少女を失う後悔がまさると思えるのでした。

深夜に左大臣邸を出ました。葵の上が少しも打ちとけないまま、しぶしぶ共寝《ともね》をしているところでした。急用を思い出したのですぐに戻ると言い残し、こっそり寝所を抜け出したので、お付きの女房たちも気がつきません。

二条院へもどって直衣に着替え、惟光を馬に乗せて出発します。

牛車ごと屋敷の門に乗り入れてしまい、惟光が案内を乞うと、少納言の乳母が出てきました。夜更けの訪問を、どこかの忍び歩きの帰りと解釈した様子でした。

「幼い人はぐっすり眠っています。どうしてこれほど遅くにいらっしゃるのです」

「父の宮のお屋敷に移るとうかがったので、それより先に姫君と話をさせてほしい」

少納言の乳母はほほえみます。

「何のお話でしょう。寝ぼけずにお返事などできるかと」

かまわず、源氏の君は中へ上がりこみました。

「私が目を覚ましてさしあげよう。このきれいな朝霧《あさぎり》を知らずに寝過ごしていいものか」

少女は無心に眠っていたところを抱き起こされ、目が覚めましたが、寝ぼけて父の宮がお迎えにきたと思っていました。源氏の君は、少女の髪を自分の指で梳かしてやります。

「さあおいで。宮様のお使いでやってきたよ」

ようやく別人だと気がついて、少女はにわかに怯えました。

「心外《しんがい》だな、私も宮様も同じ人間だよ」

そのまま抱き上げて御帳台を出ると、源氏の君は、あわてふためく少納言の乳母や女房たちに告げました。

「ここへは毎日訪れることもできないから、安心できる場所へお誘いしてあったのに、別の屋敷へやられては迷惑だ。だれか一人付き添いの者を寄こしなさい」

君がさっさと牛車に乗りこんでしまうので、屋敷の人々は手をこまねくばかりでした。車に乗せられた少女は、怯えきって泣き出しています。

どうにも止められないとさとった少納言の乳母は、縫ったばかりの姫君の上衣《うわごろも》を手に、自分も少しましな上衣に着替え、源氏の君の車に乗りこみました。

二条院へは、まだ明るくならないうちに着きました。

西の対《たい》に車をつけ、少女を軽々と抱き下ろしましたが、ここには寝所のしつらえがありません。惟光に命じ、御帳台や屏風などを急いで設置します。几帳《きちょう》の帷子《かたびら》を下げ降ろし、形ばかりの御座所ができあがったので、東の対から夜具《やぐ》を取り寄せ、少女といっしょに寝床につきました。

少女は不安で、どうするつもりなのかと震えています。それでも、今では声を上げて泣くことはなく、幼い口調で「少納言といっしょに寝る」と訴えます。

「これからは、そういう寝方をするものではないよ」

源氏の君にさとされると、わびしくて泣きながら眠った様子でした。御帳台の外にいる少納言の乳母は、横になる気にもならず、くつろげないまま朝を待ちました。

空が白み、明るくなった周囲を見回すと、御殿《ごてん》の造りや調度の豪華さは言うまでもなく、庭に敷いた小石までが玉を並べたように見えます。すべてがまばゆく、自分のみすぼらしさを場違いに感じます。けれども、建物内には他に仕える女房もいないのでした。

西の対は、疎遠《そえん》な客人をもてなす折にしか使われていませんでした。外回りで仕えている男たちは、ここに女人が迎えられたと聞いて仰天《ぎょうてん》し、生半可《なまはんか》な恋人ではあるまいとささやき合いました。

源氏の君の洗顔の水や、朝食の粥《かゆ》を西の対へ運ばせます。君は、日も高くなってからようやく起き出しました。

「側仕えがいないのは不便だから、夕方には、ふさわしい女房を仕事に就《つ》かせよう」

当面は、東の対から女童だけを呼び寄せます。容姿のかわいい女の子が四人やってきました。紫の少女は、まだ上掛《うわが》けにくるまったまま横になっています。

源氏の君は、少女を強《し》いて起こして言いました。

「そうつれなくするものではないよ。私がいい加減《かげん》な男だったら、こうまで尽くさないのだから。女の人は、心が素直《すなお》で柔《やわ》らかなのが一番だよ」

さっそく、理想の教育を始めているのでした。

少女の顔立ちは、遠くから見たときより、さらに清らかに美しいものでした。やさしく話しかけ、女童におもしろい絵巻やおもちゃを持ってこさせて、この子の気を引こうと努めます。すると、ようやく起き出して見始めました。

濃い鈍色《にびいろ》のなえた喪服《もふく》を着て座り、絵に見入ってほほえんだ姿は何とも愛らしいものです。君も、思わず笑みを浮かべて見守ってしまいます。

紫の少女は、源氏の君が東の対へ戻るとき、建物の端《はし》までついて行き、庭の木立や池をのぞいてみました。

霜枯《しもが》れの前栽《せんざい》は絵を見るようで、見たこともない、四位《しい》や五位の官衣《かんい》を着た人物がしきりに出入りしています。おもしろい場所だと感じました。端に立てた屏風の絵も見事なので、あれこれ感心して見ているうち、つれてこられた恐ろしさが薄らぐのも、ずいぶん他愛《たあい》のないことでした。

源氏の君は、二、三日内裏への出仕《しゅっし》もせず、少女をなつかせようとつきっきりで過ごしました。お手本のつもりで習字や絵をさまざま披露《ひろう》して、巧みに書かれたものが積まれていきます。

その中に、〝武蔵野《むさしの》と言《い》へばかこたれぬ〟という古歌《こか》を紫色の紙に書き、特に墨《すみ》の跡《あと》の美しいものがありました。少女は手に取ってしげしげと見入っています。わきに少し小さな字で、源氏の君の自作が書いてありました。

「〝根《ね》（寝）は見ずとも心にかけている。露に分け行って探す、紫草《むらさきぐさ》のゆかりがあるのだから〟」

源氏の君はうながしました。

「あなたも書いてごらんなさいよ」

「まだ、上手にできないんだもの」

見上げる表情が純真でかわいいので、君はほほえみます。

「上手にできなくても、書かなければ下手のままだよ。私が教えてあげるから」

すると、少し横向きになって隠しながら書き始めるしぐさも、筆をもつ幼い手つきも、すべてが愛らしく胸を打たれるので、源氏の君はそんな自分を不思議に思うほどです。

「失敗したから、だめ」

恥ずかしがって隠すところを、無理にも取り上げて読んでみました。

「〝私は、縁《えん》を結ぶわけを知らないのに。どういう紫草のゆかりなのだろう〟」

子どもっぽい筆跡ながら、先が有望な書きぶりです。亡くなった尼君の字に似ています。当世風の手本を学べば、相当な書き手になるだろうと思わせました。

その後は、少女といっしょに人形の家をこしらえて、楽しい遊び相手を続け、憂愁《ゆうしゅう》を紛らせるには最上の気晴らしになりました。

兵部卿の宮が到着しても、固く口止めされた尼君の屋敷の人々は、源氏の君が急襲した事実を明かすわけにいきません。

「乳母が、どこへとも知れず、姫君をつれ出して隠してしまいました」

父の宮は、腹立たしいながらも、ありそうなことだと思ってしまいます。

（亡くなった尼君が、あれほど嫌っていた本宅だ。少納言の乳母が、さし出た自分の考えで、私に何も言わずに隠してしまったのだろう）

今さらながら、少女の顔かたちの美しかったことを思い出し、消え去ったことが悔やまれてなりません。しかし、北山の僧都に問い合わせてもその他でも、娘の行方《ゆくえ》はまったくわからず、泣く泣くあきらめるしかありませんでした。

二条院の西の対には、少しずつ前の屋敷の人々が集まってきます。遊び相手の女童や子どもたちは、目新しく華やいだ暮らしと知って喜び、屈託《くったく》なく遊びに興じました。紫の少女は、源氏の君のいない淋しい夕暮れなど、尼君を慕って泣くことがありますが、父の宮のことは特に恋しがりません。もともと、それほど見慣れた人物ではなかったのです。今となっては、源氏の君だけが男親として親しむ人でした。

源氏の君が外出先から帰ったときは、みずから真っ先に迎え出て、かわいいおしゃべりをします。君の懐《ふところ》に抱かれて座っても、いやがったり恥ずかしがったりせず、無心で愛らしい態度をとっています。

妻としての知恵がつき、嫉妬《しっと》やいさかいを起こすようになれば、男側に隠し立てが生じ、女側は疑って不機嫌《ふきげん》になるものですが、これは楽しいままごとのようでした。少女の実の父親であっても、ここまで大きくなった娘とは寝起きを共にしないものです。どこにもない風変《ふうが》わりな男女関係だと、源氏の君も思うのでした。

三　紅葉賀
もみじのが

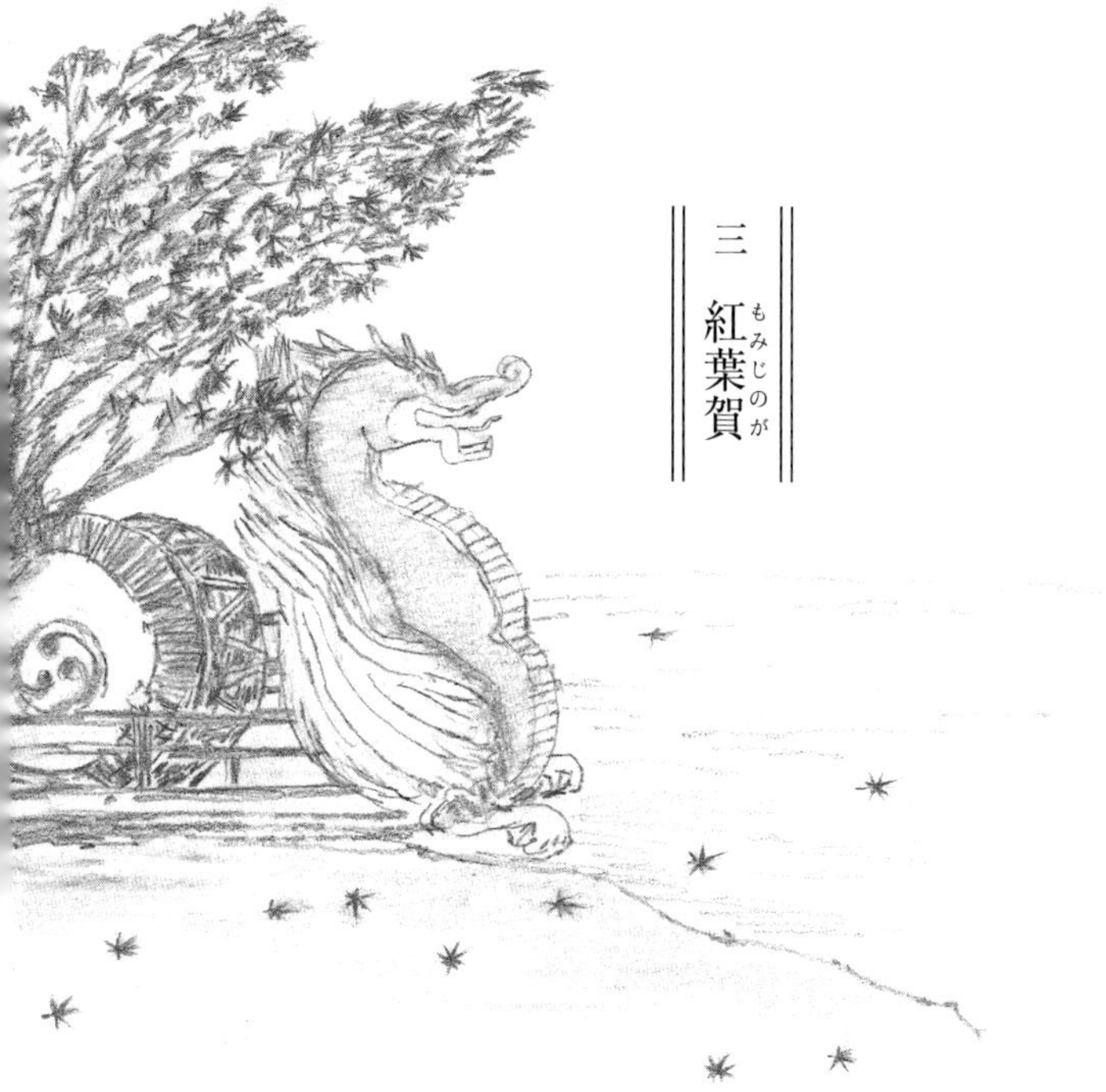

先帝《せんてい》の御所《ごしょ》、朱雀院《すざくいん》への行幸《みゆき》は、神無月《かんなづき》（十月）の十日あまりのことでした。

宮人《みやびと》総出の舞楽《ぶがく》という、世にも興味深い催《もよお》しが行われるのですから、後宮《こうきゅう》の妃《きさき》たちは、見物できないことを残念がります。

帝《みかど》も、藤壺《ふじつぼ》の宮《みや》がいっしょに見ないことを惜《お》しいと考え、特別に、内裏《だいり》の御前《ごぜん》で試楽《しがく》を舞《ま》わせました。

源氏《げんじ》の中将《ちゅうじょう》は「青海波《せいがいは》」に出演します。二人舞《ふたりまい》の相方《あいかた》は、左大臣《さだいじん》家の頭中将《とうのちゅうじょう》がつとめました。頭中将は、容姿も立ち居ふるまいも他に抜きん出た若者ですが、それでも源氏の君《きみ》と並んでは、花咲く桜のかたわらの深山木《みやまぎ》に見えてしまうのでした。

山の端《は》に入り日がさやかに射《さ》し入るころ、「青海波」が始まりました。楽《がく》の音《ね》もよく響き、いっそう風情《ふぜい》を増す時刻です。二人の舞人《まいびと》が、そろえて舞う足踏《あしぶ》み、そろえて向けた顔の表情、人々が見たこともないすばらしさでした。

途中に入る吟詠《ぎんえい》で、源氏の君が吟《ぎん》じると、極楽《ごくらく》にさえずる迦陵頻伽《かりょうびんが》の声かと聞こえます。帝は感動して涙をぬぐい、高官や親王《しんのう》たちもみな泣きました。

吟詠を終え、源氏の君が袖《そで》を打ち返すと、待ちかまえた楽団がひときわ賑《にぎ》やかに吹奏します。映《は》えある中に君の顔色が冴《さ》えて輝き、いつも以上に光君《ひかるきみ》と見えました。

弘徽殿《こきでん》の女御《にょうご》は、この見事さを見てもいまいましく言い放ちます。

「鬼神《きしん》に魅入《みい》られて、神隠《かみかく》しにでも遭《あ》いそうな姿だこと。気味が悪いったらない」

若い女房《にょうぼう》たちは、聞き苦しいと耳に痛く思っています。

藤壺の宮は、源氏の君に大それた心さえなければ、これを手放しで賞賛できたのにと考えます。自分の立場が悪い夢のようでした。

帝はこの夜、藤壺の宮を清涼殿《せいりょうでん》にとどめ、寝所《しんじょ》に伴《ともな》いました。

「今日の試楽は、青海波に尽きたね。あなたはどう見ましたか」

「格別でした」

褒《ほ》めにくく、言葉少なに答える藤壺の宮でしたが、帝は気づきません。

「相方で舞った、頭中将も悪くなかったね。良家の若者は、やはり舞い方や手振《てぶ》りが違うものだな。世に名高い芸人たちは、それは見事に巧みに舞うものだが、初々《ういうい》しく新鮮な見ごたえは望めないものだ。試楽でこれほど盛り上がっては、当日の紅葉《もみじ》の陰《かげ》がつまらなくなるかとも思ったが、あなたに見せたいばかりに用意させたのだよ」

翌朝、源氏の君から藤壺の宮に文《ふみ》が届きました。

「どうご覧《らん》になったでしょう。これほど乱れた思いで舞ったことはありません。

〝思いを抱いて舞《ま》える身ではないものを、あえて袖振《そでふ》る心を知ってもらえるだろうか〟

畏《おそ》れ多いながら」

目もあやな舞姿《まいすがた》を思い浮かべると、藤壺の宮も忍《しの》びきれなくなったのか、ふだんは返事を書かないこの人も文を返しました。

「〝唐人《からひと》が袖振《そでふ》る舞《まい》にはうとい私でも、あなたの舞の手振《てぶ》りには感動できました〟

並々でなく」

(何という貴重なお返事だ。舞楽の来歴《らいれき》にまで浅からず、「青海波」の唐《から》わたりをふま

えた歌を詠《よ》むとは。早くも中宮《ちゅうぐう》のお言葉にふさわしい）

顔を緩ませた源氏の君は、経典《きょうてん》のように捧《ささ》げ持って文に見入るのでした。

行幸の当日には、親王など主だった人々が残りなく参列し、春宮《とうぐう》も同行しました。

庭園の池に、楽人《がくじん》を乗せた舟が漕《こ》ぎ出し、唐国《からくに》のものも高麗《こま》のものも、さまざまな楽《がく》が披露されます。その音色、鼓《つづみ》の声の賑《にぎ》やかさは、天下にとどろきました。

試楽の日の源氏の君が、不吉に通じるほど美しかったことから、帝はあちらこちらの寺に読経《どきょう》をさせています。無理もないことだとだれもが考えましたが、弘徽殿の女御だけは、大げさだと憎みました。

楽人が円陣をつくる垣代《かいしろ》には、地位のある宮人で評判の高い名手ばかりを揃《そろ》えています。宰相《さいしょう》二人と左衛門督《さえもんのかみ》、右衛門督《うえもんのかみ》といった朝廷《ちょうてい》の重臣が、今日は特別に進行役をつとめます。抜擢《ばってき》された舞人たちは、由緒《ゆいしょ》ある舞の師を取り立て、それぞれ何日も籠《こ》もりきりで稽古《けいこ》を重ねてきました。

梢《こずえ》の高い紅葉の陰で、四十人の垣代が演奏します。吹き立てる音色にふさわしい松風が、本物の深山《みやま》おろしのように吹き寄せます。色さまざまに散り乱れる木の葉の中、「青海波」の二人が輝かしく進み出る姿は、空恐ろしくさえ見えました。

その日、源氏の君が冠《かんむり》に挿《さ》した紅葉の枝は、散り透いて顔の美しさに見劣りしたので、左大将《さだいしょう》が御前《ごぜん》の菊花《きくか》を折り、さし替えてやっています。日の暮れかかるころ、ごくわずかに時雨《しぐれ》が降りそそぎ、天までが舞に感応《かんのう》しているようでした。

美麗な舞装束《まいしょうぞく》、霜《しも》に移ろう色々の菊《きく》をかざした源氏の君が、試楽の日とはまた異なる入神《にゅうしん》の舞を披露します。退場ぎわの舞い返しなど、見る者の背筋が寒くなり、この世の光景とも思えませんでした。宮人以外の下層の人々も、木や岩陰に隠れて見物していましたが、木の葉に埋もれた人々さえ、少しでも情趣《じょうしゅ》のわかる者はみな涙をこぼしました。

承香殿《しょうきょうでん》の女御《にょうご》の四《し》の宮《みや》が、まだ童《わらわ》の幼さで秋風楽《しゅうふうらく》を舞ったのが、そのつぎの見ものだったでしょうか。おもしろさはその二演目に尽きたので、他の舞は人々の目に入らず、かえって蛇足《だそく》に思えるくらいでした。

その夜、源氏の君は正三位《しょうざんみ》に昇進し、頭中将も正四位下《しょうしいのげ》に昇進しました。その他の宮人も、君の昇進に引かれてそれぞれ位を上げたので、人々の目を喜ばせ、身をも喜ばせ、源氏の君の前世の善行がしのばれることでした。

まもなく藤壺の宮は、出産のために里屋敷へ退出しました。

源氏の君は、例によって密会の機会をうかがうことに夢中になり、左大臣邸《てい》の人々は不満を募らせました。一向に訪問がない上、紫《むらさき》の少女を引き取った件を「二条院に愛人《あいじん》を迎え入れている」と告げ口する人がいたため、みんなで憤慨していたのです。

源氏の君は、事情を知らないのだから、誤解されてもしかたないと考えます。

（葵《あおい》の上《うえ》が、かわいく世間の女のように浮気《うわき》を恨《うら》むなら、何も隠し立てせず、いるのは幼い女の子だと慰《なぐさ》めもするのに。それを、黙ったまま憶測《おくそく》だけで気を回すから、埒《らち》もない浮気話になってしまうのだ。

私は、葵の上に欠点を見て不満に思ったことは一度もないし、最初に迎えた妻として尊重している。この心がわからないから壁《かべ》をつくるのだろうが、いつか気づいて思いなおしてくれるだろう）

葵の上が事を荒立てず、軽率に動かない性質なのを見込んで、自然な解決を頼みにしているところもありました。

紫の少女は、君になじむにつれて、気立ての素直《すなお》な美点を見せ、無邪気《むじゃき》に慕《した》ってまとわりつきました。

源氏の君は、二条院の人々にもしばらく詳細《しょうさい》を知らせまいと考え、ただ西の対《たい》に最上の調度《ちょうど》をしつらえて、明け暮れそちらへ通います。少女にあれこれの教育を施《ほどこ》し、習字の手本を書いて学ばせ、よそで育った自分の娘を迎え入れたかのように扱っています。家計もそれを扱う家司《けいし》も、すべて東の対とは別立てにして、西の対の人々が安心して暮らせるよう取り計らいました。

すべての事情を知るのは惟光《これみつ》ただ一人で、他の人々には曖昧《あいまい》なこととしかわかりません。兵部卿《ひょうぶきょう》の宮《みや》は、消えた娘がそこにいるとはまったく気づきませんでした。

少女は、今でも尼君《あまぎみ》を思い出して泣くことがありました。源氏の君がそばにいると気が紛《まぎ》れるのですが、西の対に泊まることはたまにしかなく、あちこちに用事があって、日が暮れると出かけて行きます。

ときには慕って放さなくなることがあり、源氏の君にはそれもかわいいのでした。二、三日内裏で過ごし、すぐまた左大臣邸へ向かうときなど、この子ががっかりするのが不《ふ》憫《びん》で、母のない子を抱えた気分になり、落ち着いて外出できないと思うのでした。

藤壺の宮が里下がりする三条屋敷へ、様子を気にして見舞いに出かけます。王命婦《おうみょうぶ》や中納言《ちゅうなごん》の君《きみ》、中務《なかつかさ》といった側仕《そばづか》えの女房が、御簾《みす》を隔《へだ》てて応対しました。疎遠《そえん》な扱いが不満ながら、こらえて一般的な世間話をしているところへ、兵部卿の宮が顔を見せました。

源氏の君の来訪を聞き、対面しに出て来た様子です。着こなしに優れ、色気があってなよやかな男性です。もしも女性だったら魅力があるかもしれないと、君はこっそり評価します。あれこれ縁《えん》があることに好意を感じて話がはずみました。

兵部卿の宮も、いつになく愛想のいい源氏の君に感じ入ります。娘婿《むすめむこ》とは夢にも思わず、女にしてつきあってみたい君だと、色好《いろごの》みの心で思っているのでした。

日が暮れると、兵部卿の宮は御簾の内へ入ります。源氏の君にはうらやましくてなりません。

（昔は、父の帝とともに御簾を出入りして、あの人のすぐ近くに座って、他人を介さ

ずに言葉を交わすことができたのに)
　遠ざけられるわが身がつらいと考えても、どうしようもないことでした。礼儀正しい挨拶《あいさつ》だけ述べて帰りました。
　王命婦も、今では手引きのしようがありません。藤壺の宮が前にもまして悔《く》やみ、王命婦に心を許さなくなったためでした。本人も後悔し、女主人の苦悩に同情しています。源氏の君がいくらたのんでも効果は上がりませんでした。
　これほどはかない契《ちぎ》りをもってしまったことに、双方とも憂愁《ゆうしゅう》が尽きませんでした。

　少納言《しょうなごん》の乳母《めのと》は、西の対で、降ってわいた幸福をかみしめています。

(これも亡き尼君が姫様《ひめさま》を案じて、勤行《ごんぎょう》を積んで祈ってこられたから、仏の御《み》しるしがあったにちがいない)

　左大臣家に正妻がいることや、あちらこちらに通う女人《にょにん》がいることは、大人になれば悩みもあるかと案じられます。それでも、別格の扱いで大切にされるとわかった今では、将来にも頼もしさを感じるのでした。

紫《むらさき》の上《うえ》の衣装は、母方の服喪《ふくも》の三ヶ月が過ぎたので、大晦日《おおみそか》を境に脱ぎ替えました。親代わりの祖母の喪《も》であり、急に華やかに改めるのはためらいがあるので、紅《くれない》や紫、山吹色《やまぶきいろ》などの無地《むじ》にしますが、そんな小袿《こうちぎ》を着た紫の上は、かえって現代風にしゃれて見えました。

源氏の君は、元旦《がんたん》の出仕《しゅっし》のついでに、西の対をのぞいてみます。

「今日から少しは大人になりましたか」

そう言ってほほえむ君の姿には、見とれるほどの愛嬌《あいきょう》があります。

当の少女は、人形を並べて忙しそうでした。三尺《じゃく》の対《つい》の戸棚に人形のお道具を並べ尽くし、その他に小さな屋敷をいくつも、所狭《ところせま》しと広げています。

「大晦日の鬼《おに》やらいをすると言って、犬君《いぬき》がここを壊《こわ》してしまったの。だから、私が修繕《しゅうぜん》しているの」

これを一大事と考えています。

「本当だね、思いやりのないしわざだ。直してあげるから、元旦の今日は縁起《えんぎ》よく過ごして、泣いたりしてはいけないよ」

源氏の君は言いきかせ、内裏へ向かいました。同行の供人《ともびと》がぎっしりと立ち並んでいます。見送りの女房も建物の端《はし》にずらりと並びます。紫の上も見送りに出て、にぎにぎしい光景をながめました。その後は、源氏の君に見立てた人形を着飾らせ、内裏へ参内《さんだい》させました。

少納言の乳母は、遊びにばかり夢中な姫君《ひめぎみ》をさとして言います。

「今年くらいは、少し大人になってくださいませ。十を過ぎた人は、お人形から卒業するものですよ。姫様も今は、りっぱな夫をもつ身になったのだから、妻にふさわしい淑女《しゅくじょ》でなくては。おぐしを櫛《くし》で梳《と》かすことさえいやがるのは、恥ずかしいことですよ」

紫の上は、言われてびっくりしました。

（それなら、私は夫をもったの。女房たちが夫にする人は、みんな見た目がみっともないのに、私は源氏の君のように美しく若い人を夫にしたの）

今ようやく思い至ったとはいえ、これも、一つ年を取ったしるしではありました。

このように幼い気配が、どこからともなく漏《も》れてくるので、東の対にいる女房たちは、どうも勝手がちがうと考えています。それでも、これほど年端《としは》のいかない少女が住むとは思っていないのでした。

源氏の君は、朝拝《ちょうはい》が終わると左大臣邸へ向かいました。

葵の上は相変わらず端然《たんぜん》と取りすまし、素直なやさしい気持ちを見せません。気づまりになって声をかけます。

「今年からでも、少しふつうの夫婦仲《ふうふなか》に思いなおしてもらえるとうれしいのですが」

しかし、葵の上の胸には、二条院で愛人を世話しているという噂《うわさ》がわだかまっていました。その人を第一と思い定めたのだろうと考え、ますます遠ざかって恥じ入る気持ちになります。

二条院の噂を、あくまで知らないふりで通すのですが、源氏の君がおどけた冗談を言えば、すべてにそっけなくはありません。そうした受け答えには、やはり非凡《ひぼん》なものをもつ人でした。君より四つ年上で、年明けて二十三歳、すっかり成熟《せいじゅく》して気高《けだか》さをそなえ、今を盛りと咲きほこって見えます。

(これほどの人に、どうして不足があるなどと言えるだろう。私の浮わついた性格が気に障《さわ》って、この人に恨まれもするのだろう)

源氏の君はこっそり反省してみるのでした。

葵の上は、帝の寵臣《ちょうしん》である父をもち、帝の同母《どうぼ》の妹宮を母にもち、その一人娘ですから、幼少のころから下にも置かずに育てられています。だれかの二の次にされるなど、わずかな場合も心外《しんがい》なのです。ところが源氏の君は、自分自身がそのように育っているため、葵の上が望むほど重んじません。だからこの二人は、いつまでたっても心が通じ合わないのでした。

舅《しゅうと》の左大臣も、源氏の君の浮気を不満に思うのですが、訪れたときには恨みを忘れてかいがいしく面倒《めんどう》を見ました。

元旦の翌朝、源氏の君が装束《しょうぞく》を整えるときには、様子を見に出てきて、左大臣家所蔵《しょぞう》の石帯《せきたい》をみずから腰《こし》に留《と》めてやります。衣装の後ろを直してやり、沓《くつ》まで自分の手ではかせてやりそうな、涙ぐましい心づかいです。

「これほど見事な帯《おび》は、宮中《きゅうちゅう》で内宴《ないえん》が開かれた折《おり》にでも」

源氏の君は気がねして言いますが、左大臣はそのまま行かせました。

「内宴のときには、もっと上等な品もあります。この帯は、目新しいからさしあげるまでですよ」

何くれとなく援助することに生き甲斐《がい》を感じ、ときたまであろうと、映《は》えある婿《むこ》を通わせて世話できるのが一番と思っている様子でした。

源氏の君が年賀《ねんが》におもむく先は、多くはありません。紫宸殿《ししんでん》、春宮御所《とうぐうごしょ》、朱雀院くらいで、それらが終わると、藤壺の宮の三条屋敷へ向かいました。

「今日はまた、一段と見目麗《みめうるわ》しいお姿だこと。年とともに、怖いくらいに美しくなっていくおかたですわね」

女房たちがあまりに褒《ほ》めそやすので、藤壺の宮もつい誘惑に負け、几帳《きちょう》のすきまからほのかに見やります。そして、もの思いが募《つの》るのでした。


藤壺の宮のお産は、予定した十二月になかったので、正月にはあるだろうと、里屋敷の人々も帝も心づもりしていました。ところが、産気づかないままこの月も過ぎてしまいました。

もののけのしわざだろうと、世間の人が騒《さわ》ぎだしたので、藤壺の宮はいたたまれず、この出産で身を亡ぼすだろうと思いつめて、さらに体の具合も悪くなります。

源氏の君はいよいよ事実を思い合わせ、あちこちの寺で目立たないように安産《あんざん》の祈禱《きとう》を行わせます。お産の危険を思いやり、藤壺の宮を失うことになるのではと嘆いていたところ、二月十日あまりに男御子《おとこみこ》が生まれました。人々の憂慮《ゆうりょ》は吹き飛び、里も内裏も喜びにわきかえりました。

藤壺の宮は、これ以上生きていたくないと考えますが、弘徽殿の女御がお産を呪《のろ》っていたと聞き、望みどおりに死んで喜ばれてはと気力を奮い起こしました。弱った体も少しずつ快方に向かいます。

帝は、若宮《わかみや》の参内が待ちきれない様子です。源氏の君も、人知れず気がかりでなりません。見舞い客が少ないときをねらって三条屋敷を訪ねました。

「主上《おかみ》の代理でお顔を拝見し、宮中にご報告しますから」

そう言って会わせてもらおうとしますが、藤壺の宮は赤子《あかご》を見せようとしません。

「まだ、生まれたばかりで見苦しいときですから」

見せられないのも当然で、驚くばかりに源氏の君に生き写しであり、まちがえようもないのでした。良心の呵責《かしゃく》の苦しさに、だれもが自分の過失《かしつ》に気づくと思えてなりません。

（もっとささいな過《あやま》ちでさえ、口さがなく言い立てる世間なのに。この私は、いったいどれほど罪深い名前を流すことになるのだろう）

思えば思うほど、藤壺の宮はわが身が情けないのでした。

四月になって、藤壺の宮はようやく内裏へ戻りました。

若宮は、その月の赤子としては大きく育っており、少し寝返りなどもします。はっとするほど源氏の君に似た顔立ちを、帝は疑うことなど思いもよらず、欠点なく美しい子は似ているものだと考えます。若宮がいとしくてなりません。

源氏の君を一番に愛しながら、世間をはばかって春宮にできなかったことを、帝は今でも後悔していました。臣下にするには惜しい天分《てんぶん》や美貌《びぼう》が、年齢とともにまさるのを見るにつけても、ますます悔やまれるのでした。それが今回、文句なく高貴な女御を母として、同じくらい美しい赤子が生まれたのです。瑕《きず》のない玉と見てかわいがりますが、藤壺の宮は、いっときも心が休まりませんでした。

いつものように源氏の君を呼び寄せ、後宮の藤壺で管弦《かんげん》の遊びを開いたときのことです。帝はみずから若宮を腕に抱き、御簾の外へ出てきました。

「私には、御子《みこ》が何人もいるが、赤子のうちから明け暮れ見慣れたのはそなた一人だった。だから思い出すのかもしれないが、この子はそなたにとてもよく似ているよ。

これほど小さいうちは、みな同じように見えるのだろうか」

帝の言葉に、源氏の君は顔色も変わる思いです。恐ろしくも、もったいなくも、うれしくも、哀れにも、さまざまな感情がせめぎあって、涙がこぼれ落ちそうになります。

若宮は、無心《むしん》につぶやいてほほえみ、怖くなるほどの愛らしさでした。この赤子に似ていたというなら、たしかにだれもがいとおしく思うだろうと、わが身のことながら考えます。

藤壺の宮はどうすることもできず、御簾の内で冷や汗を流し続けていました。若宮を目にした源氏の君も、ひどく気持ちが乱れてしまい、早々に内裏を退出しました。


二条院にもどった源氏の君は、東の対で寝所に籠もり、胸のやるせなさをなだめようとします。

左大臣邸へ行かなくてはと考えますが、庭の前栽《せんざい》が青々とした中に撫子《なでしこ》の花が目立って咲き出したのを見て、王命婦のもとへ届けました。花に添えた文は長文でした。

「〝恋しい人になぞらえても心は慰《なぐさ》められず、涙の露《つゆ》がまさる撫子《なでしこ》の花だった〟

花が咲くように思いがかなうことを願っても、少しも甲斐のないことでした」

中にあったこの歌を、王命婦はころあいを見て女主人に見せます。

「わずかばかりでも、この花びらに免じてお返事を」

藤壺の宮は、自身も胸を痛めて思い続ける最中だったので、筆をとってわずかに書き散らしました。

「〝袖《そで》を濡《ぬ》らす涙のゆかりではあっても、疎《うと》むことはできない。この大和撫子《やまとなでしこ》を〟」

王命婦はうれしく思い、さっそく二条院へ届けました。源氏の君は、どうせ返事は来ないと鬱屈《うっくつ》して寝そべっていたところへ、まさかの本人の返歌を見て、胸が高鳴る中にも涙がつたうのでした。

伏したまま長々と思いにふけりましたが、一向に気も晴れないので、慰めを得ようと西の対へわたります。しどけなく緩《ゆる》んだ鬢《びん》の髪、着くずした袿姿《うちきすがた》のまま歩き、横笛を吹きすさびながら、紫の上の御座所《ござしょ》をのぞいてみました。

少女は、先ほどの撫子の花が露に濡れたように脇息《きょうそく》に寄り伏していました。可憐《かれん》でかわいらしい姿でした。

愛敬《あいきょう》こぼれる様子なのに、いつになく源氏の君に逆《さか》らっています。君が二条院にもどっていながら、すぐに西の対へ顔を見せなかったことがおもしろくないのです。源氏の君が端のほうに座り、こちらへと呼んでも動きません。

「〝入りぬる磯《いそ》の〟」

古歌を口ずさみ、その口もとを袖で覆《おお》っています。男女の逢瀬《おうせ》の少なさを嘆く歌であり、ずいぶん背伸びしてかわいいのでした。

「おや、憎らしい。いつのまにそんな口をきくようになったのかな。飽《あ》きるほど会ってしまうのは、へたなやり方だよ」

源氏の君は、仕《つか》え人に箏《そう》の琴《こと》を取ってこさせました。

「箏の琴は、中《なか》の細緒《ほそお》が切れやすいのが難点《なんてん》だな」

そう言いながら、弾《ひ》きやすい平調《へいちょう》に弦《げん》を調律《ちょうりつ》し、ためし弾きの曲をさっと掻《か》き鳴《な》らして、紫の上のほうへ押しやります。すると、いつまでも拗《す》ねてはいないで弾き出すところが、この少女の愛らしいところでした。

まだ体が小さいため、懸命《けんめい》に腕を伸ばして遠くの弦を押さえます。その手つきがじつにかわいらしく、源氏の君も楽しくなり、横笛を吹きつつ教えます。覚えがよく、難しい曲も一通り弾くと習得しました。何かと聡明《そうめい》で才能《さいのう》のある気質が見えるのを、望んだとおりだと考えます。

明かりを点《とも》す時刻になり、火影《ほかげ》でいっしょに絵を見ていると、左大臣邸へ出かける準備を命じた従者《じゅうしゃ》たちがやって来て、早く出ないと雨が降るとうながしました。紫の上はたちまちしおれてしまい、絵巻の途中でつっ伏《ぶ》してしまいます。源氏の君はいとしく思い、こぼれかかるつややかな髪を撫《な》でてたずねました。

「私がよそへ行ってしまうと、恋しいかい」

紫の上は、こくりとうなずきました。

「この私も、一日だって会わずにいるのは苦しいよ。けれども、今はあなたが子どもだから、そのことに安心して、しつこく恨む人を先になだめに行くんだよ。大人になったら、もうよそへは行かない。人の恨みを買わないよう気をつけるのも、長生きしてあなたと末永《すえなが》く暮らそうと思うからこそだよ」

こまごまと言い聞かせると、さすがに恥ずかしいのか、少女は黙っています。そのうちに、君の膝《ひざ》に寄りかかったまま寝入ってしまいました。いじらしくて立つことができず、源氏の君は人々に外出の中止を告げました。

お供《とも》に待機していた従者が散り、西の対に夜のお膳《ぜん》が運ばれてきます。

紫の上を揺り起こし、外出を取りやめたことを教えると、たちまち元気になって起き上がりました。

いっしょに食事をとりますが、紫の上は形ばかり箸《はし》でつついただけで、「もう寝ましょう」と言います。源氏の君が気を変えて出ていかないか心配なのです。これほどかわいい人に言われては、死出《しで》の道さえ踏《ふ》みとどまってしまうと、源氏の君は考えるのでした。

このように、源氏の君が引き止められることがたびたびあるので、漏《も》れ聞いた人が左大臣邸に告げ口します。葵の上の女房たちはしきりに非難しました。

「いったいだれなの、あきれた話ね。今まで名のある人とも聞こえて来ないのに、そうまで君を離さずたわむれるとは。上流の奥ゆかしい人ではあり得ない、宮中でちょっと目をかけた女官《じょかん》あたりを、お咎《とが》めが怖くて隠しているのよ。ものを知らない浅《あさ》はかな女のようね」

二条院の愛人の噂《うわさ》は帝の耳にも届き、源氏の君は、父の帝からじきじきに小言《こごと》をちょうだいしました。

「気の毒な左大臣が嘆くのももっともだ。半人前のころから長い目で養育してくれた舅の恩《おん》を、思いやれない年齢でもなかろう。どうしてそんなに情け知らずなふるまいができるのだ」

源氏の君はかしこまって拝聴《はいちょう》し、一言も申し開きをしません。帝も胸の内では、妻となった葵の上に不満があるのだろうと、かわいそうに思っています。源氏の君が去ってから、側仕えの者にもらしました。

「そうは言っても、私の目にあまるような女遊びはしないし、このあたりの女房であれ、あちらこちらの女官であれ、深い仲になったとは一向に聞こえてこないのに。一体どういう物陰を忍び歩いて、左大臣家の人々に恨まれるのだろうか」

帝は、高齢になっても色好みを忘れないお人柄でした。采女《うねべ》や女蔵人《にょくろうど》などの下級女官にも、美人で趣味教養の優れた者を好んだので、宮仕《みやづか》えに優れた女人が揃《そろ》っている御代《みよ》でした。

源氏の君がわずかでも誘いをかければ、なびかない女官は皆無《かいむ》でしたが、君はそのことに慣れすぎたようでした。あまりに淡泊《たんぱく》なことに業《ごう》を煮《に》やして、女の方から誘いをかけてみるのですが、冷たくない程度にあしらうばかりで、一度も本気になりません。そのことを、真剣にもの足りないと考える女官もいました。

その一人に、年老いた源典侍《げんのないしのすけ》がいました。血筋がよく才気も豊かで品《ひん》があり、宮中で重用《ちょうよう》される人物でありながら、どうにも男好きな性質で、その方面には軽いのでした。

（こんなに女盛りを過ぎてまで、どうして色ごとが楽しいのだろう）

不思議に思った源氏の君は、たわむれに水を向けてみたことがありました。源典侍はただちに受け入れ、年が釣り合わないとは考えないのでした。あきれながらもおかしく、君も少しだけつきあいましたが、外聞《がいぶん》が悪いほど相手が高齢なので、その後はそ知らぬ顔で通していました。女のほうでは不満でした。

ある日、源典侍が帝の髪を整えたところへ、源氏の君が来合わせました。帝は袿《うちき》に着替えるために別室に移り、近くに人がいません。

源典侍は、いつも以上に髪や姿勢をつくろって色っぽくしています。装束《しょうぞく》や装身具《そうしんぐ》は色鮮やかで、華やかに目を引きました。

（とはいえ、ここまで若づくりにしなくても）

源氏の君は感心せずに見やりましたが、さすがにこのまま素通《すどお》りはできず、源典侍の裳裾《もすそ》を引っぱり、注意を引きました。

派手《はで》な絵柄の扇《おうぎ》を顔にかざし、気取《きど》ってふり向いた源典侍は、思い入れたっぷりな流し目を送ります。けれども、そのまぶたは黒ずんで落ちくぼみ、髪もそそけ立っているのでした。

源氏の君は変わった扇に注目し、自分の扇と取り替えてよく眺めて見ました。顔に照り返すほど赤い紙を張り、塗りつぶすように深い森が描いてあります。片側には、古めかしい筆跡《ひっせき》で由緒ありげに〝森の下草《したくさ》老《お》いぬれば〟と書きつけてありました。老いた下草は、馬も食べに来ない――言い寄る男もやって来ないという古歌です。

（よりにもよって、この歌を書くことはないだろうに）

苦笑した源氏の君は、古歌で返します。

「〝森こそ夏の〟と見えますよ」

夏鳥のホトトギスが来る森のように、やってくる恋人が引きも切らないだろうという歌です。

たわむれを言いかけるにも不似合いで、人目が気になる源氏の君ですが、源典侍はおかまいなしでした。

「〝あなたが来るなら、乗馬に草を刈って食べさせよう。盛りをすぎた下葉であろうと〟」

ここぞと色気を匂わすので、源氏の君はあわてて立ち上がります。

「〝笹分《ささわ》けて踏《ふ》みこめば、どこかの男がとがめるだろう。馬がなつく森のようだから〟

争いは避けたいので」

源典侍は、君の衣《ころも》をつかんで行かせません。泣きながら言うのでした。

「これほど思い焦《こ》がれた人はいなかったのに。この年で捨てられるのは身の恥です」

「この次は連絡しますから。私も、気にかけてはいるんです」

振りほどいて出て行こうとしますが、源典侍は追いすがって「〃橋柱《はしばしら》〃」と恨みます。〃思いながらに仲《なか》や絶《た》えなむ〃の歌を引いたのです。

そんなところへ、袿に着替えた帝が戻ってきました。障子《そうじ》の向こうからこの愁嘆場《しゅうたんば》を目撃してしまいます。あまりに不釣り合いな一対がおかしくてなりません。

「源氏の中将は色ごとに関心がないと、日ごろ女房たちが嘆いていたものだが、それでも、この人だけは見過ごしにできなかったようだね」

帝に笑われて、源典侍はきまりが悪いものの、憎からぬ人のためなら濡《ぬ》れ衣《ぎぬ》を着ようというのか、強く否定もしないのでした。


宮中の人々は、思いもよらない話だったとしきりに取《と》り沙汰《ざた》します。

頭中将はこの話を聞きつけ、恋愛体験の幅広さを自負する自分も、源典侍のことは見落としていたと悔やみました。

老いても衰えぬ色好みが、それほどいいものだったのかと、さっそく源典侍に言い寄ることにします。頭中将も並々ならぬ美男ですから、源典侍はすぐに受け入れ、つれない人の慰めにと思っています。それでも、心から思い続ける人は源氏の君なのでした。困った老いの色好みでした。

頭中将はたいそう秘密にしたので、源氏の君は二人の関係に気づきません。源典侍は今でも、君の姿を見るたびに恨み言を言いかけるのです。高齢を思えば気の毒であり、源氏の君も慰めたいとは思っているのですが、やはりめんどうで気が進まず、長い間そのままにしていました。

夕立《ゆうだち》が降り、雨の後が涼しい宵《よい》のことです。

源氏の君が温明殿《うんめいでん》のわたりをそぞろ歩いていると、源典侍の奏《かな》でる琵琶《びわ》が聞こえてきました。この人は、帝の御前《ごぜん》で男たちの演奏に加わるほどの琵琶の名手でした。音色が本人の憂愁《ゆうしゅう》を反映しているのか、とりわけ切《せつ》なげに響きます。

「瓜作《うりつく》りになりやしなまし」と、いい声で催馬楽《さいばら》を歌っていますが、妙齢《みょうれい》の乙女《おとめ》の歌なので、選曲をどうかと思うところはありました。それでも、白楽天《はくらくてん》の詩にある「夜歌う者を聞く」はこんな情景だったかと、源氏の君も風情を感じて聞き入ります。

御簾の内の源典侍は、琵琶を弾く手を止め、ため息をつく様子でした。源氏の君は、催馬楽の「東屋《あずまや》」を小声で口ずさみながら近づいてみました。源典侍は、ただちに同じ「東屋」の一節で応じます。

「押し開いて来ませ」

こんなところも、並の女人とは違うなと思わせました。

源典侍は憂《うれ》わしげに歌を詠みかけます。

「〝ぬれて軒端《のきば》に立ち寄る人もいない東屋《あずまや》は、雨《あま》だれの涙が落ちるばかり〟」

源氏の君はこっそり考えます。

（私一人が恨み言を聞かせる相手ではないくせに。なぜ、しつこく言われ続けなくてはならないんだ）

「〝人妻《ひとづま》はどうにも厄介《やっかい》だ。東屋《あずまや》の真屋《まや》には、あまりなじみたくないものだと思う〟」

そう返歌して、行き過ぎたくもなりますが、あまりに薄情な態度だろうと思い直しました。源典侍にこの場の調子を合わせてやり、ふだんになく浮ついた冗談を言い交わし、我《われ》ながらめずらしい奉仕をしている気分でした。

頭中将は、源氏の君がたいそう真面目《まじめ》ぶって、いつも頭中将の女好きを批判するのがしゃくに障《さわ》ると考えていました。

源氏の君とて、本当はあちらこちらに忍んで通っているはずで、何とかしっぽをつかんでやりたいと考えていたのです。

こっそり温明殿に来ていた頭中将は、今まさに源氏の君の現場を押さえ、うれしくてなりませんでした。この機会に少々脅《おど》して「懲《こ》りただろう」と言ってやろうと、密《ひそ》かに様子をうかがいます。夜が更けて冷たい風が吹き、先方が少しまどろむころあいを見すまして、やおら御簾の中に押し入りました。

源氏の君は気を許して眠ってなどいなかったので、物音をすぐに聞きつけました。頭中将とは思いもよらず、源典侍の古なじみの修理大夫《すりのたいふ》だと見当をつけます。年相応の老人に、自分の酔狂《すいきょう》を知られるのは恥《はじ》でした。

「ああ、やっぱりか。出て行くよ、他《ほか》の男が来る予兆《よちょう》くらいあっただろうに、隠しておくとはひどい」

脱いであった直衣《のうし》をつかんで、屏風《びょうぶ》の陰《かげ》に隠れます。頭中将はおかしさをこらえ、広げた屏風に歩み寄り、ばたばたと端《はし》から折りたたんで騒動《そうどう》にしてみせました。

源典侍は、老いても色女《いろおんな》を自負《じふ》する人だけに、過去にもこうした鉢合《はちあ》わせがあって慣れていました。ひどくあわてていても、源氏の君の身を案じ、震《ふる》えながら侵入者を引き止めています。源氏の君は、正体を知られずに逃げたいと切《せつ》に願いますが、乱れた身なりで冠《かんむり》もゆがんだまま走り、その後ろ姿を見られると思うと、あまりにみっともないので躊躇《ちゅうちょ》します。

頭中将は、相手にさとらせないよう声を出さず、ただ身振《みぶ》りで激怒《げきど》を装《よそお》って、腰《こし》の太刀《たち》を引き抜きました。源典侍は、必死に手をすりあわせて思いとどまらせようとします。

「わが君、わが君」

頭中将は、もう少しで笑うところでした。色っぽく若いつもりで取りつくろえばそれなりでも、五十七、八になる人が地を出してあわてる様子は、二十歳《はたち》の美々《びび》しい若者にはさまれて怖《お》じるにしても、あまりにも似合いません。

吹き出しかけたのをごまかし、逆上《ぎゃくじょう》した男のふりを続けましたが、源氏の君も目ざとく気づきました。自分と承知の仕業《しわざ》と知って、大いにばからしくなります。頭中将と見抜けばそれもおかしく、太刀を持った腕をつかんで強くつねってやりました。ばれたことが悔《くや》しいものの、こらえきれずに頭中将は笑い出してしまいました。

源氏の君は言います。

「まったく、正気の沙汰《さた》ではないね。悪ふざけにも程《ほど》がある。今、直衣を着るから手を放してくれ」

しかし、頭中将は逃がすまいと衣をつかんで放しません。

「それなら、もろともだ」

源氏の君は、相手の帯《おび》を引きほどき、直衣を脱がせにかかります。頭中将があらがってあれこれ引っ張り合ううち、袖下《そでした》がほろほろとちぎれてしまいました。

頭中将が詠みます。

「〝君がつつみ隠した相手も、これで漏《も》れ出すだろう。破れた直衣《のうし》の中の衣《ころも》のように〟

これを着ては一目瞭然《いちもくりょうぜん》だな」

源氏の君は言い返します。

「〃隠せないと知りながら、薄い夏衣《なつごろも》を着ている人の心が浅《あさ》はかなのだろう〃」

双方痛み分けで、どちらもだらしない姿で出ていくはめになりました。

源氏の君は、頭中将に見つかったことが悔しく、桐壺《きりつぼ》の寝所でふて寝《ね》をします。

源典侍はなりゆきに茫然《ぼうぜん》としながらも、源氏の君が後に残していった指貫《さしぬき》や帯《おび》を届けさせました。

「〃恨んでもしかたのない、重なる波の訪れ。引き波が返った後のなごりを見ても〃

〝底もあらわに〟と思えば」

文にはそう書いてあり、源氏の君は、よく言えるものだと苦々《にがにが》しくなります。それでも、源典侍が困り果てたことはたしかなので、返事を書き送りました。

「〝荒立った波に心は動じないが、これをかよわせる磯《いそ》をどう恨めばいいだろう〟」

戻ってきた衣類を見れば、帯は頭中将のものでした。君の直衣より青味が濃いのです。その上、直衣の袖の端布《はしぬの》が見当たりません。

(さんざんだったな。色ごとに夢中になる人間は、総《そう》じて愚行《ぐこう》が多いにちがいない)

ますます反省する源氏の君でした。

なくした袖の端布は、頭中将の宿直所《とのいどころ》から、「これをまず縫《ぬ》い付けなさい」と仰々《ぎょうぎょう》しく包んでよこされました。いつのまに取られたのかと悔しく、相手の帯が手に入って幸いだったと考えます。帯と同じ色の紙に包んで相手に送りつけました。

「〝中《なか》(仲)が絶えたと責められるのが心配で、縹色《はなだいろ》の帯は手に取ることができない〟」

頭中将から返事があります。

「〝あなたが帯を抜いた――出し抜いたのだから、絶えた仲《なか》を責めるのは当然だろう〟

けっして見逃しませんよ」

日が高くなり、源氏の君、頭中将、それぞれが内裏の公務に出仕しました。源氏の君が取りすまし、何くわぬ顔をしているのを見て、頭中将はおかしくてなりません。けれども、この日は公示《こうじ》の多い日で、宣旨《せんじ》を読み上げる頭中将も気の抜けない立場でした。彼が厳《おごそ》かに通達する様子を、源氏の君もおかしく見やり、互いに陰《かげ》でほほえんでいます。

人目につかない隙《すき》を見つけ、頭中将がこっそりとささやきに来ました。

「隠し立ては、これで十分懲《こ》りたでしょう」

憎らしい横目づかいです。源氏の君も言い返します。

「何を懲りたと言うのやら。横にもならずに帰った人こそ気の毒だね。まったくのところ、他人の口はままならないからね」

応酬《おうしゅう》の後は、この不名誉はお互いに他言《たごん》無用《むよう》と誓い合いました。

しかし、それからも、何かにつけてこの一件が蒸し返されるので、源氏の君は、手に負えない女人にかかずらった報《むく》いだと思い知ります。源典侍は、その後も色目をつかって恨み言を言いかけ、君は困って逃げ回っているのでした。頭中将は、このことを妹の葵の上には内緒《ないしょ》にします。何かのときの脅しの種《たね》を握ったつもりなのです。

れっきとした親王たちも、帝の愛情を一身に集める源氏の君には遠慮して、並び立とうとしないものを、左大臣家の頭中将ばかりは、君の輝きに消されてなるものかと、ちょっとしたことでも競争心を燃やすのでした。

左大臣の子息の中では、頭中将だけが正妻に生まれた男子です。源氏の君が帝の御子であろうと、自分とて、帝がとりわけ信任する左大臣を父に、帝の同母の妹宮を母にして生まれています。家ではだれよりも大切に扱われ、源氏の君に比べても、見劣りしないと考えているのでした。

人柄はどの方面にも優れ、何事も理想的にこなせる才能豊かな貴公子《きこうし》でもあります。それゆえ、源氏の君と頭中将の愉快な挑《いど》み合いは、並べだすと切りがないのでした。

七月、藤壺の宮の中宮立后《ちゅうぐうりっこう》が決まりました。

源氏の君は、宰相《さいしょう》に昇進します。

帝はこのごろ譲位《じょうい》を考えるようになり、新帝《しんてい》の次の春宮を若宮にする心づもりでした。けれども、母方の一族がみな親王で、朝廷で権勢《けんせい》をふるう後ろ盾《だて》になれないことから、母親に揺《ゆ》るぎない地位を授《さず》け、源氏の君を後見人《こうけんにん》にと考えたのでした。

弘徽殿の女御にとって、この決定は不服でなりません。当然ですが帝に抗議します。

「そうは言っても、春宮の即位《そくい》も間近《まぢか》なのだから、あなたの皇太后《こうたいごう》の地位は疑いないのだよ。その日を思ってお気を静めなさい」

帝は、そんなふうに弘徽殿の女御をなだめるのでした。

お世継《よつ》ぎの母君として、二十年以上後宮にいる弘徽殿の女御をさしおき、遅れて入った藤壺の宮が中宮になることは、ふつうならあり得ないことでした。世間の人々も口さがなく言い立てました。

立后初参内の夜には、源氏の君がお供《とも》として奉仕します。先帝の后《きさき》から生まれ、玉と輝く高貴さの上に、帝に別格で愛される人ですから、他の高官もこれを重んじてずらりと列に並びました。

源氏の君の秘めた心は、御輿《みこし》の内部に向けられています。これでますます手の届かない女人になったと思うと、どうにも胸が疼《うず》くのでした。

「〝思いは尽きず、闇《やみ》にくれるようだ。雲の上となった人を見るにつけても〟」

独《ひと》り言《ごと》につぶやき、悲哀《ひあい》をかみしめます。

若宮は成長するにつれ、ますます源氏の君と見分けがつかなくなり、藤壺の宮につらい思いをさせました。けれども、当人以外はまったく思い及びません。

源氏の君の目鼻立《めはなだ》ちを、どう造り替えても劣るものにしかならないのだから、最上に美しい子は似かよって当然と思われたのでした。日と月とが、空の光として似かようようなものだと、世間の人々は考えていました。

四 花宴
はなのえん

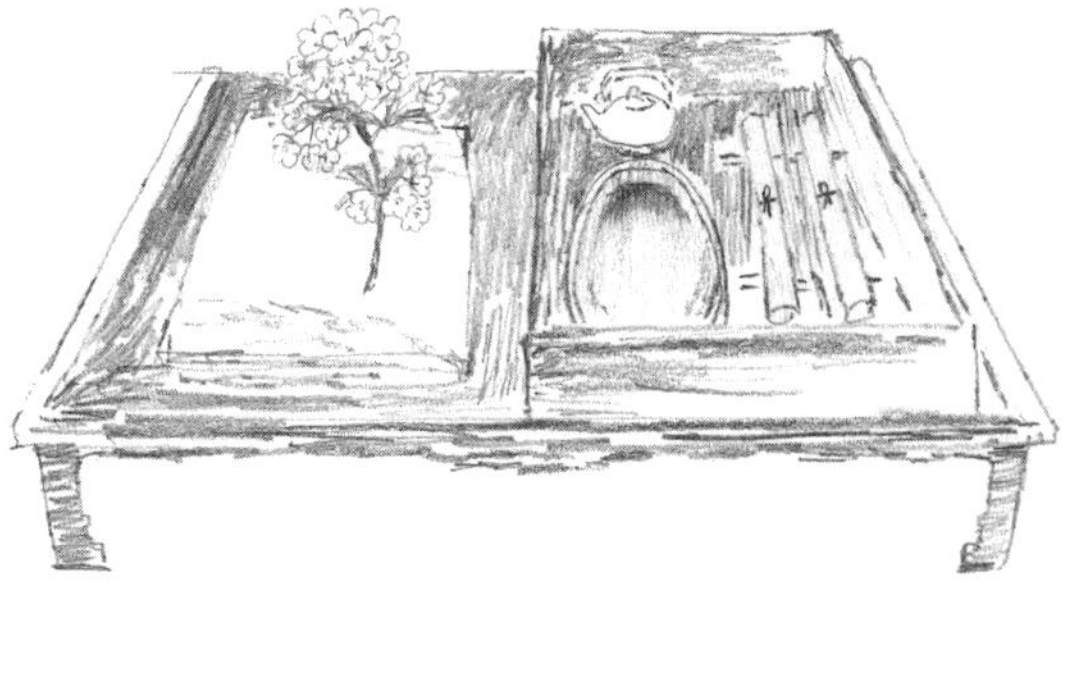

光源氏《ひかるげんじ》は宰相中将《さいしょうちゅうじょう》、二十歳の春です。

如月《きさらぎ》（二月）の二十日あまりに、紫宸殿《ししんでん》の桜《さくら》の宴《えん》が催《もよお》されました。

帝《みかど》の御座所《ござしょ》の左右には、中宮《ちゅうぐう》と春宮《とうぐう》の席がもうけられ、それぞれ参上します。

弘徽殿《こきでん》の女御《にょうご》は、藤壺《ふじつぼ》の宮《みや》が自分の上座《かみざ》にいることを、折《おり》にふれて悔《くや》しく思いますが、桜の宴の華やぎを見過ごしにはできず、同席していました。

日はうららかに晴れわたり、空の景色、鳥の声も快い陽気です。親王《しんのう》や高官をはじめ、詩作に秀《ひい》でた人物は全員、文台《ぶんだい》の鉢《はち》から紙片を拾って、そこに書かれた韻字《いんじ》を使って漢詩をつくります。

源氏の君《きみ》が、自分の手にした紙片を確かめました。

「春という文字をたまわりました」

周囲に宣言する声音《こわね》さえ、他の人とは異なって響きました。

その次には、頭中将《とうのちゅうじょう》が韻字を引きました。だれもが源氏の君と比べるので、見劣りを臆《おく》して当然ですが、彼はたしなみよく冷静で、声づかいも重々しく、たいそう優れて見えました。

後に続く人々は、恐縮《きょうしゅく》してすっかりうわずっています。殿上《てんじょう》の地位にない者はなおさら上がっています。帝も春宮も詩文に秀で、高位の人々に文才がそろっている御代《みよ》であるため、気後れがまず先に立つのでした。

はるかにさえぎるもののない、紫宸殿の広大な前庭に進み出る緊張《きんちょう》で、いつもは容易な詩作が苦しげです。年老いた文章《もんじょう》博士が、みすぼらしい装束《しょうぞく》ながら慣れてふるまう様子もおかしく、さまざまに興《きょう》のある見ものでした。

宴の舞楽《ぶがく》には、言うまでもなく見事なものが供《きょう》されました。日の入り方、春の鶯《うぐいす》が囀《さえず》るという舞《まい》をおもしろく鑑賞《かんしょう》します。春宮は、紅葉賀《もみじのが》の源氏の君が思い出されてならず、かざしの花を君に賜《おく》って、舞の一さしをうながしました。

とうとう拒めなくなり、源氏の君は立ち上がって、ゆったりと袖《そで》をひるがえすあたりを短く舞ってみせます。それだけでも、似るものもなく優美に見えました。舅《しゅうと》の左大臣《さだいじん》は、寄りつかない恨《うら》めしさも忘れて涙《なみだ》しました。

「頭中将はどこに。これに遅れるな」

帝の仰《おお》せがあり、頭中将も立って舞いました。こちらはもう少し念入りに長く、柳花《りゅうか》苑《えん》を舞います。心づもりして稽古《けいこ》してあったようで、すばらしい出来《でき》だったので、帝から褒美《ほうび》の衣《ころも》を賜《たまわ》ります。人々も感心して見守りました。高位高官もあれこれと舞いましたが、夜になっては見極めがつかないものでした。

漢詩の講評《こうひょう》が始まると、講師は、源氏の君の作を一度に読み下すことができず、一句ずつ区切って褒《ほ》めそやします。文章博士たちも、君の文才に感じ入っています。

このように、ただの座興《ざきょう》の中にも源氏の君が光り、帝からは特別と見なされ、藤壺の宮はどうしても光君に目を奪われます。弘徽殿の女御がむやみに彼を憎むことも不思議で、自分がこれほど後ろめたく見やることも情けないと、密《ひそ》かに考えるのでした。

「〝花の姿を世間の目線《めせん》で見ることができたら、露《つゆ》ほど気がねせずに賛美《さんび》するものを〟」

藤壺の宮が心の内に詠《よ》んだことでした。

宴が果てたときには、たいそう夜も更けていました。

上位の高官が退席し、中宮、春宮も御所《ごしょ》へ戻ったため、あたりは閑散《かんさん》とします。遅くのぼった月が明るく、風情《ふぜい》のある夜でした。

源氏の君は酔《よ》い心地にまかせ、清涼殿《せいりょうでん》の人々が思いもよらない今夜あたり、もしや忍びこむ隙《すき》がないだろうかと、藤壺（飛香舎《ひぎょうしゃ》）のわたりを忍び歩きます。けれども、王命婦《おうみょうぶ》を呼び出す戸口にも錠《じょう》がさしてあり、がっかりさせられました。

このままでは気がすまなくなり、藤壺の隣にある、弘徽殿の細殿《ほそどの》に立ち寄ります。三の戸口が開いていました。弘徽殿の女御が宴の後に清涼殿へ上ったため、こちらには控える女房《にょうぼう》が少ない様子です。母屋《もや》に通じる回転戸も開いており、人の物音がしません。

（こういう不用心から過《あやま》ちが起こるものだが）

源氏の君は大胆《だいたん》にも、母屋に上がってのぞいてみました。大半の人々はすでに寝静まった気配でした。

その折も折、若々しくきれいな声が聞こえました。

ただの女房ではないと、すぐにわかる奔放《ほんぽう》な調子で「〝朧月夜《おぼろづきよ》に似るものぞなき〟」と歌いながら歩いてきます。胸をときめかせた源氏の君は、手を伸ばして衣の袖をとらえました。

「まあ、いやだ。これはだれ」

相手はうろたえますが、君はすばやくささやきます。

「何の、怖いことがありますか。

〝夜半のおぼろ月、その風情がわかるなら、おぼろげでなく私と縁《えん》があるのだろう〟」

彼女を細殿に抱き下ろし、母屋の戸を閉めてしまいました。

茫然《ぼうぜん》とした様子にも、かわいげのある女人《にょにん》です。身を震《ふる》わせ、「ここに、人が」と助けを求めようとしますが、君は強引に言い切ります。

「私は、宮中《きゅうちゅう》で何をしても許される身です。だれを召《め》し寄せてもどうすることもできませんよ。騒《さわ》がずに秘密にしておきなさい」

これは光君《ひかるきみ》だと、相手の女人も気がつきました。困惑しながらも、無情《むじょう》につっぱねる女とは見られたくない様子です。

源氏の君は、いつになく酔って自制心がなく、行きつくところまで行ってしまいます。

初々《ういうい》しく柔らかな乙女であり、強く拒むことを知らず、流されてすべてを許してしまうのでした。かわいい人と見るうち、早くも夜が白《しら》んできました。

ぐずぐずして見つかることが気がかりです。まして女人のほうは、なりゆきに思い乱れています。

「隠さずに名を名乗って。この後どこへ便りをやればいいのか。あなただって、これっきりとは思わないでしょう」

源氏の君がうながしても、相手は素直《すなお》に明かさず、歌で答えました。

「〝私が憂《うれ》えて、黙って死んでしまったら、草葉《くさば》の陰《かげ》までたずねてはくれないのか〟」

その態度が、あでやかで優美に見えました。

「もっともだ。私が言い誤《あやま》ったよ」

源氏の君も歌に直します。

「〝どこが露の住みかか、私が見分けないうち、風に邪魔《じゃま》されるのが心配だ〟

そちらが迷惑でなければ、遠慮せずに探し当てますよ。それとも、私をはぐらかそうとしているの」

言い終えないうち、周囲が騒がしくなりました。女房たちが起き出し、弘徽殿の女御のお迎えを始めます。残念に思いながらも、再会の誓いに扇《おうぎ》を交換し、源氏の君はその場を立ち去りました。

桐壺《きりつぼ》（淑景舎《しげいさ》）には大勢の女房が控えており、目を覚ましている者もいて、主人の朝帰りに気づいています。

「油断《ゆだん》も隙もないお忍び歩きだこと」

つつき合ってこっそり言いますが、源氏の君の前では眠ったふりをします。

源氏の君は御帳台《みちょうだい》に入りますが、なかなか寝つけませんでした。

（魅力的な人だったな。弘徽殿の女御の妹君《いもうとぎみ》に違いない。まだ男を知らなかったから、五の君か六の君か。いっそ帥《そち》の宮《みや》の北の方《かた》か、頭中将が寄りつかない四《し》の君《きみ》であれば、美人の噂《うわさ》も聞くことだし、人妻《ひとづま》との火遊びが一興《いっきょう》になったのに。六の君は、春宮妃《とうぐうひ》に入《じゅ》内《だい》する予定と聞く。その人だったら気の毒をしたことになる。
右大臣家《うだいじんけ》は厄介《やっかい》だから、どの妹君かはっきり見当がつかない。向こうもこれっきりとは思わない様子だったのに、どうやって連絡すればいいのやら）
あれこれ思うのは、朧月夜《おぼろづきよ》の君《きみ》が気に入った証拠でした。しかし、これも、藤壺のわたりが厳重でなかったならばと、まずは手の届かない人を思い浮かべてしまうのでした。

翌日には、桜の宴の後宴《こうえん》があって忙殺《ぼうさつ》されました。源氏の君が箏《そう》の琴《こと》を担当して管弦《かんげん》を催《もよお》し、昨日の大宴とは味わいが異なります。暁《あかつき》には、藤壺の宮が清涼殿へ上りました。

源氏の君は、朧月夜の君が右大臣邸《てい》へ帰ってしまうことが気になります。この手のことには抜かりのない良清《よしきよ》、惟光《これみつ》に命じて、弘徽殿の様子を見張らせました。

さっそく報告が入ります。

「たった今、北の陣《じん》から女車《おんなぐるま》が退出しました。付き人の中に、急いで出向いた四位《しい》の少将《しょうしょう》、右中弁《うちゅうべん》が見えたので、右大臣家のご家族にまちがいありません。身分の高さがはた目にもわかる様子で、車は三台ほどありました」

やはり行ってしまったかと、源氏の君は胸が騒ぎました。

（どうすれば、あの人を特定することができるだろう。詮索《せんさく》して父の右大臣に気づかれ、ことを大きくされるのはわずらわしい。とはいえ、知らずにすませてしまうにはあまりに惜《お》しい）

手づるがないことに悩み、鬱々《うつうつ》と寝そべっている源氏の君でした。ふと、紫《むらさき》の上《うえ》はどうしているだろう、内裏《だいり》に数日居続けたので、淋しがっているだろうと思いやります。

朧月夜の君と交換した扇は、桜重《さくらがさ》ねの濃い部分に霞《かす》む月を描き、水に月影を映す意《い》匠《しょう》でした。ありがちな絵柄であっても、趣味のよさがしのばれるように使い慣らしてあります。〝草葉の陰まで〟と歌で応じた様子ばかり目に浮かびます。

「〝今まで知らないことだった。有明《ありあけ》の月のゆくえを、夜空に見失うとは〟」

扇にそう書きつけて、手元に置くのでした。

左大臣邸も久しく訪れていませんが、まずは紫の上が気がかりで、ご機嫌《きげん》をとろうと牛車《ぎっしゃ》を二条院へやりました。

紫の上は成長するほど美しくなり、愛敬《あいきょう》があって聡明《そうめい》さを兼《か》ねる性質が際立ってきます。源氏の君は、理想の女人に育てようとする自分の試みに、少しも過不足なく応じてくれると考えます。男の教育であるため、異性になじみすぎる点が少々気がかりな程度でしょうか。いつものように仲よくおしゃべりし、琴の稽古《けいこ》をして、日が暮れてから左大臣邸へ向かいました。

紫の上は、やはり外出なのかとがっかりしますが、今ではそのことにも慣れ、聞き分けなく引き止めはしませんでした。

左大臣邸では、葵《あおい》の上《うえ》が例によってすぐには対面しません。待つ暇をもてあまし、源氏の君は箏の琴を手なぐさみに、「やわらかに寝《ぬ》る夜はなくて」と催馬楽《さいばら》を歌います。

そこへ左大臣がやって来て、桜の宴がすばらしかった件を褒《ほ》めちぎりました。

「私の齢《よわい》では、帝の御代《みよ》を四代経験しましたが、今年ほど詩文に優れ、舞に優れ、管弦の音色ももれなく調って、寿命が延《の》びる思いをしたことはありませんでした。名手が輩出《はいしゅつ》している昨今《さっこん》に、万事精通《せいつう》して人々を集め、宴の催しを整えた、あなたのお手柄でしょう。この翁《おきな》さえも、浮かれて舞い出しそうになりましたぞ」

源氏の君はつつましく答えます。

「公《おおやけ》のお役目として、指導の師を探して回っただけです。何よりも、頭中将の柳花苑のお見事だったこと、後代の模範《もはん》と見えました。まして、栄《は》えある左大臣に舞っていただけたら、どれほど面目《めんもく》が立ったことか」

そのうちに左中弁《さちゅうべん》、頭中将なども顔を出したので、共に高欄《こうらん》にもたれ、持ち寄った楽器で合奏して遊びました。たいそう楽しめることでした。

朧月夜の君は、夢のような逢瀬《おうせ》を思い返しては、日々を嘆きがちに過ごしています。春宮入内が卯月《うづき》（四月）に内定しており、困って思い悩んでいました。

源氏の君は、探すあてが皆無ではないものの、どの姫君《ひめぎみ》かもわからずに右大臣に知られることを危惧《きぐ》します。思いわずらうばかりで行動できませんでした。

弥生《やよい》（三月）の二十日あまり、右大臣邸では競射《きょうしゃ》の催しが開かれました。

高官や親王の多くが出席し、試合後にはそのまま藤《ふじ》の宴《えん》が開かれます。桜は時期を過ぎていますが、〝ほかの散りなむ後ぞ咲かまし〟と教わったのか、遅れて咲いた二本の桜がちょうどの見ごろを迎えていました。

新築した右大臣邸の御殿《ごてん》は、弘徽殿の女御の姫宮《ひめみや》の裳着《もぎ》（女子の成人式）のため、美しく磨き上げてありました。華美を好む家風にのっとり、何ごとも時代の最先端にしつらえてあります。

右大臣は、源氏の君と宮中で顔を合わせたとき、直接に招待していましたが、君が欠席したらせっかくの宴が華《はな》を失うと考え、息子の四位《しい》の少将をさし向けました。

「〝わが家《や》の花が平凡ならば、どうして君の訪れを願ったりするだろうか〟」

源氏の君は清涼殿にいたので、この歌を父の帝に伝えます。

「得意そうな詠みぶりだな」

帝は笑いました。

「わざわざ迎えを寄こすくらいだから、早く行っておやり。女御子《おんなみこ》たちも生まれている家だから、そなたを疎遠《そえん》には思わないのだろう」

源氏の君は装束を入念《にゅうねん》に整え、日も暮れてずいぶんたってから、待たれていた宴席に顔を出しました。

桜重《さくらがさ》ねの唐織《からお》りの綺《き》の直衣《のうし》、葡萄《えび》染《ぞ》めの下襲《したがさね》、背後に下襲の裾《すそ》を長く引いた装《よそお》いです。他の人々が官衣《かんい》で居並ぶ中、略式《りゃくしき》を許される皇子《おうじ》姿が際立ちます。うやうやしく案内されて席につく様子も別格であり、花の色さえ霞ませ、花見の興をそぐほどに優美でした。

管弦の遊びが続き、夜も更けゆくころ、源氏の君は酔って苦しいふりをして、酒宴《しゅえん》の席を離れました。

女一《おんないち》の宮《みや》、女三の宮の御所となる寝殿《しんでん》の東口へ来て、戸口にもたれて座ります。藤の花はこちらの端《はし》に咲いているので、格子戸《こうしど》がみな開け放ってあり、御簾《みす》の際《きわ》に女房がずらりと並んでいました。

右大臣家の女房たちが、正月の踏歌《とうか》のように、衣の袖口《そでぐち》を御簾の外に出して気を引くのを見て、源氏の君は、少々はしたないという気がします。引き比べ、いつも上品で奥ゆかしい藤壺のわたりを思い起こします。とはいえ、誘い水を心得た若者にふさわしく、妻戸《つまど》の御簾をめくって半身を中に入れるのでした。

「気分の悪いところへ、無理やり飲まされて困っています。すみませんが、こちらの陰《かげ》にかくまってもらえませんか」

「まあ、ご無理をおっしゃって。身分の低い者であれば、貴人《きじん》の陰をたよることもありましょうが」

重々しさには欠けますが、優秀な若い女房たちのようで、上質《じょうしつ》な才気が感じられました。

屋内《おくない》には煙《けむ》いほどに香《こう》が薫《くゆ》らせてあり、衣《きぬ》ずれの音《おと》高くふるまう活気が華やかです。現代風が好まれている御殿だと感じました。当家の姫君たちが藤の花見をし、こちらの戸口を占めていることが推察《すいさつ》できます。

本来なら、ぶしつけな行動に出るべきではありませんが、興に乗った源氏の君は、どの姫君がお目当ての人だろうと胸を高鳴らせるのでした。

「高麗人《こまびと》に、扇を取られて、辛《から》き目《め》を見る」

ことさらのんきな声で、催馬楽の「帯《おび》を取られて」と歌う部分を「扇を取られて」に換えて歌い、体を寄せて座ります。

「おかしな趣向の高麗人ですこと」

几帳《きちょう》を隔《へだ》てた向こうから、そう応じる姫君は、何も知らない人でしょう。けれども、黙ったまま、何度もため息をもらす姫君がいました。源氏の君はそちらの方へ寄りかかり、几帳越《ご》しに手をとらえました。

「〝梓弓《あずさゆみ》を射《い》る、いるさの山に迷い込んでいる。ほのかに見た月影《つきかげ》が見つかるかもと〟」

当《あ》て推量《ずいりょう》に詠みかけると、相手もついに忍《しの》びきれなくなり、歌を返しました。

「〝心にかけるなら、弓張月《ゆみはりづき》のない空だろうと、見失って迷ったりするだろうか〟」

まさしく、うれしい、あの夜の女人の声でしたが。

五　葵《あおい》

御代《みよ》の譲位《じょうい》があり、新帝《しんてい》が即位《そくい》しました。

光源氏《ひかるげんじ》は大将《たいしょう》、二十二歳になりましたが、新帝とともに右大臣家《うだいじんけ》の世が訪れ、いろいろ憂鬱《ゆううつ》なことがあります。

朝廷《ちょうてい》での地位が高くなれば、気軽な忍《しの》び歩きもしづらくなりました。あちらこちらの女人《にょにん》を嘆かせている報《むく》いなのか、源氏の君《きみ》本人も、ふり向いてくれない人への思いばかり募《つの》らせ、わが身を嘆くのでした。

藤壺《ふじつぼ》の宮《みや》は、先帝とともに院《いん》の御所《ごしょ》に移り住んでから、これまでにもまして、世間の夫婦のように寄り添って過ごしています。弘徽殿《こきでん》の大后《おおきさき》は、それがおもしろくないので、新帝のいる内裏《だいり》ばかりで過ごしています。おかげで、藤壺の宮は心安らかでした。

院の御所では、今でも折《おり》にふれて管弦《かんげん》の催《もよお》しなどを行い、優れた評判は世に鳴り響き、退位後も人心を集めています。ただ、春宮御所《とうぐうごしょ》に暮らす若宮《わかみや》のことを、絶えず心配していました。宮中《きゅうちゅう》に後ろ盾《だて》が少ないことを案じ、源氏の君に万事たのみこむのでした。

源氏の君は、気がとがめてならないものの、春宮の後見人《こうけんにん》になれることをうれしく思っていました。

御代替わりは、さまざまな更新《こうしん》をもたらします。

伊勢神宮《いせじんぐう》の斎宮《さいぐう》には、亡くなった先の春宮の姫宮《ひめみや》が抜擢《ばってき》されました。その母、六条《ろくじょう》の御息所《みやすどころ》は、源氏の君が早くから通っていた女人でした。

六条の御息所は、年若い恋人をたのみにできず、幼い娘が伊勢へ下ることを口実に、付《つ》き添《そ》って都を離れようかと考えます。実《みの》りのない関係を断ち切りたいと願ったのでした。

父の院は、どこからかこの話を聞きつけました。

「私の前の春宮だったおかたが、人一倍愛して大切にした女人を、軽い浮気《うわき》の相手にするとはお気の毒な。このたびの斎宮は、私がわが子同然にお世話した姫宮なのだから、そなたも粗略《そりゃく》にできる筋ではあるまい。気の向くままに好色《こうしょく》な関係をつくっては、世間のそしりを受ける一方だぞ」

源氏の君はひたすらかしこまって拝聴《はいちょう》します。本人も、お叱《しか》りはごもっともと思えるのでした。院は愛する息子に言いきかせました。

「相手に恥《はじ》を負わせることをせず、だれもが心穏やかでいられるように努め、女人から恨《うら》みを買わないようにしなさい」

機嫌《きげん》の悪い父を見るにつけても、これで、藤壺の宮とのできごとが明るみに出たらどうなるかと、源氏の君は肝《きも》を冷やします。恐縮《きょうしゅく》して退出し、父の院が言及するほど噂《うわさ》が広まったことを悔《く》やみました。六条の御息所の名にも自分の名にも傷がつきましたが、だからといって、正式に妻に迎える決心はつかないのでした。

六条の御息所が、似合わない年の差を恥として、打ちとけて妻にしてくれと言い出さないからと、うやむやにしているところもありました。けれども、院も知り世間で知らない人もいなくなった仲を、これ以上深めようとしない源氏の君の冷淡さを、女のほうではひどく嘆いていました。


源氏の君と長く文通しながら、まだ会わずにいる朝顔《あさがお》の姫君は、この噂を伝え聞き、自分はけっして外聞《がいぶん》の悪い噂を立てるまいと心に誓います。浮ついた文《ふみ》には返事を書きません。けれども、それ以外の内容であれば、急にはねつけて相手を傷つけたりしない姫君でした。源氏の君も、季節の折にふれて文を送り続けました。

正妻《せいさい》の葵《あおい》の上《うえ》は、あちらこちらの浮気を不愉快に思うものの、源氏の君がまったく隠し立てをしないので、言ってもしかたないと恨み言も言いませんでした。まして今は体調が悪いため、心細く思いながら過ごしています。気分がすぐれないのは、つわりのせいでした。

妻の懐妊《かいにん》は目新しく、源氏の君もいたわる気持ちになります。左大臣家《さだいじんけ》は大喜びで、また心配もして、安産祈願《あんざんきがん》のもの忌《い》みを数多く行いました。こうしたことに気ぜわしく、六条の御息所をないがしろにするつもりはなかったにせよ、訪問は途絶《とだ》えがちでした。

御代替わりのため、賀茂《かも》神社の斎院《さいいん》にも交代がありました。

新しい斎院には、弘徽殿の大后を母とする三の宮が立ちました。院も大后も大事にした姫宮であり、神にさし出すことを嘆いたものの、他にふさわしい姫宮もいません。儀式が盛大に行われました。

巷《ちまた》では、賀茂の大祭《たいさい》が例年以上の規模になり、たいそうな見ものになると評判でした。本祭の前日に行われる、斎院御禊《ごけい》の御輿《みこし》には、容姿に優れた選《え》りすぐりの高官ばかりがお供《とも》に付きます。装束《しょうぞく》の下襲《したがさね》の色、上の袴《はかま》の紋《もん》、馬、鞍《くら》まで華美なもので統一し、目もあやな行列となるはずです。新帝の宣旨《せんじ》により、源氏の大将もこの行列に加わりました。

都の人々は、早くから物見車《ものみぐるま》を用意します。御禊の当日は、一条大路を隙間なく見物人が埋めつくす騒ぎです。ところどころにもうけた貴人《きじん》の桟敷席《さじきせき》は、趣向《しゅこう》をこらした飾り付けをし、女房《にょうぼう》たちの出《いだ》し衣《ぎぬ》の袖口《そでぐち》に至るまで見どころがいっぱいでした。

葵の上は、もともと外出をしたがらないたちで、まして妊娠《にんしん》中の今は、見物《けんぶつ》に出ようと思っていませんでした。けれども、左大臣邸《てい》の若い女房たちは気がすみません。

「あんまりです。私たちだけ陰《かげ》から拝見《はいけん》しても、何の甲斐《かい》もないではありませんか。縁《えん》もゆかりもない地方の者が、光君《ひかるきみ》のお姿をひと目見るため、山奥から総出で出向くというのに。正妻《せいさい》のおかたが、これをご覧《らん》にならずに何としましょう」

母の大宮《おおみや》は、女房たちの言いぶんをもっともだと考えました。

「このところ体調が安定しているのだから、行っていらっしゃいな。お付きの人たちが味気《あじけ》ない思いをしていますよ」

大宮の意向で、にわかに牛車《ぎっしゃ》のしたくが命じられ、見物にくり出すことになりました。

日も高くなってから、あまり仰々《ぎょうぎょう》しくはせずに左大臣家の車を出します。

一条通りにはぎっしりと物見車が並んでおり、何台も連なる葵の上の一行は、停《と》める場所を見つけられずに立ち往生《おうじょう》しました。供《とも》の男たちは、品《ひん》のいい女車《おんなぐるま》が並んで下層の者が集まっていない場所を見つくろい、あたりの車を立ちのかせにかかります。

その中に、やや古びた網代車《あじろぐるま》で、下簾《したすだれ》などの趣味がよく、出し衣をほとんどしない女車が二つありました。しかし、かすかに見える袖《そで》や裳裾《もすそ》、女童《めのわらわ》の汗衫《かざみ》の端《はし》は、色美しく上品で、人目をはばかっての見物だとわかります。

「これは、無礼《ぶれい》に立ちのかせる御車《おくるま》ではない」

お供が言い張り、左大臣家の者に手を触れさせませんが、双方とも若い従者《じゅうしゃ》が酒に酔いすぎており、喧嘩騒《けんかさわ》ぎを抑えることができませんでした。年配者が制止しても止まりません。

網代車は、六条の御息所のものでした。

恋人との別れを思い悩む中、少しは気晴らしになるかと、お忍びで出てきていたのです。素性《すじょう》を知られまいとしますが、左大臣家の従者もどこからか気づきました。

「その程度の分際《ぶんざい》で大きな口をたたくな。源氏の大将をたよるだけの身の上のくせに」

ののしる言葉を、いっしょにいた源氏方の従者は、気の毒な思いで聞きます。けれども、仲裁《ちゅうさい》に入って厄介《やっかい》ごとを増やすよりはと、見て見ぬふりをしました。

左大臣家の従者は、無理やり自分たちの車を並べてしまいます。六条の御息所の車は、葵の上のお付きの車の奥に押しやられ、通りもろくに見えなくなりました。

押しのけられた情けなさにも増して、人目を忍《しの》んだ正体を暴露《ばくろ》されたことが、何より無念《むねん》でたまりません。相手と争う中、車の長柄《ながえ》を置く台も壊《こわ》されてしまい、見知らぬ車に立てかけて保つ始末です。なぜ屋敷を出てきたのかと悔やみますが、今はどうにもならず、帰ろうとしても車を引き出す余地がどこにもないのでした。

じりじりと待つうち、行列が来たという声がします。それを聞くと、源氏の君の晴れ姿をひと目見たいと思ってしまうのが、恋する者の弱さでした。

しかし、馬上の源氏の君は、奥に引きこんだ車に気がつかず、目もくれずに通り過ぎてしまいます。他には、それとなく微笑《びしょう》を向ける女車もあったのです。われもわれもと乗り込み、下簾からこぼれ落ちるばかりになっている隙間を、目ざとく見透かしているようでした。

左大臣家の車はひと目でわかるので、その正面ばかりは、真面目《まじめ》くさった表情で通りました。源氏の君の供人《ともびと》がそろって葵の上に敬意を示します。六条の御息所は、消し去られたわが身を思い知るばかりでした。

「〝影を見るだけの、つれない仕打ちに、身の不幸をますます思い知らされる〟」

涙がこぼれては、女房の前で恥ずかしいと必死にこらえます。けれども、源氏の君のまばゆい美貌《びぼう》が、晴れの場を得てさらに輝く様子を、この目で見ずにはいられなかったとも考えるのでした。

行列は、身分に応じて装束も容姿も最上の人々を揃《そろ》えています。中でも高位の人々は華麗に目立ちますが、それも源氏の君一人の光に消されてしまうようでした。大将の付き人に将監《ぞう》が就《つ》くのは、特別な場合だけですが、今日は右近《うこん》の蔵人《くろうど》の将監がつとめていました。その他の付き人も美しい者ばかりで、源氏の君が世にもてはやされる有様《ありさま》は、草も木もなびかんばかりでした。

大路の脇には、身分ありげな壺《つぼ》装束の女房や尼僧《にそう》まで見物に出てきて、ひしめき合う混雑によろめいています。はしたないと見られるところですが、この日に限っては、だれもが無理もないと思っていました。

老いて顔がゆがみ、髪を衣《ころも》の襟《えり》に着込《きこ》めた下層の女が、仏を拝《おが》むように源氏の君を拝みます。ふだん鈍重《どんじゅう》な下層の男も、君の姿にだらしなく笑みを浮かべています。車を派《は》手《で》に仕立てた成り上がりの受領《ずりょう》の娘たちが、のぼせ上がっている様子も愉快《ゆかい》な見ものです。

まして、わずかでも関係した女人であれば、だれもが胸を痛めて君の姿に見入るのでした。

院の弟である式部卿《しきぶきょう》の宮《みや》は、大路にもうけた桟敷席から見物しています。源氏の君を、成長につれてまばゆいほど美しくなる、鬼神《きしん》が目をつけることになってはと、不吉《ふきつ》な思いで見ています。同じ桟敷に、娘の朝顔の姫君も座っていました。

（源氏の君のくださるお便りが、他では見かけないほど優れているから、今まで失礼にもできなかったけれど、こうまでも美貌のおかただったとは）

さすがに心を動かされて、馬上の君に見入ります。それでもこの姫君は、だからこそ関係を深めようとは考えません。しかし、周りにいる女房は、外聞が悪いくらいに光君の美しさを褒《ほ》めそやすのでした。

翌日が賀茂の本祭ですが、葵の上は外出しませんでした。

源氏の君は、物見車の争いの一件を聞き知って、情けないことをするとがっかりします。

（葵の上は、せっかく慎重な気質をもっているのに、思いやりにうとく、そっけないところのある人だから、本人に悪気《わるぎ》がなくても下の者がどんどん増長《ぞうちょう》するのだろう。正妻《せいさい》と愛人《あいじん》の間で気づかいするべきとは、思いもよらないご気性だからだ。六条の御息所は、私が恥じ入るほど奥ゆかしく、たしなみ深い女人だというのに、どんなにいやな思いをしただろう）

六条屋敷を訪ねましたが、御息所は斎宮の潔斎《けっさい》を理由にして、源氏の君に会おうとしませんでした。

「両方で、それほど角《かど》を立てなくてもいいのに」

ぼやきをもらす源氏の君でした。

二条院へ戻って、本祭見物のしたくをします。西の対《たい》へわたり、惟光《これみつ》に物見車の用意を命じました。西の対の女童をからかって話しかけます。

「女房どの、お出かけかな」

紫《むらさき》の上《うえ》の御座所《ございしょ》をのぞくと、すっかりおめかしをしてかわいらしく仕上がっているので、思わずほほえんで見つめました。

「あなたは、私の車にね。いっしょに祭り見物をしよう」

いつも以上に清らかな髪をかき撫《な》でて言います。

「ここしばらく髪を切らなかったね。今日は髪を切るのに縁起《えんぎ》のいい日だろうか」

暦博士《こよみ》を召して吉日《きちじつ》の確認をさせ、女童から始めて、みんながそろって髪を切りました。かわいい少女たちが髪の裾《すそ》を美しくそろえ、浮《う》き紋《もん》の表袴《おもてばかま》にかかっている様が目に鮮やかです。楽しく眺めていた源氏の君は、紫の上の髪は自分の手で切ると告げました。しかし、いざ髪を削《そ》ぎにかかるとだいぶ苦労しました。

「いやにたくさんある髪だね。将来どこまで伸ばせるかな。髪のたいそう長い人でも、額髪《ひたいがみ》は少し短くするものだよ。すべて同じ長さに伸ばしては、かえって風情《ふぜい》がないものだ」

あれこれ言いながら、ようやく髪を削ぎ終えて「千尋《ちひろ》」と言祝《ことほ》ぎます。

少納言《しょうなごん》の乳母《めのと》は、これほど紫の上が大切にされることに感激しながら見つめているのでした。

源氏の君が詠《よ》みます。

「〃計り知れぬ千尋《ちひろ》の底の海松《みる》までも、あなたの生《お》い先を『見る』のは私だけだ〃」

紫の上は、返歌を手元の紙に書きつけています。

「〃千尋《ちひろ》の深さとどうしてわかるだろう。満《み》ち干《ひ》する潮《しお》のように落ち着かないあなたなのに〃」

利発でありながら初々《ういうい》しく愛らしいので、君は感心するのでした。

この日も、一条大路は隙間なく見物人で埋まっています。

源氏の君の車は、近衛《このえ》の馬場《ばば》のあたりで停めわずらい、高位の人の車が多いのを見やって、他へ行こうかと迷っていました。そこへ、上品な女車で出し衣をいっぱいに出した中から、扇《おうぎ》で源氏の君の従者をまねく者がいました。

「この場所をお譲《ゆず》りしますから、車をお止めなさい」

源氏の君は、いかにも気を引く女人だが、さて、だれだろうと考えます。事実たいへんよい見物場所なので、ありがたく車を停めました。

「どなたのごひいきで、これほどよい場所を手に入れたのかと、嫉《ねた》ましいものです」

言い送ると、相手は扇のはしを折って歌を寄こしました。

「〝むなしいこと、あなたは他《ほか》の女人と過ごすのに、葵《あおい》(会う日)の今日を待ちわびたとは〟

しめ縄《なわ》の内《うち》には踏《ふ》みこめません」

筆跡を見れば、源典侍《げんのないしのすけ》でした。源氏の君は年甲斐《としがい》のなさにあきれて、遠慮のない歌を返します。

「〝祭りへの期待は、気の多さと見える。誰彼かまわず会う日《あひ》（葵）のようだから〟」

源典侍はつらいと思った様子でした。

「〝悔《くや》しくも、期待していたものだ。葵の『会う日』は名ばかりだったのに〟」

源氏の君が明らかに女人同伴なので、やきもきして見つめる目は多いのでした。昨日の御禊には、あたりを払う秀麗《しゅうれい》な姿で人目を奪い、祭りの当日には、車の簾《すだれ》を上げもせずに女人とお忍びです。同乗《どうじょう》はだれだろう、並の恋人ではないだろう――と、憶測《おくそく》が乱れ飛ぶのでした。

源氏の君は、歌の相手が源典侍では張り合いがなかったと考えていますが、彼女ほど年寄りで厚かましくなければ、とてもたわむれに歌など送れませんでした。

六条の御息所は、ここ数年の憂《うれ》いに加えてさらに悩み苦しみました。

かえりみられないと知り果てても、なお、ふりきって伊勢へ下るのは淋しくてならず、外聞が悪くもの笑いだろうと考えます。けれども、このまま都に留《とど》まって、この前のように他人から見下されるのも業腹《ごうはら》です。〝釣《つ》りする海人《あま》の浮《うき》なれや〟の歌のように心が一つに定まらず、寝ても覚めても思い患《わずら》い、体の具合まで悪くなりました。

源氏の君は、御息所が伊勢へ下ることを、真剣になって阻止《そし》しようとはしません。

「数にも入らぬ私ですから、もう会いたくないと捨てて行かれるのも当然ですが、今はふがいない私でも、最後まで見届けてくださるのが本当の愛情というものでしょう」

そんなふうに、からんだ言い方をするだけです。迷う心の慰《なぐさ》めに見物に出れば、左大臣家の無礼に出会います。六条の御息所は、いよいよすべてがつらくなります。

葵の上は、もののけの病《やまい》で苦しむようになり、左大臣邸の人々は気をもみました。

源氏の君もおちおち出歩けず、二条院にもたまにしか帰れずにいます。別居していたとはいえ、重んじている葵の上であり、子を身ごもっている今は心配でなりません。左大臣邸の曹司《ぞうし》に修験者《しゅげんじゃ》を呼び寄せ、加持祈禱《かじきとう》やら何やらで日々を過ごしていました。

修験者が憑《つ》きものを調伏《ちょうぶく》し、憑坐《よりまし》に移すと、もののけや生《い》き霊《りょう》がいくつも名乗り出ます。その中に、どうしても憑坐に移らず、病人の身にぴたりと憑《つ》いた霊《れい》がありました。特に凶悪ではないものの、片時も葵の上から離れず、執念深くまとわりつくところに事情がありそうです。

左大臣邸の女房たちは、源氏の君が通う女人のあちらこちらを思い浮かべ、その怨念《おんねん》ではないかと勘《かん》ぐるのでした。

「六条の御息所、二条院の女君《おんなぎみ》あたりは、源氏の君が別格とする女人だから、正妻に恨みも深いのでは」

陰《かげ》でささやき合い、修験者に質問させますが、はっきり言い当てることはできませんでした。

もののけは、根深い仇敵《きゅうてき》でないもの――亡くなった乳母《めのと》のようなものや、左大臣家の血筋に憑いて、本人が弱った拍子に顔を出すもの――も、入り乱れて名乗り出ます。葵の上はさめざめと泣き続けたり、胸を詰まらせて苦しんだりと、耐えがたい様子で翻弄《ほんろう》され、父の左大臣や母の大宮は、これをどうしたらよいかとうろたえ悲しみました。

院の御所からも、ひっきりなしのお見舞いがあり、院みずから病気平癒《へいゆ》の祈禱を手配したと聞きます。こうまで重大に扱われる女人であり、世間のだれもが葵の上の容態《ようだい》を心配しました。六条の御息所は、これを安《やす》らかに聞くことができませんでした。

源氏の君の正妻に、今までそれほど敵対心《てきたいしん》を向けなかったのに、ささいな物見車の争いが原因で、御息所の心に恨みが生じたのです。左大臣家の側では、それをさほどのこととは考えずにいたのでした。

六条の御息所は、懊悩《おうのう》から体調も悪くなるばかりで、一時斎宮のもとを離れ、修験者の加持祈禱を受けることにしました。

源氏の君はこれを知り、見舞いをかねて訪問します。祈禱のための仮住まいなので、厳重に人目を忍んで会いました。心ならずも長らく会いに来られなかったと、罪滅ぼしに葵の上の病状を憂えて語ります。

「私自身は、そうも深刻には思わないのですが、親たちの心痛が気の毒なために大事を取ったのです。これに免じて、いろいろと大目《おおめ》に見てくださるとうれしいのだが」

そんなふうに言いつくろいますが、六条の御息所はいつもより悲痛な態度で通し、源氏の君も、内心では無理もないと考えていました。

心が解《と》けないまま迎えた明け方、立ち去る源氏の君のふるまいは、それでも尽きない魅力にあふれて見えました。見送った御息所は、とてもふり捨てて都を去ることはできないと、またもや思い直します。

けれども、葵の上に子どもが生まれたら、かの人への愛情も増し、源氏の君も一箇所に落ち着くに違いありません。今後も自分は、待ちわびて身を磨《す》り減《へ》らすばかりだろうと思うと、むしろ憂愁《ゆうしゅう》がよみがえるのでした。この日も暮れるころ、源氏の君から文だけが届きました。

「ここ数日は病人の容態がよかったのに、また急に苦しみだしたため、放って出られなくなりました」

六条の御息所は、いつもの言いのがれだと思いますが、それでも返事を書きました。

「〝袖《そで》をぬらす恋路《こいじ》と知りながら、その泥沼《こいじ》を踏む田夫《でんぷ》のようなわが身が恨《うら》めしい〟

そちらが山《やま》の井《い》の浅い思いなので、当然です」

源氏の君は、御息所の文を見て、歌と筆跡の見事さは随一《ずいいち》だと感嘆します。どの女人にもそれぞれ異なる美点があり、簡単に見放すことができないと考えて、暗くなっているにもかかわらず再度の文を送りました。

「袖《そで》をぬらすとは、なぜでしょう。

〝浅瀬《あさせ》に降《お》りた人がいるようだ。私は全身まみれる泥沼《こいじ》と思っているのに〟

よほどのことがなければ、うかがってお返事するところです」

左大臣邸では、葵の上がもののけに苦しみ続けます。噂好きな人々は、病の原因は生き霊か、御息所の父大臣の死霊《しりょう》だろうと当《あ》て推量《ずいりょう》するのでした。これを知り、六条の御息所は考えこみました。

（私は、身の不幸を嘆いても、他人に災《わざわ》いあれとは思っていないはずなのに。けれども、魂《たましい》がさまよい出しては、そういうこともあり得るのだろうか）

長年、悩み尽くした身であっても、こうまで心を砕《くだ》いて思いつめなかったのに、ささいな争い事で消し去られ、いない者のようにあしらわれた御禊の日からというもの、湧《わ》き上がる恨みが止まらないのでした。

わずかにまどろんだ夢の中で、左大臣家の姫君とおぼしき人の贅沢《ぜいたく》な寝所《しんじょ》へ行きます。寝ている女人を小突《こづ》きまわし、現実には覚えがないほど猛々《たけだけ》しく怒り狂って、つかみ苛《さいな》んでいます。たびたびそんな夢を見るようになりました。目が覚めて、なんと禍々《まがまが》しいことだろう、魂が体を離れて出かけたようだと、ぼんやり思うのでした。

(わずかなことでも、身分ある人の噂を立てるとなると、よくは言わない世間なのに。ましで、こんなことが知れたら、どれほど大騒ぎでふれ回る話の種《たね》になるか。高名な人が、恨みを残して死んで怨霊《おんりょう》となるのは世の常《つね》で、それすらも、よそで聞けば罪深いと考えていた私なのに。まさか、この身が、生きながら同じくらい忌《い》まわしい話題を提供する宿命とは)

薄情な恋人をきっぱり思い切らなくてはと、くり返し念じますが、それすらも源氏の君への執着心《しゅうちゃくしん》なのでした。

新しい斎宮は、去年のうちに宮中で潔斎に入るはずでしたが、いろいろな支障で今年の秋になって入りました。

九月には嵯峨野《さがの》の野《の》の宮《みや》に移らねばならず、潔斎の儀式が急がれますが、六条の御息所はぼんやり過ごすようになり、病気がちに寝込んでばかりいます。この様子を宮人《みやびと》たちも心配して、御息所のために祈禱をもうけました。

重い病状にはならないものの、軽快もせずに月日が過ぎます。源氏の君はしげしげと見舞いの文を送りますが、さらに優先する人の容態が悪いため、気持ちに余裕がありませんでした。

葵の上は、まだ出産日には早いだろうと、だれもが気を許していたところへ、にわかに産気づいて苦しみ出しました。左大臣邸では、手配できる限りの加持祈禱をさせますが、例の執念深いもののけが憑いて離れず、老練《ろうれん》な修験者でさえ、落とせずにもてあましました。

修験者にきつく調伏されると、さすがのもののけも、つらそうに泣きます。ついに葵の上の口を借りて訴えました。

「少し祈禱を緩めてください。源氏の大将どのにお話ししたいことがあります」

左大臣邸の女房たちは、やはりそちらの関係だったとうなずき合い、源氏の君を几《き》帳《ちょう》の内に招き入れました。葵の上の容態は、臨終《りんじゅう》まぎわかと思うほどに深刻になっていました。

左大臣も大宮も、娘が夫に言い残したいことがあると察して、少しのあいだ席をはずします。祈禱の僧たちが、声を低くして法華経《ほけきょう》を唱えているのが尊く聞こえました。

源氏の君が几帳の帷子《かたびら》を引き上げて見やると、葵の上はたいそう可憐《かれん》に、お腹のあたりがずいぶん高くなった姿で横たわっていました。赤の他人でも心を痛めずにはいられない姿であり、まして夫が胸を打たれるのは当然でした。

産婦の白一色の衣や調度の中に、葵の上の豊かに長い黒髪がひときわ鮮やかです。かたわらに髪を結って添えてある様子も美しく見えます。こうして飾らない姿を見せていれば、何とも愛らしい優美さがそなわっていると感じるのでした。

葵の上の手を握りしめます。

「何ということだ。私をこれほどつらい目にあわせて」

それ以上は、かける言葉もなく泣いてしまいます。これまでの葵の上であれば、気まずく恥じ入らせる目線を寄こすところですが、今は力なく見つめるだけで、その目から涙のしずくがこぼれ落ちるのでした。源氏の君の悲嘆も極まりました。

葵の上がひどく泣きむせぶので、後に残される両親を思いやるのか、さらには自分との別れがつらいのかと考え、慰める言葉をかけます。

「そう思いつめないで。大丈夫、夫婦となるほど宿縁《しゅくえん》のあった私たちは、来世でも必ず会うことができるから。左大臣と大宮のお二人もだ。深い縁のある人々は、生まれ変わっても巡《めぐ》りあうものなのだよ」

すると、意外な言葉が返ってきました。

「いいえ、そうではなく。調伏の祈禱が苦しいので、もっと緩めてほしいだけ。こうまでして来ようとは思わなかったのに、一途《いちず》に思う人の魂は、こんなにも離れやすいものだったのですね」

親しげな口調で、源氏の君に歌を詠みかけます。

「〝嘆きわびて、空にさまよう魂《たましい》をつなぎとめてほしい。下前《したまえ》の褄《つま》を結んで〟」

声も気配も、葵の上とは似ても似つかぬものです。源氏の君もおかしいと気づきました。まるで、六条の御息所がそこにいるようです。

世間の立てる噂を、君も耳にしていたのですが、心ない人々の不愉快な中傷《ちゅうしょう》と考えて、頭から否定してきました。しかし、これほど目《ま》の当《あ》たりにしては、この世にはこういう事象《じしょう》があったのだと思うしかありません。急におぞましくなります。

「そう言うあなたは何者だ。はっきり名乗りなさい」

いやいや問いつめたところ、さらに確信を得るばかりでした。驚きあきれるにも程《ほど》があります。近寄ってくる両親や女房に聞かれたくないと焦《あせ》りました。

母の大宮は、病人の苦しむ声が少し静まったと考えて、この隙《すき》に白湯《さゆ》を与えようとします。女房たちが抱き起こして介助《かいじょ》するうち、ほどなく赤子《あかご》が生まれ落ちました。屋敷内は、打って変わっての喜びにわき返りました。

けれども、憑坐に移したもののけたちがここぞとばかり騒ぎ出し、後産《あとざん》の心配もただごとではありません。神仏への願掛けを並べ立てて、ようやくすべてが事もなく済みました。

比叡山《ひえいざん》の座主《ざす》を始めとする高僧たちは、安堵《あんど》の表情で額の汗をぬぐい、左大臣邸から急いで退出します。多くの人が気をもみ続け、緊張に張りつめていたものがいくらか緩み、もう大丈夫だろうと思われました。

加持祈禱を新たにして、赤子の健やかさを祈るものを始めますが、まずはだれもが心躍る赤子のお世話に夢中になっています。院をはじめとする親王《しんのう》や高官たちがお祝いに駆けつけ、夜ごとに盛大な祝宴をしました。生まれた赤子は男児でさえあるので、その方面の祝いごとも事欠かないのでした。

赤子の誕生を知った六条の御息所は、平静ではいられません。

（あれほど危ないと言われていたお産なのに、結局は安産だったとは）

女人の寝所へ飛ぶ、自分が自分でなくなった夢を思い返すと、着ている衣に、修験者の焚《た》く芥子《けし》の匂いが染みついている気がします。そんなはずはないと、髪をよくすすぎ、別の衣に着替えてみますが、肌から匂いが取れません。

わが身ながらも疎《うと》ましく、まして世間はどのように言いふらすかと苦しみますが、だれかに相談できることではなく、ひとり胸に秘めて嘆いていました。そのため、いよいよ心の持ちようも変化していきました。

源氏の君は、葵の上の心配が少し落ち着くと、憑きものが問わず語りに語ったことを憂鬱《ゆううつ》に思い返します。六条の御息所を久しく訪ねていないことが気になりました。

（けれども、再びあの人を見て、私はどんな態度を取るだろう。気味悪く思ってしまったら、会ってはかえって気の毒なことをする）

そんなふうに気を回したあげく、文だけ送り続けました。

左大臣邸の人々は、娘の予後にまだまだ気を抜けないと考えています。もっともなので、源氏の君も出歩くことはやめています。葵の上は今も衰弱したままで、夫とふつうの対面もできないのでした。

生まれた若君《わかぎみ》は、神が魅入《みい》りそうに美しいので、今から特別扱いで愛されています。左大臣は、願いがかなって感極《かんきわ》まる思いです。娘の回復の遅さが気になるものの、あれほどの大病の後では急に戻らないのだと考え、心配ばかりするのをやめていました。

若君の顔立ちの美しさは、春宮によく似ています。源氏の君はそれに気づくと、春宮御所が気にかかり、そろそろ内裏へ出向こうと考えました。

参内《さんだい》の前に、葵の上に言葉をかけます。

「宮中へ久しく顔を出していないので、今日はこれから出かけますが、少し顔を見てお話しできませんか。回復具合もわからず、あまりに隔《へだ》てのあるお心ですよ」

お付きの女房たちも同調しました。

「そうですとも。お子が生まれた今は、取りつくろう間柄《あいだがら》ではないのだから、病にやつれたからと、几帳越しばかりでお相手なさるものではありませんよ」

葵の上の枕元《まくらもと》に席をしつらえ、源氏の君を招き入れたので、座ってあれこれ話しかけました。

葵の上も少しずつ答えますが、まだ、ひどく弱った声です。それでも、もう助からないと見たことを思い返せば、会話できるだけでも夢のようでした。

病が重かったときのことを語っていると、息も絶えたようになった葵の上が、突然持ちなおし、こまごまと語り出したことが目に浮かびます。源氏の君は、急に話すのがつらくなりました。

「いやいや、お話ししたいことはたくさんあるが、まだお疲れになるようだから」

薬湯《やくとう》をさしあげるよう、女房に言いつけさえするので、お付きの人々は驚き、婿《むこ》の君はいつのまにやさしい心づかいを学んだのだろうと考えました。

美しかった葵の上が、衰弱してやつれ、気力もなくした様子で横たわった姿は、可憐で胸が痛みます。長い髪に乱れた筋もなく、さらさらとこぼれかかっている枕元など、類《るい》を見ない見事さなので、源氏の君は、どうして長年この人に不満をもっていたのだろうと見入ってしまいます。

「院の御所にご機嫌伺いをしたら、すぐに帰ってきます。こうして、いつも近くで話せるとうれしいのに、大宮がしじゅう付き添っておられるので遠慮していたのですよ。少しずつ健康を取りもどして、早く夫婦らしい対面をしましょう。母君《ははぎみ》に幼子《おさなご》のように世話をされるから、治るものも治らないのですよ」

源氏の君はそう言って、装束を美々《びび》しく整えて内裏へ向かいました。葵の上は、いつもより長く目を留《とど》めてその姿を見送っていました。

秋の任官の時期であり、評定のために左大臣も宮中へ出仕《しゅっし》します。昇進の望みを持つ左大臣の子息たちは、父のそばを離れずに出かけたので、邸内《ていない》が閑散としました。

そんな折、葵の上は、にわかに胸を詰まらせて苦しみ出しました。容態の急変を内裏に知らせる暇もなく、彼女は息絶えていました。

これを耳にした左大臣家の人々は、だれもかれも浮き足立って内裏を退出し、任官評定の夜だったというのに、だれも昇進しなかったかのようでした。

夜半《やはん》のことであり、比叡山座主やその他の優れた僧を呼ぶこともできません。危機は去ったと気を緩めていただけに、茫然《ぼうぜん》とするなりゆきに、左大臣邸の人々はうろたえるばかりでした。方々から弔問《ちょうもん》の使いがつめかけ、邸内が混み合いますが、取り次ぎもできないほど取り乱し、泣き騒ぐ光景は目にも恐ろしいほどでした。

左大臣は、娘にもののけがいくつも憑いたことを思い、蘇生《そせい》する望みを捨てきれず、枕の位置もそのままに二、三日も様子を見ます。けれども、死後の変化が出てくるばかりで、あきらめねばなりませんでした。だれもかれも悲痛でした。

源氏の君は、悲しみに加えて男女の愛執《あいしゅう》がいとわしくなり、関係した女人たちから届く弔問も、すべて遠ざけたくなります。

院からも葵の上を悼《いた》む弔問が届き、左大臣は面目《めんもく》ある思いをしながらも、涙の止まるときがありません。人の勧めで大がかりな修法《しゅほう》を行い、手段を尽くしたのに、遺体が痛んでいくのを見守るばかりだったのです。惑《まど》うばかりで日々が過ぎ、どうにもならなくなってから葬送地の鳥辺野《とりべの》に運んだのでした。あまりにもつらいことでした。

「この齢《よわい》になって、若い盛りの子に先立たれ、地を這《は》いずることになるとは」

悲しみのあまり立ち上がることもできず、左大臣が泣きむせぶ様子に、大勢の参列者ももらい泣きをします。夜通しの盛大な葬儀が果てると、はかなげな遺骨《いこつ》ばかりが残り、明け方に都へ戻りました。

死別は世の常《つね》とはいえ、若い源氏の君にはまだ慣れず、若くして世を去った妻に思い焦《こ》がれます。八月二十日あまりの有明《ありあけ》の月がかかり、空の景色も感傷《かんしょう》をさそう上、左大臣が子を思う闇《やみ》に惑うのも当然と、火葬の煙の失せた空ばかりを見上げる心境です。

「〝立ちのぼる煙を、かの人と見分けなくても、空のすべてが恋しく思える〟」

左大臣邸に戻っても、まどろむこともできません。葵の上の生前の様子があれこれとまぶたに浮かびます。

（どうして、いつかは思いなおしてくれると悠長《ゆうちょう》にかまえていたのだろう。取るに足

らない浮気話にまで、全部につらい思いをさせてしまった。とうとう最後まで、あの人と心を隔てた関係しか築けなかった)

今さら悔やんでみたところで、何の甲斐もないのでした。

薄墨《うすずみ》の喪服《もふく》を着ることも、夢のような気がしてなりません。もしも自分が先立ったら、葵の上はもっと濃い鈍色《にびいろ》を着たのだと、ぼんやり考えます。

「〝定めあって、衣の鈍色《にびいろ》は薄いけれども、涙がぬらして色濃くなっているはずだ〟」

しめやかに経を読む源氏の君の姿には、これまでにない優美さがそなわっています。「法界三昧普賢大士《ほっかいさんまいふげんだいし》」と唱えるときなど、勤行《ごんぎょう》に慣れた法師にも勝って尊いかと見えました。

若君を見れば涙がちになりますが、忘れ形見《がたみ》がなければどんなにつらかったかと考えると、わずかに心が慰められます。母の大宮は心痛のあまり床から起き上がれなくなり、左大臣邸ではこの病状も気がかりで、僧の祈禱を行いました。

はかなく日々が過ぎれば、法要《ほうよう》も急がねばなりませんが、大宮は、娘の突然の死が受け入れられないのでした。生みの親ならば、出来の悪い子どもであろうと心にかけるものです。妹の姫が生まれないことすら淋しく思っていたのに、まして、たった一人の姫君を失って、手中《しゅちゅう》の玉が砕《くだ》けたように落胆《らくたん》するのも無理もないことでした。

四十九日《しじゅうくにち》の間、源氏の君は二条院へ戻ることもせず、仏前供養に明け暮れました。お忍《しの》びにかよった女人たちへは、ただ文をやるばかりです。

六条の御息所へは、斎宮の潔斎をはばかって文も出しませんでした。色恋を遠ざけたくなった源氏の君は、若君がいなければ出家したかったと考えるのでした。ただ、紫の上が西の対で淋しく過ごしていることは、その間も折にふれて心に浮かびました。

夜は、ひとりで御帳台《みちょうだい》に伏す日々です。左大臣邸の女房たちがそばに控えているものの、孤独に寝ることには慣れておらず、眠りが浅くなりがちです。暁《あかつき》に目を覚まし、よく声の透る僧たちの念仏《ねんぶつ》が聞こえてくるときなど、胸の切なさを忍びがたくなります。

秋の深まりゆく季節でした。悲哀が身にしみる思いで風に耳をすませていると、朝ぼらけの霧《きり》のただよう中、菊《きく》の花の開きかけた枝に濃い青鈍色の文を結んだものを、そっとさし入れていく使者がいました。

趣味のよいふるまいだと思い、源氏の君が文を開いてみると、六条の御息所の筆跡でした。

「お便りさしあげなかった事情はご存じかと思います。


〝人の世のはかなさを聞いて、涙するにつけても、喪《も》に服す人の袖を思いやる〟


今の空模様に思いあまって」

いつも以上に秀でた書きぶりで、源氏の君も見入らずにいられません。とはいえ、何くわぬ顔の弔問だと思えば、憂鬱《ゆううつ》な気持ちにもなりました。

もののけを見たという理由で、これっきり音信を絶つようでは、あまりに相手に気の毒だと考えます。御息所の評判がたいそう傷つくことでしょう。

（葵の上が、たとえ早世《そうせい》するさだめの人だったとしても、どうして私は生き霊などを、あれほどまざまざと目にしてしまったのだろう）

悔しく思うのは、これを忘れて思い直すことはもう無理だと、自分でもわかっているせいでした。

斎宮の潔斎に障《さわ》りがあってはと、ずいぶんためらいましたが、わざわざの便りを無視するのも無粋《ぶすい》と考え、紫の鈍色の紙に返事をしたためました。

「久しくごぶさたしましたが、遠慮をご理解いただけると念じまして。


〝先立たれる身も、消え去る身も、露《つゆ》の世の中に心の執着《しゅうちゃく》ほど虚《むな》しいものはない〟


例のことはすっかりお忘れください。潔斎中、この便りをご覧《らん》にならないこともあろうかと、今は簡略《かんりゃく》に」

六条の御息所は、一時的に里屋敷に帰っていたので、この文を読みました。ほのめかしを見て、やはり気づいたのだと胸がつぶれる思いをします。

(なんと、どこまでも厭《いと》わしいわが身だろう。これが院のお耳に届いたら、どうお思いになるだろう。亡くなった春宮とは特別に仲のよいご兄弟で、今回も、斎宮の親代わりを申し出てくださったものを。私にも、後宮《こうきゅう》に残るよう再三勧めてくださった。思いもよらないこととご辞退申し上げたけれど、その後にまるで年甲斐のない恋をして、と

うとうここまで不名誉な名を流すとは）

御息所は、心にくい趣味と高い教養を備えることで、昔から名高い女人でした。野の宮に移り住んでからも、優美で洗練された催《もよお》しを何度も開いています。内裏の高官でも、趣味人を自負する者は野の宮にかよいつめ、嵯峨野の露を朝夕に踏み分けることを職務にしている有様です。

源氏の君も、それを当然と感じています。たしなみは超一流の才媛《さいえん》なのであり、六条の御息所が自分を捨てて伊勢へ下ってしまったら、都はさぞ味気ない場所になるだろうと考えました。

もの忌みを終えても四十九日まではと、源氏の君は左大臣邸に引《ひ》き籠《こ》もっています。三位《さんみ》に昇進した頭中将《とうのちゅうじょう》は、君の慣れない忌《い》み籠《ご》もりを気の毒がり、たびたび顔を出しました。

宮中の噂話で君を慰めようと、真面目なものから色っぽいものまでさまざまに語ります。源典侍の話題が、笑い話としてたびたび出てくるようです。

「気の毒だよ、尊いおばば様をそうまで軽く扱っては」

咎《とが》めながらも、源氏の君はついおもしろがってしまうのでした。

源氏の君も、頭中将には隠し立てなくあれこれ打ち明けます。最後には無常の世に話が及び、思わず泣き出したりもしました。

時雨《しぐれ》のそそぐ、しみじみした夕暮れどきです。十月一日の衣替《ころもが》えで、少し薄い鈍色に着替えた直衣、指貫《さしぬき》を身につけた頭中将が、颯爽《さっそう》と男ぶりのいい姿で左大臣邸を訪れました。

源氏の君は、西の妻戸の外にある高欄《こうらん》に寄りかかり、霜枯《しもが》れの庭に見入っていました。風が吹き荒れ、時雨がさっと降りかかる様子に、涙も誘われる心地で「雨となり雲とやなりにけん、いまは知らず」と口ずさみます。

憂いに沈んでほおづえをつく姿に、頭中将は、もしも自分が妻だったら死にきれずに未練がとどまってしまうだろうと、色好《いろごの》みの目を通して考えます。

隣に腰《こし》を降ろすと、源氏の君はやっと気がつき、しどけない身なりながら直衣の襟だけは結び直しました。こちらはまだ濃《こ》い鈍色の夏衣《なつごろも》を着替えず、下重《したがさ》ねのみ紅《くれない》を配していますが、見飽《みあ》きず美しいものでした。

頭中将もしんみりと、源氏の君とともに時雨の景色をながめます。

「〃雨となり、荒れた空の浮き雲を、どこへ行くと思い定めればいいのだろう〃

死者の行き先はどこなのだろう」

独《ひと》り言《ごと》のように口にすると、源氏の君が歌を返しました。

「〃あの人が、雨となり雲となった空がしぐれるので、こちらも涙にくれてしまう〃」

心から悲しむ様子に、頭中将はひそかに驚きます。

(妹の生前は、それほど睦《むつ》まじい夫婦ではなかったのに。院の取りなしやら、左大臣への遠慮やら、母が皇族という理由で捨ててしまえず、うんざりしながら通っていると思っていた。そうではなく、真実心にかけてくれていたとは)

思えばますます、葵の上の死が惜しまれました。喪が明ければ、源氏の君との縁《えん》は切れてしまいます。左大臣家から光も失せるようで、頭中将は心が沈むのでした。

四十九日が明け、源氏の君が左大臣邸を出る日となりました。院の御所へ出かけるしたくをします。

牛車《ぎっしゃ》が引き出され、先払いの従者が集まるにつれ、天候もわけ知り顔に時雨となり、木の葉を散らす風が吹き荒れました。亡き葵の上に仕えていた女房たちは、ようやく乾くようになった袖をまた濡《ぬ》らすのでした。

院の訪問の後は二条院へ向かう予定とあって、君の配下の人々は、そちらで待機しようと一人残らず出ていってしまいます。終焉《しゅうえん》は顕著《けんちょ》でわびしいことでした。左大臣も大宮も、改めて娘の死をかみしめる思いでした。

大宮は挨拶《あいさつ》もできないほど沈み込んでしまい、左大臣だけが見送りに出てきます。袖を顔から離せないほど泣いて、痛々しいものでした。

源氏の君が周囲を見回すと、最後と見送る女房たちが、几帳の後ろや障子《そうじ》を開けた向こうなどに三十人ほど肩を寄せ合っていました。それぞれ鈍色の濃淡をまとい、同じように心細げに泣きながら集まっているのを、君も哀れに思いました。

源氏の君を送り出した左大臣は、主のいなくなった曹司《ぞうし》に引き返しますが、調度はそのままながら、なんとも空虚《くうきょ》な淋しさがただよいます。

几帳の前には、硯《すずり》などが出し散らかしてありました。源氏の君が手慰《てなぐさ》みに書いた紙を拾い上げ、左大臣は涙をぬぐいながら見入ります。唐《から》の句も大和《やまと》の句も書き散らし、草書《そうしょ》も楷書《かいしょ》もさまざまに見映えするように書いてありました。

「なんと見事な筆跡だ」

空をあおいで嘆《たん》じます。これほど優れた婿《むこ》の君《きみ》が、今は他人になってしまったことが惜《お》しまれてなりませんでした。

父の院は、源氏の君と久々の対面をし、やつれて顔が細くなった、精進《しょうじん》で日を送ったせいなのかと体調を気づかいます。御前《ごぜん》にわざわざ膳《ぜん》を運ばせて君に食べさせ、あれやこれやと親心を見せるのでした。藤壺の宮の御所に挨拶を入れると、こちらでも人々に歓待されました。

藤壺の宮は、王命婦《おうみょうぶ》を通していたわりの言葉をかけます。

「思いの尽きぬ悲しみでありましょうが、今はいかがお過ごしかと」

源氏の君は、弔問の礼を伝えます。

「無常の世の中をおおかた心得たつもりでしたが、身近に見てしまうと、自分も世を捨てたいと思い迷うことが多いものです。たびたびのお見舞いをいただき、それを心の慰めにして今日の日を迎えました」

ふだんは文をもらえぬ憂愁《ゆうしゅう》を、取り添えてのつらさを匂わせます。無紋《むもん》の上衣《うわごろも》に鈍色の下重ね、冠《かんむり》の後ろの垂れを巻き上げた喪に服す姿ですが、華やかな装いよりも君の優美さが際立って見えました。春宮に会えない気がかりなどを話題にし、夜が更けてから院の御所を退出しました。

二条院では、屋敷のあちらこちらを磨き立て、男も女も主人の帰りを待ちわびていました。到着した源氏の君は、女房たちがわれもわれもと着飾り、華やかに化粧《けしょう》して居並ぶのを見て、左大臣邸のしおれきった薄墨色《うすずみいろ》の姿を哀れに思い出すのでした。

装束を脱ぎ替え、西の対へわたります。

西の対では、冬用に改めた調度《ちょうど》が鮮やかで、若い女房や女童の装いも感じよく仕上がっていました。少納言の乳母の手腕《しゅわん》が見てとれます。紫の上は、ことのほか美しく装っていました。

「会えない間に、ずいぶん大人っぽくなったね」

丈《たけ》の低い几帳の帷子をめくり、目にした源氏の君が思わず感心すると、紫の上は顔をそむけて笑っています。

申し分ない美しさであり、灯台《とうだい》の火影《ほかげ》に浮かぶ姿や髪かたちは、かの心焦《こ》がれる人とそっくりになっていると思うのでした。うれしくてならず、近くに寄り添って、どれほど身を案じていたかを語りました。

「毎日どうしていたか、ゆっくり聞きたいけれど、喪中《もちゅう》の私は縁起《えんぎ》が悪いから、少し東の対で休んで、改めて参上するね。これからは途切れなく会える身になったから、会いすぎて鬱陶《うっとう》しく思われそうだよ」

少納言の乳母は、そばでうれしく聞いていますが、言葉通りに信用することはできないと考えます。身分の高い女人と多くの関係をもっている源氏の君であり、亡き人に替わるやっかいな競争相手が現れるのではと、余計《よけい》な気を回すのでした。

源氏の君は、退屈な独《ひと》り寝《ね》の夜を過ごしながらも、気まぐれな忍び歩きが億劫《おっくう》になり、女人たちの家へ出かけようとしません。紫の上が、今はすべての方面で君の望みをかなえて育っており、見るたびに感嘆を覚えるからです。

そろそろ男女の関係になってもいいのではと、ときおり気色《けしき》をほのめかしてみるのですが、紫の上はまったく気づきませんでした。

しかたなく、西の対で碁《ご》を打ったり漢字の偏《へん》つくりをしたりと、遊び相手で日を過ごします。遊びの中にも紫の上は、聡明《そうめい》で愛敬《あいきょう》のある長所を見せました。子どもと見ていた年月には、ただかわいらしいと愛《め》でていたものが、次第にそれだけでは済まなくなります。

相手がまだ無邪気《むじゃき》なため、すまないという気持ちもありましたが、いつしか堰《せき》を切ったのでした。

そのことには、側仕《そばづか》えの女房も気づきませんでした。二人が寄り添って眠ることは、以前から当たり前になっていたのです。けれども、源氏の君がたいそう早く起き出し、紫の上がいつまでも起きてこない朝がありました。

「どうしてお見送りしないのです。お体の具合が悪いのですか」

女房たちは、起きようとしない紫の上に手を焼きます。源氏の君は去り際に、さりげなく硯箱《すずりばこ》を御帳台にさし入れていきました。

紫の上は、女房たちの見ていない隙に、ようやく頭をもたげて枕元の硯箱を見ます。細く結んだ文《ふみ》がその中にありました。わけを察しないまま、紙を広げて読んでみます。

「〝考えもなく、身を隔てていたことだ。夜を重ねてなじんだ寝所《しんじょ》の衣なのに〟」

源氏の君の筆跡で、書きすさびのように書いてありました。

紫の上にとっては、思ってもみなかったことでした。どうしてこんな厭《いと》わしい下心《したごころ》のある人を慕《した》い、たのもしいと思ったのだろうと、愚かな自分にあきれるばかりでした。

源氏の君は昼過ぎになって、再び西の対へやってきました。

「具合が悪そうだったけれど、気分はどう。今日は碁も打たないとは淋しいな」

御帳台をのぞいてみると、紫の上はいよいよ上掛けに深くもぐって避ける様子です。女房たちが遠慮して下がっているので、君はすぐそばに寄って声をかけました。

「どうしてつれない態度なんだ。思ったより私は嫌《きら》われていたんだな。お付きの人たちが変に思っているよ」

上掛けを引きのけてみると、紫の上はびっしょり汗をかいて、額髪《ひたいがみ》がぬれるほどになっていました。

「おや、困った。これは一大事じゃないか」

源氏の君はなだめにかかりますが、紫の上はひどいと思う一方で、一言も返事をしません。

「いいだろう、そんなに嫌いならもう会わないよ。気後れがする」

恨み言を言って、硯箱の中をのぞいてみますが、後朝《きぬぎぬ》の文《ふみ》の返事もありませんでした。何という幼いふるまいだと思い、それはそれでいとおしくなります。一日中そばを離れず、言葉を尽くして紫の上を慰めました。それでも一向にご機嫌《きげん》は直らず、純情さがますますかわいいのでした。

十月亥《い》の日のことで、亥《い》の刻《こく》（夜十時）に「亥《い》の子餅《こもち》」を食べる習わしがありました。喪中なので華やかに行わず、西の対にのみ、色とりどりの餅《もち》をよそった檜《ひのき》の折詰《おりづめ》が届きます。源氏の君は南面《みなみおもて》に惟光《これみつ》を呼び出し、こっそりと申しつけました。

「こういう餅を、これほど仰々《ぎょうぎょう》しく詰めなくていいから、明日の日が暮れてからもってきてくれないか。今日では日が悪いのだ」

気の利《き》く惟光は、主人がほほえみながら命じる内容にぴんときました。真面目な顔をつくろって言います。

「たしかに、愛嬌《あいきょう》の始まりは日を選ぶものです。明日の〝子《ね》〟の子餅《こもち》は、いくつご用意しましょう」

「この三分の一ほどでいいだろう」

源氏の君が答えると、すべてのみこんで立ち去りました。こうした方面に強い男だと、君も感心します。惟光はだれにも言わず、わざわざ自分の里で餅を用意するのでした。

紫の上のご機嫌は直らず、源氏の君は、たった今盗み取ってきた女人に接している気がして、何ともおかしくなります。男女となった今では、これまでのいとしさなど片鱗《へんりん》に過ぎなかったと思い知るのでした。一夜も離れて過ごせない思いです。

惟光は、言いつけられた餅を香箱《こうばこ》に隠し、夜更けに持ってきました。気を回して少納言の乳母を通さず、その娘の弁《べん》を呼び出してこっそり運ばせます。

弁はまだ若いため、何も勘《かん》ぐることなく几帳からさし入れたので、源氏の君は新妻《にいづま》に、結婚成立を祝う「三日夜《みかよ》の餅《もち》」の意味を教えました。お付きの女房はだれ一人気づかず、翌朝に容器が下げられたのを見て、ようやくことの運びをさとりました。

少納言の乳母は、いつのまにか用意された皿や美しい華足《けそく》の台、りっぱな餅を目にして、行き届いた配慮に泣ける思いです。

「内密《ないみつ》に教えてくださってもいいものを。惟光どのにどう思われたやら」

女房たちと小声で言い交わしました。

それからというもの、源氏の君は、内裏や院の御所へわずかに出かけるだけでも、紫の上の面影《おもかげ》が恋しくて落ち着かなくなり、本人も不思議に思うほどでした。以前に通った女人たちから、訪れがないことを匂わせる文がいくつも届きますが、新妻が気がかりで、よそで過ごせないのでした。

弘徽殿の大后は、妹が源氏の君に恋い焦《こ》がれることが悔しいのですが、父の右大臣《うだいじん》はあきらめ顔でした。

「源氏の大将も、このたび正妻を亡くしたことだし、六の君がその座につくなら、それもそれほど残念とは言えないだろう」

軟化した口ぶりなのが、大后には憎らしいことです。

(源氏の君と結ばせてなどなるものか。妹が女官《じょかん》としての勤めをしっかり果たせば、まだ帝《みかど》に愛される望みはあるのだから)

そう考えて、朧月夜《おぼろづきよ》の君《きみ》の任官に力を入れるのでした。

源氏の君にも、かの人を惜《お》しむ気持ちはあるのですが、今はひたすら紫の上に愛情をそそぎ、他に分け与える余裕がありません。

(人の命は短いのだから、このまま紫の上一人と思い定めよう。そうすれば、他の女人の恨みを買うはめにもならないのだ)

六条の御息所を思いやり、危うさに懲《こ》りた気がするのでした。御息所には気の毒だと思うものの、たとえこの人を妻に迎えても、心のわだかまりは二度と消えないでしょう。せめて、今までと同じような関係で、季節の折々に親しく文を交わせたらと考えます。さすがに、完全に見放す気にはなれないのでした。

これまで、紫の上を世間から隠し通した源氏の君ですが、妻に迎えた今はふさわしくありません。父の兵部卿《ひょうぶきょう》の宮《みや》に所在を知らせるためにも、紫の上の裳着《もぎ》(女子の成人式)を祝おうと思い立ちます。あまり大げさでなく、それでも見映えのする式にしようと、心を尽くして準備しました。

しかし、肝心《かんじん》の紫の上は、源氏の君を疎んじるばかりです。長年純粋な信頼を寄せ、無邪気にまとわりついた浅はかさが無念でならず、まともに目を合わせようともしません。君が冗談を言って笑わそうとしても、聞き苦しいという態度でむっつりしています。別人のような応対がおかしくもあり、かわいくもありました。

「長年大事にしてきた私の真意をわかろうともせず、気持ちを和らげてくれないとは情けないよ」

恨み言を言っているうちに、年も明けました。

元日は、院の御所に伺い、内裏、春宮へも顔を出します。その後は左大臣邸へ向かいました。

左大臣は新年の言祝《ことほ》ぎもせず、故人の思い出にひたっていたため、源氏の君の訪れを知ると涙をこらえるのに苦労します。久々に見る君の姿は、年を一つ重ねた風格もそなわり、今までよりさらに麗《うるわ》しく見えました。女房たちも涙を隠せません。

若君はと見れば、ずいぶん大きくなって、よく笑う様子に心を打たれました。目もとや口もとが、春宮とそっくりです。源氏の君は、見とがめる人が出てきやしないかと気になります。

曹司《ぞうし》は以前のままで、去年の元日と同じように、衣桁《いげた》に婿《むこ》の君の新しい装束が掛けてありました。葵の上の装束が並んで掛かっていないことだけが、淋しく映えないのでした。

母の大宮から、挨拶の言葉が伝えられます。

「新年のお召し物をあつらえてみましたものの、この月日は涙に目がくらみ、色の選別も拙《つたな》いものです。それでも、どうか今日の日ばかりはお召しください」

色も仕立てもすばらしく、この厚意を無にできないと着替えます。もしも年賀に出向かなかったら、どれほどがっかりさせてしまったかを考えながら、大宮に返礼を伝えました。

「新春になったと、まずはお目にかかりたく出向いて来ましたが、思い出の多さに言葉も失う気がします。

〃幾年も、元日に改めた衣を今日も着て、古い年が涙にしのばれる〃

かの人の追憶《ついおく》をとどめられません」

大宮も歌を返しました。

「〝年が改まったと言うこともできない。過去となった人を思って降《ふ》る（古《ふ》る）涙のゆえに〟」

葵の上を失った悲しみは、簡単には尽きないものでした。

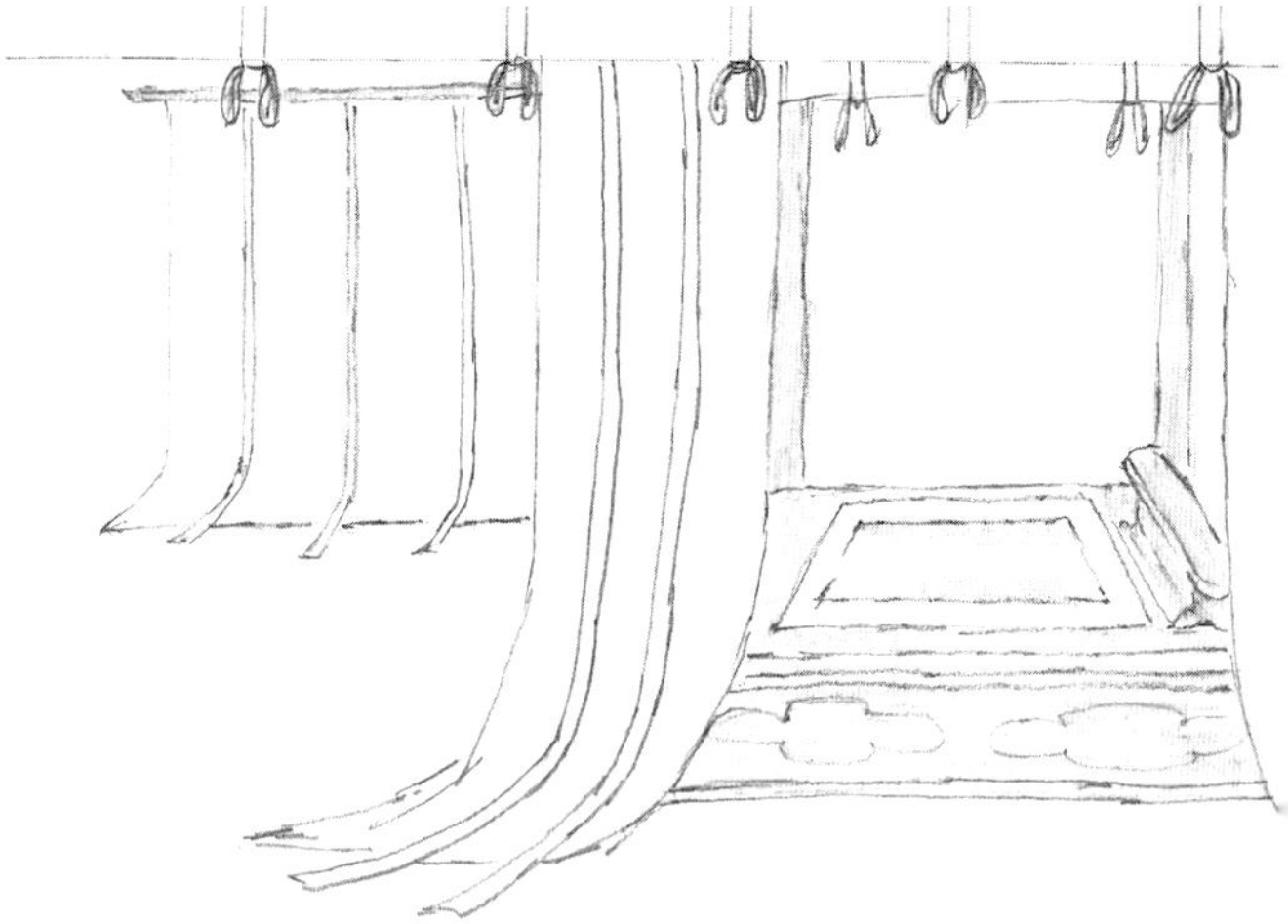

六　賢木《さかき》

六条《ろくじょう》の御息所《みやすどころ》は、斎宮《さいぐう》が伊勢《いせ》へ下る日が迫るにつれ、心細さを募《つの》らせました。

世間の人は、源氏《げんじ》の君《きみ》が葵《あおい》の上《うえ》を亡くしたからには、気がねなく御息所を妻に迎えるだろうと噂《うわさ》しており、六条屋敷の人々も期待していたのです。ところがその後、君の訪問はますます途絶え、恋人としての扱いが冷たくなっていくばかりでした。

心底嫌気《いやけ》のさす出来事があったにちがいないと、今では確信できます。未練を断ち切り、都を去ろうと決意を固めました。斎宮が母を同伴する例《れい》はありませんが、娘が幼く手放しがたいということを口実に、世間から身を引こうと考えます。

源氏の君は、このところ父の院《いん》が病気がちで、ひどく重くはならないものの、ときどき寝ついたりするために、なかなか他に気を回せずにいました。それでも、御息所が伊勢へ下ると聞くと、つらい気持ちで去っていくのが気の毒であり、人々も君が捨てたと見なすだろうと、気を取りなおして野《の》の宮《みや》へ出かけました。

九月七日のことであり、伊勢への旅じたくもあわただしいときです。

御息所は、もう会うべきでないと考えますが、源氏の君から、庭に立ったままでいいから話がしたいとしきりに催促《さいそく》されます。ためらいつつも冷淡になりきれず、御簾越《みすご》しの対面だけと自分に言い訳して、心の内では待ちわびるのでした。

嵯峨野《さがの》に分け入ったときから、あたりの風景には趣《おもむき》がありました。秋の花が盛りを過ぎ、草むらは枯色《かれいろ》を増し、虫の音《ね》も弱まって、松に鳴る風の音ばかりが大きく響きます。聞き取れないほど微かな琴《こと》の音が、途切れがちに流れてくるのも艶《えん》なものです。

源氏の君は、親しい供人《ともびと》を十人ほど伴うにとどめ、従者《じゅうしゃ》を派手にせず、お忍《しの》びのいでたちですが、それでも念入りに身づくろいしていました。風情《ふぜい》のある景色が、君の優美な姿をいっそう引き立てます。風流を好む供人はしきりに感じ入り、源氏の君本人も、どうして何度も訪ねてこなかったのかと、過ぎ去った日々を悔《く》やむ思いでした。

野の宮は、簡素な小柴垣《こしばがき》を宮の大垣とし、板屋造りの建物のどこを見ても仮りの住まいでした。黒木《くろき》の鳥居《とりい》が厳《おごそ》かに立っており、さすがに神《かん》さびた空気があります。

神官《しんかん》たちが咳《せき》払いしたり話を交わしたりしているのも、よそとは勝手が違うものでした。神火《かみび》を焚《た》く小屋が微かに光り、使用人の影は少なく、たいそうしんみりした場所です。憂愁《ゆうしゅう》を抱えた御息所が、これほど埋もれた環境で月日を過ごしたことを思うと、源氏の君は胸が痛みました。

北の対《たい》に挨拶《あいさつ》を入れると、琴の演奏がすぐに止み、女房《にょうぼう》たちのたしなみのよさが感じられます。御息所が女房の取り次ぎで言葉を交わし、みずから返事をしないのも、たいへんな奥ゆかしさです。源氏の君はおのれの身分を言い張ることで、ようやく簀《す》の子《こ》に上がらせてもらい、当人と御簾越しに向かい合いました。

月明かりのさやかな夕月夜であり、源氏の君の立ち居ふるまいの優雅さ、見目麗《みめうるわ》しさが際立ちます。賢木《さかき》の枝を少し折り取って手に持っていたのを、御簾の中にさし入れて言いました。

「賢木葉のように変わらぬ色をたのみにして、神の垣根を越えてきたというのに、つれない仕打ちです」

六条の御息所は歌で返します。

「〝神の垣根に、人を招く杉戸《すぎと》はないものを、なぜ見当違いに賢木《さかき》を折ったのか〟」

源氏の君も歌を詠みます。

「〝少女子《おとめご》のいるあたりと思えばこそ、賢木《さかき》の香《か》をなつかしんでわざわざ折ったのだ〟」

あたりをはばかりながらも、御簾を肩に掛けて半身を中に入れ、長押《なげし》にもたれて座りました。

六条の御息所と意のままに会うことができ、相手に恋い慕われた年月には、慢心して頻繁《ひんぱん》に通いませんでした。その後、性質の傷を見て思いが冷め、さらに足が遠のきました。けれども、久々の対面をはたした源氏の君は、御息所になかなか会ってもらえなかった初期のころを思い出します。心が乱れ、二人の過去や未来を思って気弱になり、思わず泣いてしまうのでした。

御息所は、未練を隠し通すつもりだったのに忍びきれず、こちらも泣く様子でした。源氏の君はますます切なくなり、伊勢に下るのは思いとどまるようかき口説《くど》くのでした。

月が山の端《は》に沈んでも、源氏の君はまだ熱心に説得を続けました。六条の御息所は、積もり積もった苦しみが消えていくようでした。

ようやく別離の決意ができたというのに、またもや気持ちをかき乱されます。明けゆく空の景色は、男女の別れのためにつくられたかのように秀麗でした。

「〝暁《あかつき》の別れは露《つゆ》に濡《ぬ》れるものだが、これほど露をさそう秋の空をまだ知らない〟」

去り際、御息所の手をとらえて放さずにいる源氏の君ほど、恋人にふさわしい男はいません。冷ややかな風、鳴き枯らした松虫《まつむし》の声が、別離の悲しさをそそります。

「〝秋の別れはいつも悲しいものを、野辺《のべ》の松虫はさらに添えるつもりなのか〟」

どれほど別れがたく思っても、明るくなってから出るのは体裁《ていさい》が悪いので、源氏の君は野の宮を去ります。露深い帰り道は涙がちです。

六条の御息所も気丈でいられず、君の名残《なごり》を胸に抱いて思い焦《こ》がれました。ほのかな月影が照らした顔立ち、屋内に残る衣《ころも》の移り香《が》など、若い女房たちは過《あやま》ちを犯しそうなほど褒《は》めちぎります。

「どれほどの事情があれば、ここまですばらしい男性を見捨てて旅立つことができるかしら」

そう言い合って涙ぐむのでした。

斎宮はまだ年若いため、母が優柔不断《ゆうじゅうふだん》を捨てて伊勢へ下る決心をしたことを、ひたすらうれしく思っていました。世間の人々は、母を同伴する例はないと非難したり、都落ちを哀れんだりと、取《と》り沙汰《ざた》してやみません。なまじ評判の抜きん出た人は、窮屈《きゅうくつ》なことが多いものでした。

十六日、斎宮は桂川《かつらがわ》で御禊《みそぎ》を行い、申《さる》の刻《こく》（午後四時）に内裏《だいり》に入りました。六条の御息所も輿《こし》に乗って続きます。父の大臣がゆくゆくは皇后《こうごう》にと望み、この上なく大事にされて入内《じゅだい》した過去をふり返り、様変《さまが》わりして落ちぶれてから再び来るとは、と感慨にふけります。十六で春宮《とうぐう》の後宮《こうきゅう》に入り、二十で死別し、三十の今また九重《ここのえ》を見るのでした。

「〝今日は昔を思うまいと涙をこらえても、心の内には悲しみが尽きない〟」

斎宮は十四歳でした。愛らしい容姿を麗しい装束《しょうぞく》で包み、神も魅入《みい》られそうに目を引きます。若い帝《みかど》は心を奪われ、斎宮の髪に別れの櫛《くし》を挿《さ》す儀式では、送り出すことを惜しむ涙をこぼしました。

暗いうちに内裏を出て、伊勢へ旅立ちます。行列は二条から洞院《とういん》の大路《おおじ》を折れ、二条院の前を通りかかったので、源氏の君は賢木に文《ふみ》をつけ、六条の御息所に送りました。

「〝今朝、ふり捨てて行く人の袖《そで》も、鈴鹿川《すずかがわ》の八十瀬《やそせ》には濡《ぬ》れずにすむだろうか〟」

暗い中、周囲の騒《さわ》がしいときだったため、次の日になって逢坂《おうさか》の関《せき》の向こうから返事が届きました。

「〝鈴鹿川《すずかがわ》の八十瀬《やそせ》に濡《ぬ》れるかどうか、伊勢《いせ》までだれが思いやってくれるだろうか〟」

言葉少なに書かれた文は、教養のある鮮やかな筆跡ですが、もう少し情感が加われば
さらにすばらしいと、源氏の君は考えるのでした。霧《きり》の深く立ちこめた朝方、去って
いった人を思い続けて独《ひと》り言《ごと》に詠みます。

「〃行く方角をながめていたい。この秋は、逢坂山《おおさかやま》を霧で隠さないでほしいものだ〃」

西の対にわたることもせず、つくづくと淋しさをかみしめて過ごしました。まして旅
の空にある六条の御息所は、どれほど憂愁が尽きないことかと思われました。

父の院は、神無月《かんなづき》（十月）になってたいそう病《やまい》が重くなりました。だれもがこれを案
じています。

若い帝も心を痛め、見舞いの行幸《みゆき》がありました。衰弱した院は、訪れた帝に春宮のこ
とをくり返したのみ、その次には、源氏の君のことを言い含《ふく》めました。

「私の存命中と変わらず、大小かまわず源氏の大将《たいしょう》に相談し、後見人と考えなさい。

若くても政《まつりごと》に長け、判断に誤りがないと見ている。必ず世を治めるという相《そう》を持つ人物なのだ。だからこそ、親王《しんのう》にはせず、臣下の籍《せき》で朝廷《ちょうてい》の支えになるよう計らったのだ。私のこの意図をたがえてくれるな」

帝はたいそう悲しみ、院の御心《みこころ》に背《そむ》きはしないとくり返し誓いました。院は、成長して風采《ふうさい》の上がった帝をたのもしく見守ります。行幸には限りがあって、夜には内裏にもどらねばならず、心残りの多いことでした。

春宮御所《ごしょ》の若宮《わかみや》も、いっしょに行きたいと願っていましたが、帝の行幸と重なっては騒がしくなるので、日を替えて見舞いました。年齢より大人びてかわいらしく育っており、父に会えて無心に喜んでいる様子が胸を打ちます。藤壺《ふじつぼ》の宮《みや》は涙にくれ、院は、母を見ても子を見ても、わが身の死後が気がかりで思い乱れるのでした。

次代の政について言い置きたくても、幼すぎて理解できないところが、心配でもありいとおしくもあります。春宮に付き添った源氏の君に、朝廷での気づかいを言い含め、返す返すも後見をたのむと告げました。夜更けに春宮御所へ戻りますが、宮人《みやびと》が残らずお供《とも》をする盛大さは、行幸の行列にも劣らないものです。それでも、これが見納めと思う院にとっては、別れが胸にこたえるのでした。

弘徽殿《こきでん》の大后《おおきさき》も見舞おうとしますが、藤壺の宮が片時も離れないことが気にくわず、一日延《の》ばしにしていました。そうするうちに、院はそれほど重体になった様子も見せないまま亡くなってしまいました。

逝去《せいきょ》の知らせに、宙を踏む思いをした人はたくさんいました。退位したとはいえ、国政に関して、在位中と同じ実権を握っていた院でした。当代の帝はまだ若く、祖父の右大臣《うだいじん》は、性急で底意地の悪い性格です。右大臣の思い通りになる世が来たことを、高位高官も憂《うれ》い嘆くのでした。

院の支えを失ったことで、藤壺の宮と源氏の君がだれよりも打ちのめされ、嘆き悲しむのは当然のことでした。

法要の手厚さも他の親王より一段抜きん出ており、世間の人々は同情の目で見守ります。藤《ふじ》の喪服《もふく》に身をやつした源氏の君は、この上なく優美でしめやかに見えました。

去年は妻の葵の上が、今年は父の院が亡くなり、無常が身にしみた源氏の君は、世の中がどうにも味気なくなり、出家して隠遁《いんとん》しようかと考えます。しかし、それには、後に残す人々の気がかりが多すぎるのでした。

四十九日《しじゅうくにち》までは、院の妃《きさき》たちが院の御所に住み続けますが、これが果てれば散り散りになります。師走《しわす》（十二月）の二十日のことであり、年の暮れとともに院の時代が終《しゅう》焉《えん》を迎えます。藤壺の宮にとっては、何もかもが暗く閉ざされる思いでした。

弘徽殿の大后を知り抜いているので、大后の意のままになる今後の世には、自分は身の置きどころがないだろうと考えます。院と住み慣れた暮らしを今も願ってやまないのに、幕引きを突きつけるように、一人また一人と御所を去って行くのは悲しいものでした。

藤壺の宮も、三条屋敷の実家へ戻ります。里屋敷にわたる儀式は以前と変わらないのに、胸の内はわびしく、自分の里がまるで旅先のようで、院の御所で過ごした年月の長さが思いやられるのでした。

年が明けましたが、先帝《せんてい》の喪《も》に服《ふく》す一年であるため、新春の行事もなく静かです。まして源氏の君は、気が滅入《めい》って閉じ籠《こ》もりがちでした。

地方官の任命がある日は、父の帝が在位の間も院となってからも、二条院の門前には隙間なく宮人の馬や車がつめかけたものです。ところが、今年は家司《けいし》の身内が、急ぐ様子もなく歩いているだけでした。これからはこうした世になるのだと思うと、いろいろなことがつまらなくなります。

二月になると、朧月夜《おぼろづきよ》の君《きみ》が尚侍《ないしのかみ》に任官しました。前任の尚侍が、院の逝去をはかなんで尼《あま》になったためでした。

立ち居ふるまいが上品で、人柄も優れているため、宮中《きゅうちゅう》でたちまち頭角を顕《あらわ》し、帝に特別に目をかけられるようになります。大后は右大臣邸《てい》で過ごすことが多くなり、弘徽殿は朧月夜の君が使うようになりました。仕《つか》える女房の数も大幅に増え、時流に乗って華やかな勢いです。しかし、本人の胸の内には、いまだに源氏の君を恋する炎が消えずに残っていました。極秘の文のやりとりを、依然として続けているのでした。

ことが発覚したら、巻き起こる非難はこれまでの比ではありません。それを承知しながらも、困難な恋ほど熱くなる性癖《せいへき》から、源氏の君も今までになくこの君に惹《ひ》かれるのでした。

弘徽殿の大后は、院の存命中こそ多少の遠慮もしましたが、今は激しい気性のおもむくまま、源氏の君を失脚させようと企てています。すでに兆候は見えており、君も気づかないわけではなかったのですが、すべてがもの憂《う》く投げやりで、身を入れて対処しようとも思わないのでした。

左大臣《さだいじん》も立場を失い、内裏への出仕《しゅっし》をしなくなっていました。もともと右大臣家とは折り合いが悪かった上、院の治世には左大臣が扱ったことを、今は右大臣がしたり顔で指図《さしず》するのですから、出仕に嫌気《いやけ》がさすのは当然でした。

源氏の君は、以前と同じに左大臣邸を訪ね、仕える女房の身の周りまで細かく面倒を見て、養育する若君《わかぎみ》を大切にします。左大臣は、ありがたい情け深さだと感動し、婿《むこ》だったときと同じに尽くすのでした。

父の院の治世には、騒がしすぎるほどもてはやされていた源氏の君も、今は、女人《にょにん》のあちらこちらと音信が途絶えます。本人も軽薄な忍び歩きをする気が失せ、縁《えん》が切れたままにしています。二条院でのどかに過ごすことが多くなり、妻にはかえって理想的な生活になりました。

世間の人々が、今では紫《むらさき》の上《うえ》の幸運をもてはやします。少納言《しょうなごん》の乳母《めのと》は、亡き尼君《あまぎみ》の功徳《くどく》だとこっそり考えています。晴れて妻としての名を広め、父の兵部卿《ひょうぶきょう》の宮《みや》とも気がねなく文のやりとりをしているのでした。本宅で育てられた娘には、はかばかしい縁談もないというのに、目を見はるような玉《たま》の輿《こし》です。継母《ままはは》の北の方《かた》は悔《くや》しい思いをし、まさに物語に出てくるような境遇でした。

賀茂《かも》の斎院《さいいん》は、父の喪のために任を降りました。代わりの斎院には、朝顔《あさがお》の姫君《ひめぎみ》が立ちました。源氏の君は、長年心にとめてきた姫君だけに、この人が神に仕えることを惜しみます。側仕《そばづか》えの中将《ちゅうじょう》の君《きみ》にわたりをつけ、文通だけは絶えないよう気を配りました。昔と異なる相手の立場に遠慮しようとは思わず、はかない文を交わす宛先をなくしてしまわないよう、あれもこれもと気にかけるのでした。

当代の帝は、院の遺言《ゆいごん》が気にかかるものの、年若い上に気立てが柔和《にゅうわ》で、強引なことができない性質でした。母の大后や祖父の右大臣の意向に逆らえず、政も望んだようにはなりません。

源氏の君の立場はいよいよ危ういものになりましたが、朧月夜の君は、人目を忍ぶ関係を断とうとは思いませんでした。宮中で五壇《ごだん》の御修法《みずほう》を行うため、帝が潔斎《けっさい》に入ったのをいいことに、二人の密会の機会をつくります。

場所は、かつて出会った弘徽殿の細殿《ほそどの》でした。人目の多いときであり、これほど端近《はし》い場所では、女人には恐ろしくてなりません。それでも、朝夕に見慣れた者でさえ見飽きぬ源氏の君です、たまさかに会える身には、どんな危険を冒《おか》してもあまりありました。

朧月夜の君の容姿も、今が盛りの花です。思慮深さの面はさておき、生彩《せいさい》ある美しさの持ち主で、どこか少女めいたところもあり、男心をそそります。

もうじき夜が明けるというころ、二人の間近で「宿直《とのい》申し上げます」と告げる衛士《えじ》の声が響きました。近衛《このえ》の上官《じょうかん》への報告であり、大将である源氏の君はぎくりとします。

(どうやら、私の他にも、だれかがこのあたりにもぐりこんでいるようだ。人の悪い同僚が、部下に居場所を教えたのだろう)

情況がおかしくなりますが、近くに潜んでいる自分までが厄介《やっかい》です。上司を探し歩いて、「寅《とら》一つ(午前三時ごろ)」と告げています。

「〃方々で、みずから袖《そで》を濡《ぬ》らすようだ。夜が明けると教える声を聞くにつけても〃」

朧月夜の君がはかなげに詠《よ》み、源氏の君はたいそうかわいいと思います。

「〃嘆きつつ過ごせと教えるようだ。胸の思いを飽《あ》く（明《あ》く）まで満たすことなく〃」

見つからないうちに、あわただしく帰るしかありませんでした。

遅い月のかかる暁であり、風情のある霧がただよっています。源氏の君は用心して身なりをやつしていますが、似る人もいない優雅さがかえって目立ちました。承香殿《しょうきょうでん》の女御《にょうご》の兄、藤少将《とうのしょうしょう》が藤壺（飛香舎《ひぎょうしゃ》）から出てきて、陰《かげ》になった立蔀《たてじとみ》の元にいるのを知らず、前を通り過ぎたのは失策でした。陰口の話題を提供したことでした。

こうした中でも、源氏の君は、藤壺の宮の冷たさを恨《うら》み続けています。

彼女の身の固さを賞賛する一方で、欲望の面からは、つれなく不本意だと感じることが多いのでした。

藤壺の宮は、内裏が肩身の狭い場所になってしまい、春宮御所にも近づけないため、若宮が気がかりでなりません。他にたのもしい親族がいないため、源氏の大将だけがたのみですが、相手はいまだに罪深い懸想《けそう》をやめず、ともすれば胸のつぶれる思いをします。

院が、二人の不義にわずかも気づかず亡くなったことを思っても、あざむき通した罪が恐ろしいのに、院の庇護《ひご》のない今、わずかでも噂が立ったら、自分の身はどうあれ春宮に災厄《さいやく》がふりかかります。怖くてならない藤壺の宮は、源氏の君の恋心がやむようにと、神仏に祈りさえするのでした。

隙がないよう万全の気を配り、遠ざけ続けたというのに、ある夜、藤壺の宮の寝所《しんじょ》に源氏の君が現れました。辛抱強い根回しの結果であり、側仕えの女房さえ知らず、夢としか言いようのないできごとでした。

源氏の君は、言葉を尽くして恋心を訴えます。けれども、藤壺の宮は耳をかさず、そばに近寄らせず、あげくのはてには胸を押さえて苦しみ出すのでした。

王命婦《おうみょうぶ》、弁《べん》などが宮《みや》の苦しむ声に気づき、あわてて介抱に近寄ってきます。源氏の君は、拒絶が恨めしい上に病状に目もくらみ、正常にものが考えられず、夜が明けたというのに出ていくことも忘れました。

女主人の急病に驚き、屋敷の人々が大勢出入りするようになったため、側仕えの女房たちは、茫然自失《ぼうぜんじしつ》の源氏の君を塗籠《ぬりごめ》（四方を壁で囲んだ納戸《なんど》）に隠し入れます。君の衣類を隠した女房も気が気ではありません。藤壺の宮は、あれこれの情けなさに血がのぼせて、いっそう容態が悪くなるのでした。

兵部卿の宮や中宮大夫《ちゅうぐうのたいふ》が駆けつけ、加持祈禱《かじきとう》の僧を呼べとさわぐ声を、源氏の君はわびしく塗籠の中で聞いています。その日も夕方になってから、藤壺の宮の発作はようやく落ち着きました。

いまだに源氏の君が塗籠にいることを、藤壺の宮は知りません。側仕えの女房たちは、女主人を動揺させまいと口をつぐんでいます。

宮が寝床を出て、昼の御座所《ござしょ》に座るまでになったので、兵部卿の宮も治まったようだと考えてその場を去りました。御前《ごぜん》にはだいぶ人が少なくなりました。

日ごろから、間近に座る女房を少なくしていたので、仕える人々は、御座所から少し離れた物陰《ものかげ》などに控えています。王命婦と弁は、どのようにして源氏の君を帰そうかと頭を悩ませ、藤壺の宮が病気を再発させまいかと危ぶむのでした。

源氏の君は、細めに開いた塗籠の戸を思い切って押し開けました。屏風《びょうぶ》の後ろをつたって、こっそり藤壺の宮に近づきます。光のある場所でこの人の姿を見ることなど、少年のころから絶えてなかったことで、見つめて涙がこぼれます。藤壺の宮は庭の景色を眺めやっています。その横顔は、言い知れず優美なものでした。

「やっぱり、まだ苦しい。私はもうすぐ死ぬのかもしれない」

「どうか、果物《くだもの》だけでも召し上がってみては」

女房が、箱のふたに盛りつけた果物を気をそそるように押しやりますが、藤壺の宮は目もくれず、世をはかなむ様子でぼんやり外に見入っています。心にしみる可憐《かれん》さでした。

額のはえ際、頭の形、髪の肩へのかかり具合、美しく映える顔立ちが、紫の上とそっくりです。源氏の君は、最近忘れかけていたその事実に改めて驚き、わずかに心が晴れる思いがします。

気高く上品な居ずまいもそっくりで、別人とは思えないほどでした。しかし、遠い昔から恋い焦がれてきた心がそう思わせるのか、年配になってますます美しい藤壺の宮を、ことさらたぐいなき女人だと感じます。

見境いがなくなり、几帳《きちょう》の帷子《かたびら》を払って内側へすべりこみ、宮の衣の裾《すそ》を手にして注意を引きました。源氏の君の香《こう》がさっと匂い立ち、藤壺の宮も事態に気づきます。そして、あまりのことに突っ伏してしまいました。

「どうか、こちらを向くだけでもふり向いてください」

恨めしく抱きすくめようとすると、藤壺の宮は上衣《うわごろも》を脱ぎすべらせ、這《は》って逃《のが》れようとします。しかし、源氏の君が衣とともに髪をつかんだため、遠くへ逃げられませんでした。どうにもならない宿命を嘆くばかりです。

君は、長年つちかった自制心もすべて失って、正気を失ったように恨み言を並べ立て、泣き泣き訴えました。宮は心底《しんそこ》厭《いと》わしいと考え、一切応じようとしません。

「病がひどく苦しいので、具合の悪くないときにお話しします」

そう告げるばかりです。それでも源氏の君はあきらめず、尽きない恋心を訴え続けました。中には、女心を揺さぶる言葉もありましたし、初めて体を重ねる二人でもありません。しかし、深く悔やんだ藤壺の宮はほだされず、あれこれ言い逃れて気持ちを変えませんでした。

そうこうするうち、夜も明けてきます。無理強《むりじ》いするにはあまりに畏《おそ》れ多く、気高さにこちらが恥じ入る相手なので、源氏の君も強引なことはできません。

「こうして語る言葉だけ、ときどき聞いてくだされば、私のつらさも晴れるというものです。大それたことは考えていません」

安心させようと、そんなふうにも言います。恋人同士の語らいは特別なものですが、ましてこの二人の間柄では、類《るい》のないものになるのは当然でした。

すっかり夜が明け、王命婦や弁がうるさく退出をうながします。藤壺の宮は死んだように伏せ、別れに反応を見せないので、源氏の君はつらくてなりません。

「私が生きていることも不愉快と思われたようですから、このまま死のうかと思いますが、現世に心残りを持つ身では、極楽往生《ごくらくおうじょう》は無理でしょう」

思いつめて歌に詠みます。

「〝会えない恨みが今日に限らないなら、何度転生《てんせい》しても嘆きながら過ごすだろう〟

あなたの来世の妨げにもなりますよ」

藤壺の宮もさすがに黙っていられず、ため息をついて返しました。

「〝転生しても他人に恨みを残すような人は、本人の心が不誠実だからと知らないのか〟」

さりげなく矛先《ほこさき》をかわす歌も秀でており、源氏の君は賞賛せずにいられませんが、宮の心根《こころね》も自分の立場も苦しいばかりなので、不本意なままその場を後にしました。

（こんな逢瀬《おうせ》の後で、どんな顔をして公式の訪問などできるだろう）

藤壺の宮を後悔させようと、源氏の君は文も送らず、内裏や春宮御所に出仕することもやめてしまいます。二条院に籠もりきりで、明け暮れ宮の冷たさを恨み、恋しくも腹立たしくも思い続けたので、魂《たましい》が抜け、体の具合まで悪くなりました。

こんな思いをするなら、いっそ世を捨てようかと考えますが、愛らしい紫の上が自分を頼りきっていることを思うと、この人を捨ててまでは出家できないのでした。

藤壺の宮の側でも、この一件はいつになく尾を引きました。源氏の君が引き籠もり、文も出せないほど痛手を受けたことを、王命婦たちは気の毒がります。宮も、春宮のためを思えば後ろめたく、源氏の君が世をはかなんで出家することになってはと、困った気持ちがわいてきます。

けれども、このような関係が続けば、口さがない世間に噂が流れるのを止めようがありません。そうなる前に、弘徽殿の大后に憎まれる中宮の地位を捨ててしまおうと、自分自身の出家を思い立つようになりました。

(亡き院が、私を中宮にお定めになったのは、春宮の後ろ盾《だて》がないことを案じればこそだった。けれども、何もかもありし日とは異なる世の中になってしまったのだ。漢《かん》の戚《せき》夫人が呂太后《ろたいこう》から受けた仕打ちほどでなくとも、私は世間のもの笑いになるのだろう。このまま暮らしていては、必ずそうなる)

春宮に、何も知らせずに出家するのはかわいそうで、ある日、忍んで春宮御所に出向きました。今までは、参内《さんだい》よりささいなことでも必ず中宮に奉仕した源氏の君は、病気を口実にして同行しません。

すこやかに成長した春宮は、母に会えたことがうれしくてならず、そばにまとわりつきました。そのいじらしさを見ても、出家の決意は苦しいのですが、内裏もすっかり様変わりして、世の人の移ろいやすさを思い知らされます。弘徽殿の大后の顔色をうかがい、気がねして出入りするのも体裁の悪いことで、何かにつけて苦しい目を見ます。春宮のためにもならず、危うく不吉に思えてなりません。

「もしも私が、しばらく会わない間に、姿が変わって見苦しくなってしまったら、どうしますか」

春宮にたずねると、母の顔を見守って笑います。

「式部《しきぶ》のようにですか。そんなことあり得ないでしょう」

「式部は、年寄りだから見にくいのです。そうではなく、髪は式部よりもっと短くなって、黒い衣を着て、夜居《よい》の僧のようになってしまったら。そんな私には、ますます会うこともできなくなるでしょうね」

母が泣くと、春宮も真剣な表情になりました。

「長いこと会わないと恋しいのに」

涙をこぼし、それを恥じて顔をそむけています。垂《た》れ髪《がみ》は美しく清らかで、人を惹《ひ》きつける目もとは、成長してますます源氏の君に生き写しです。乳歯《にゅうし》が少し欠けて黒くなった口でほほえむと、少女にしたいほど愛嬌《あいきょう》が輝いて見えました。ここまで似なくていいものをと、藤壺の宮には玉の瑕《きず》に思えて、だれか見とがめないかと気をもむのでした。

源氏の君は、人聞きが悪いほど籠もってしまったので、秋の野を見がてらに、雲林院《うりんいん》に参籠《さんろう》することにしました。

亡き母の兄が律師《りっし》をする僧坊で、経文《きょうもん》を読み勤行《ごんぎょう》をして二、三日過ごします。紅葉《もみじ》がようやく色づくころあいで、秋の野に花が咲き乱れる景色を見れば、帰ることを忘れそうな興趣《きょうしゅ》でした。学のある法師たちに経典の論議をさせて、その聴講《ちょうこう》をします。仏の教えを聞いてもなお、つれない人のことを考えてしまう源氏の君ですが、明け方の月影に、仏前の菊《きく》の花や紅葉を折る法師たちを見れば、来世のために営む人々を自分と引き比べ、愚かな悩みに身を持てあましていると考えもします。

律師がおごそかに「念仏衆生摂取不捨《ねんぶつしゅじょうせっしゅふしゃ》」と唱えるのを聞くと、修行生活がうらやましくなりますが、いざ決意しようとすると、紫の上が思い浮かぶのでした。

いつになく長い留守《るす》をするため、紫の上にこまめに文を送ります。陸奥紙《みちのくがみ》にごく打ちとけたことを書きつけてさえ、美しい筆跡は見映えがしました。

「出家の道が歩めるだろうかと、試しにここへ来てみましたが、手持ちぶさたで心細くなるばかりです。経文の論議を聞き残していることがあり、帰りそびれていますが、どのようにお過ごしですか。

〝浅茅野《あさじの》の露《つゆ》の宿に似た、はかない世間にあなたを置いて、山嵐を聞けば心が静まらない〟」

こまやかに思いやる内容であり、目にした紫の上は涙をうかべます。

「〝風が吹けばまず乱れるのは、色変わりする浅茅《あさじ》の露《つゆ》にかかる蜘蛛《くも》の巣だろう〟」

紫の上の返信は、歌だけを白い色紙《しきし》に書いてありました。

「上手になるものだ」

源氏の君は独り言につぶやき、ほほえみます。絶えず文を交わしているせいか、自分の筆跡とよく似た手で、そこに柔らかさと女らしさが備わっています。何ごとにも不足のない女人に育て上げたものだと、われながら思うのでした。

賀茂の斎院の御所は、雲林院と同じ紫野《むらさきの》にあることから、朝顔の姫君へも便りを送ります。

「こうして、旅の空に恋心をさまよわせている私のことをご存じないでしょう」

側仕えの中将の君に宛ててしたため、唐《から》の浅緑色《あさみどりいろ》の紙に親密さを匂わす歌を、木綿《ゆう》をつけた賢木に添え、神前にふさわしく仕立てて届けました。

「〝かけまくもかしこき神ではないが、その昔《かみ》の秋を思い出す木綿襷《ゆうだすき》だ〟

昔を今にと願っても甲斐《かい》がないけれど、いつか取り返すことができるようにも」

中将の君の返信が、いくらか長文で届きます。

「他に紛《まぎ》らわせることのない日々なので、過去を思い返す中には、君のご様子を思い出すことが多いのですが、それも甲斐のないことです」

朝顔の姫君の返事は、木綿《ゆう》の片端に書いてありました。

「〝その神《かみ》（昔《かみ》）に何があったという木綿襷《ゆうだすき》なのだろう。心にかけて忍ぶ理由とは〟

近き世には思い当たりません」

（繊細な手つきではないが、巧みにさばいて草書《そうしょ》も美しくなっている。朝顔の姫君ご本人も、さぞ成熟して美しくなっているのだろう）

そんな想像をして心が騒ぐのも、斎院を相手に不謹慎でした。

（ああ、去年の今ごろだ、六条の御息所と野の宮でつらい別れを遂げたのは。不思議なことに、どちらの女人も神域《しんいき》へ去ってしまった）

神を恨めしく思うのは、源氏の君の性癖の見苦しさでしょう。熱心に望めば妻にできた年月には、その気もなく過ごしておきながら、今になって悔しく思っているのはおかしなことでした。

朝顔の姫君も、君がこうして同じ心で思い続ける人物と承知しているので、ごくたまに返事を書き、必ずしも遠ざける一方ではないのでした。あまり感心できないことでした。


源氏の君が経典六十巻を読み通し、疑問のあるところを法師に解かせて過ごしたので、寺では仏の面目《めんもく》を得る光明《こうみょう》と、下級の法師までが喜び合っています。

しんみりと世の中を思えば、都に帰ることも憂鬱《ゆううつ》ですが、紫の上ひとりが気がかりなので、たくさんのお布施《ふせ》を施《ほどこ》して寺を出ました。見送りに出た人々は涙をこぼし、黒い車に喪服の姿はよく見えないのに、源氏の君のほのかな透き影をたぐいなきものに思っていました。

紫の上は、ここ数日で急に成熟したかのように、おとなしく静かに迎えました。この先、二人の仲はどうなってしまうのかと、考えこむ様子です。源氏の君は心苦しく、すまない気持ちになります。

（私が、不毛な関係にあれこれ思い乱れているのが、わかってしまうのか）

〝色変わりする〟と歌に詠んだこともいじらしく、いつも以上に心をこめて接しました。

旅のみやげとして持ち帰った紅葉の枝は、二条院の紅葉に比べても見事な色づきです。

源氏の君は、これ以上音信不通にするのも世間体《せけんてい》が悪いと考え、春宮御所にいる藤壺の宮に贈りました。王命婦宛ての文を書き、御前に運ばせます。

たしかに見事な色づきであり、藤壺の宮も近くに置いたところ、枝には結び文がひそませてありました。気づいた宮は顔色を変えます。

（迷惑な懸想を、まだ絶やさないとは。これさえなければ、思いやりに優れた男性なのに。いつもいつもこういうまねをされては、そのうちだれかが怪《あや》しむというのに）

すっかり興が冷め、瓶《かめ》にさした紅葉の枝を廂《ひさし》の間《ま》の柱まで遠ざけるのでした。

藤壺の宮が内裏から退出する日がきたので、今度は源氏の君もお迎えに参内します。まずは、兄の帝に挨拶しに清涼殿《せいりょうでん》へ出向きました。

帝は政務に空きがあり、源氏の君とゆっくり話を楽しみました。顔立ちは亡くなった院によく似て、もう少し繊細《せんさい》さが加わり、やさしげで柔和です。異母兄弟の双方で相手の容姿に感心していました。

帝は、朧月夜の尚侍が源氏の君と関係していることを耳にしており、尚侍の態度からもそれを感じとっています。けれども、最近始まったことでなく、思い合うにふさわしい美男美女なのだからと考え、あえて咎《とが》めようとしません。源氏の君には、学問の疑問点をたずねたり、恋歌の話などをしました。そのついでに、斎宮が伊勢に下る日、美しさに感嘆したことも語りました。

源氏の君も兄に打ちとけ、野の宮の曙《あけぼの》の情趣まですべて語りました。

二十日の月がようやく昇り、趣のある夜なので、帝は管弦《かんげん》の遊びをしたいと言い出します。源氏の君は、かしこまりながら辞退しました。

「じつは今夜は、中宮の退出のお供に出向いたのです。院のご遺言《ゆいごん》もあり、春宮の後見人となるべきお身内が少なく、母宮であられるかたをお気の毒に思いまして」

帝も、その言葉にうなずきました。

「それはもっともだ。春宮を私の養子にしてはと院がおっしゃったのを、とりわけ気にかけていたのだが、別格の扱いはおかしいという意見があってね。春宮はその年齢より筆跡などお見事で、才能の豊かな御子《みこ》のようだ。並より秀でたところのない私の名誉だと思っているよ」

「春宮は、たしかに飲みこみが早く大人びていらっしゃいますが、やはり、まだまだ幼いかたです」

源氏の君は、春宮のあれこれを語って退出しました。そのとき出くわしたのが、大后の兄弟の藤大納言《とうだいなごん》の子、頭弁《とうのべん》でした。時流に乗って華やかな若者であり、怖いもの知らずだったので、妹の女御《にょうご》のもとへ行こうとするところを、源氏の君の先払いの従者に会い、立ち止まってゆるやかに吟唱《ぎんしょう》します。

「白虹《はっこう》日《ひ》を貫《つらぬ》けり。太子《たいし》怖《お》じたり」

唐国《からくに》の故事で、始皇帝《しこうてい》暗殺の計画が前兆《ぜんちょう》に表れ、謀反《むほん》に失敗した逸話《いつわ》です。源氏の君には聞こえよがしとわかりますが、咎めることもできません。弘徽殿の大后の思惑として、剣呑《けんのん》な内容が聞こえており、大后に親しい人々もますます態度に出すようになっていました。わずらわしいことですが、そ知らぬ顔で通します。中宮付きの人々には、帝との語らいが長引いたとだけ言い訳しました。

藤壺の宮は春宮と別れがたく、今後の注意をあれこれ言い聞かせますが、春宮は深刻なことだと気づかない様子です。この先が思いやられてならないのでした。幼い春宮は、ふだんなら就寝《しゅうしん》する時刻になっても、母の帰りを見送りたいと起きていいます。行ってほしくないのに、さすがにそう言わずに我慢《がまん》している様子が可憐でした。

源氏の君は、頭弁の吟唱を思い返せば気がとがめ、朧月夜の君との密会もわずらわしくなります。長い間連絡を絶やしていました。

初時雨《はつしぐれ》が冬の到来を告げるころ、思いあまった朧月夜の君から文が届きました。

「〃木枯《こが》らしが吹くにつけても待つものを、会う日のおぼつかないまま衣を重ねる〃」

時節にふさわしい便りであり、よほど人目を忍んで書いただろうと察すると、その心もいじらしいのでした。源氏の君は、文の使者をその場にとどめ、唐紙《からかみ》を保管した厨子《ずし》から念入りに選び出し、筆づかいに気を配って色よい返事を書きます。側仕えの女房たちは、そこまでする相手はいったいだれだろうと、こっそりつつき合っています。

源氏の君の気を引こうと、女性側から文を寄こす例は山ほどありましたが、失礼のない返事を書くだけで、熱心に思い入れないのがふつうなのでした。

藤壺の宮は、院の一周忌《き》の法要に引き続き、法華八講《はっけはっこう》の法会《ほうえ》を開こうと、その準備に余念がありません。霜月《しもつき》（十一月）一日の命日《めいにち》にはたいそう雪が降り、源氏の君は見舞いの文を届けました。

「〝お別れした日がまた巡《めぐ》ってきたが、亡き人に行《ゆ》き（雪）逢《あ》う日はいつだろうか〟」

藤壺の宮も今朝は悲しみにひたっていたため、源氏の君の文に返事を書きました。

「〝生きている身も悲しいが、命日に行《ゆ》き（雪）めぐり、昔の世にもどったように思える〟」

特につくろうところのない書きぶりですが、思いなしか気高く品格がありました。華やかな現代風とは筋が異なりますが、凡人にはまねできない書風です。しかし、この日は源氏の君もよけいな懸想をせず、雪のしずくに濡れながら供養《くよう》をして過ごしました。

中宮主催の法華八講は、十二月十日過ぎから始まりました。

じつに尊い催《もよお》しでした。一日ごとに替える経文は、宝玉《ほうぎょく》飾りの軸《じく》、羅《ら》の表紙、経巻を包む帙《ちつ》の装飾まで、すべて人々の見たことのない品です。これほどの催しでなくとも粋美《すいび》を尽くす藤壺の宮なので、当然のことでした。仏の荘厳《しょうごん》は花机《はなづくえ》の覆い布まで美しさを極め、ここは極楽《ごくらく》かと思えます。

初日の講は、藤壺の宮の父帝《ちちみかど》への御料《ごりょう》、次の日は母后《ははきさき》への御料、三日目は院への御料で、法華経《ほけきょう》五巻を講じる日でした。

朝廷の高官たちも、右大臣家をはばかってばかりいられず、大挙して詰めかけます。講師に選りすぐりの僧を呼び、聞き慣れた講話が一段と尊く聞こえます。親王たちがさまざまな供物《くもつ》を持って集まりましたが、中でも源氏の君が用意した供物は他を抜きん出ていました。同じことばかり言うようですが、見るたびに驚かされる君なので、くり返しになってもしかたないのでした。

最終日、藤壺の宮は結願《けちがん》に自分の出家を願い、周囲をあっと言わせました。

兵部卿の宮も源氏の君も、この不意打ちに驚愕《きょうがく》します。兵部卿の宮は、講の半ばに藤壺の宮の御簾に入り、思いなおすよう説得にかかりましたが、宮の固い決意は変わりませんでした。講が果てると比叡山座主《ひえいざんざす》を呼び、戒《かい》を受けました。

おじに当たる横川《よかわ》の僧都《そうず》が進み出て、藤壺の宮の髪を落とします。屋敷内に泣き声が満ちあふれました。数にも入らぬ老人でさえ、出家に立ち会うのは悲しいことなのに、まして、これまでそぶりにも出さなかった藤壺の宮です。兵部卿の宮もひどく泣き悲しみました。

集まった人々は、これほど尊い法会に立ち会ったことに胸を打たれ、みな袖を濡らして帰ります。親王たちは、院に愛された人の華やかな昔を思って悲しみ、だれもが宮への挨拶に残りました。源氏の君も留まりましたが、言うべき言葉もなく、暗闇につき落とされた気分でした。しかし、あまりに取り乱しては不審に思われるので、親王たちの最後に御簾の前に進み出ました。

屋敷の人々はようやく泣き静まったところで、女房たちが鼻をかみつつ、所々に寄り集まっています。月は隈《くま》なく明るく、庭に積もった雪と双方で照り映えて、院が存命だったころの管弦の宵《よい》を偲《しの》ばせます。悲しさを何とか静めて、源氏の君は尋ねました。

「どのようなおつもりで、こうも急なご決心をなさったのですか」

王命婦が宮の言葉を取り次ぎます。

「今初めて思い立つことではありませんが、みなが騒ぐとわかっていたので、心を乱さぬよう黙っていたのです」

周囲の悲嘆にくれた様子をうかがっても、もっともなことだと思えました。風が激しく吹き、屋内には冬の薫き物《た》「黒方《くろぼう》」が匂い立ち、仏前の名香《みょうごう》もかすかになるほどです。その中に源氏の君の香《こう》が混じり、極楽《ごくらく》の薫香《くんこう》を思わせます。

春宮の使者がやってきました。藤壺の宮も、無邪気《むじゃき》な春宮の言葉を思い出しては気丈でいられません。返答できない宮に代わって源氏の君が口添えをしますが、だれもかれも、胸がせまって言葉が出て来ないのでした。


「〝月の雲居《くもい》を慕うように、出家がしたくても、子を思う闇《やみ》に引き止められるだろう〟

そう考えていたのに、決意してしまったおかたが限りなく恨めしいものです」

人々がそばにいるので、源氏の君も心のすべてを言うわけにはいきません。胸をつまらせて退出しました。

二条院に戻った源氏の君は、東の対で床に就きますが、目を閉じることもできませんでした。

自分も世を捨てたいと願うものの、春宮の行く末が気がかりです。母を中宮にして後ろ盾にしようと、院が特別に配慮したことだったのに、世の中をはかなんで出家すれば、中宮の地位も失います。自分までも見捨ててはと、一睡もせずに悩み続けるのでした。

せめて、藤壺の宮に出家後の調度を贈ろうと思い立ち、年内の手配を急がせます。王命婦が後を追って出家したため、心をこめて挨拶に出向きました。出家した宮は、源氏の君へのよそよそしさが少し薄らぎ、みずから会話に応じます。宮への恋心は今も胸を騒がせますが、源氏の君も、相手が仏門《ぶつもん》に入っては行動を起こせませんでした。

年が明け、先帝《せんてい》の喪が明けた宮中では、華やかな内宴《ないえん》や踏歌《とうか》などの行事を催します。落飾《らくしょく》した藤壺の宮には、よそに聞くばかりのことでした。仏の勤行に明け暮れ、後生《ごしょう》をたのんで、わずらわしさのすべてから解放された思いです。三条屋敷の念仏堂《ねんぶつどう》とは別に、御堂《みどう》を西の対の南に建て、そちらにかよって仏道にはげみました。

源氏の君が年賀の挨拶に出向くと、年が改まった飾りもなく、ひっそりして人も少なく、中宮職《しき》の親しい役人が、心なしかうなだれて歩いているばかりでした。

新年の白馬《あおうま》くらいは見ようと、女房たちが建物の端《はし》に出ています。けれども、これまでなら詰めかけていた内裏の高官たちは、屋敷の門前を避けるようにして、大路向かいの右大臣邸に集まっていきます。

世の常のこととはいえ、手のひらを返した様子がわびしい中、千人に値《あたい》する麗しさで参上する源氏の君を目にしては、だれもが涙ぐみました。

君はあたりを見回し、すぐには言葉もありません。仏事に色変わりした住まいは、御簾の縁《ふち》、几帳の帷子まで青鈍《あおにび》色で、ところどころに見える女房たちの袖口も薄鈍色や梔子《くちなし》色でした。沈んだ色合いがかえって目を引き、奥ゆかしく感じます。

池の薄氷《うすごおり》が溶け、岸辺の柳《やなぎ》が芽吹く様子だけが、春のめぐりを忘れないと見るのも感慨深いものでした。〝むべも心ある〟と、小声で古歌を口ずさむ源氏の君の優雅さは、屋敷の人々にいっそう好ましいものに映りました。

「〝もの思いにふける尼君《あまぎみ》の住みかと思うと、涙もこぼれる。松《まつ》が浦島《うらしま》を見るようで〟」

源氏の君が歌を詠むと、御簾の内では、仏具で手狭《てぜま》になった御座所のせいで、藤壺の宮が以前より御簾の近くに座っていることがわかります。

「〝ありし日の名残《なごり》もない浦島《うらしま》に、変わらずに立ち寄る波をめずらしいと見る〟」

本人の声がほのかに聞こえてくるだけで、源氏の君は涙がこぼれるのでした。仏道にはげむ人々にこの動揺を見られるのは恥ずかしく、言葉少なく退出しました。

「何とまあ、年ごとにすばらしくなるおかたでしょう。何の愁《うれ》いもなく世に栄《さか》え、時流の頂点で華やいでいらしたころは、人生の哀感などご存じになることはあるまいと思われたのに、今は静かに悟《さと》りすませ、少しのことにも胸を打たれるご様子とは。それも、おいたわしいことではあるけれど」

年老いた女房は泣きながら褒めそやし、これを聞く藤壺の宮も、さまざまなことを思い続けるのでした。

地方官任命の日がきても、中宮方の人々はだれも任官しません。それどころか、昇進するべき中宮職の位もそのままにされ、嘆く者が多かったのです。藤壺の宮が出家したからといって、すぐにも中宮の位を去り、御封《みふ》が止まるわけでもないのに、この機会に勝手に変更されたことが多くありました。

藤壺の宮は、仕える人々が不遇をしいられて悲しげなのを見ると、さすがに出家の後悔もわいてきます。けれども、これらが犠牲になろうと春宮の御代《みよ》さえ安泰《あんたい》ならばと、ますます仏道修行にはげむのでした。春宮の出生の秘密を、仏門に入った自分に免じて許したまえと祈り、勤行を積むことにわずかな慰《なぐさ》めを見出しています。

源氏の君もそれを察し、理解できると思うのでした。二条院の人々も、不遇をかこつ状況は三条屋敷と同じでです。苦々《にがにが》しいことばかりあるので、内裏にも向かわず引き籠もっていました。

左大臣も、公私ともに様変わりした世の中にすっかり嫌気《いやけ》がさし、大臣の辞表を提出しました。帝は院の遺言に、この人を重鎮《じゅうちん》として治世の基盤《きばん》を固めるよう言い置かれたことを思い、辞表を受理せずに何度も返しましたが、左大臣は無理やり返上して自宅に籠もってしまいました。こうなっては、いっそう右大臣家の一族が繁栄するばかりです。朝廷の支柱だった左大臣が蟄居《ちっきょ》し、帝は心細い思いをし、世間でも思慮深い人々はみな嘆いていました。

左大臣の子息たちは、これまでだれもが人柄を愛され、要職に抜擢され、威勢よく過ごしていましたが、今ではすっかり影をひそめ、嫡男《ちゃくなん》の三位中将《さんみのちゅうじょう》（前の頭中将《とうのちゅうじょう》）も野心を失っていました。

妻の四の君《しのきみ》には、以前から切れ切れにしか通わず、冷淡だったため、右大臣も彼を一族の婿《むこ》には数えず、思い知れとばかりに昇進からはずします。しかし、当人はあまり気にかけず、源氏の君が昇進せずにいるのに自分など当然と考えていました。

しげしげと二条院を訪ねては、学問や遊び事をいっしょに楽しみます。以前、むやみに挑《いど》み合って起こした事件のあれこれを懐《なつ》かしみ、笑って言い交わしながら、今でもちょっとしたことで挑み合う二人でした。

二条院では、春と秋の御読経《みどきょう》はもちろん、臨時の法会も手厚く行います。また、暇な文章博士《もんじょうはかせ》たちを屋敷に集め、漢詩を作ったり、韻字《いんじ》当ての遊びを行ったりと、あれこれで憂《う》さ晴《ば》らしをしました。内裏への出仕もせず好きなように遊び暮らしていると、世間には不穏な噂をささやく人もいるようでした。

夏の雨が降り続いて退屈するころ、三位中将が、韻字当ての漢詩集を従者にたくさん持たせて現れました。

源氏の君も二条院の文殿《ふみどの》を開き、まだ開けていない厨子からめずらしい古書を何冊か見つくろいます。その道に詳しい人々を呼び集めると、内裏の高官も大学寮の博士も多くやってきたので、左右に組を分け、たくさん賭《か》けをして勝負を競いました。

試合が進むと難しい韻字が多くなり、専門の博士でも思い悩みますが、ときどき源氏の君が言い当てます。驚くべき才覚でした。

「どうしてこうもすべてが備わったお人なのか。やはり、国を治めるべき宿縁があって、万事だれよりも優れているのにちがいない」

集まった人々は感心するのでした。ついに三位中将の右方が負けました。

罰則として、二日後に酒宴をもうけます。三位中将は、趣味よく吟味した料理を折詰《おりづめ》にして並べ、賭け事つきの詩作の会に仕立てました。母屋《もや》の階段の下に薔薇《そうび》がいくつか花を開き、春秋の花の盛りよりもひっそりした風情をたたえており、くつろいだ気持ちのよい宴会になっています。

三位中将の息子で、今年初めて殿上《てんじょう》見習いをする八、九歳の童《わらわ》が、声もきれいで笙《しょう》の笛をたしなむので、源氏の君はかわいがって相手をします。右大臣家の四の君の産んだ二男でした。人々の期待を集める少年であり、利発な上に容姿も優れています。宴がくだけてきたころ、催馬楽《さいばら》の「高砂《たかさご》」を披露《ひろう》するなど、たいそう愛らしいのでした。

源氏の君は上衣《うわごろも》を脱いで、この子に褒美《ほうび》として授けます。いつになく興じる君の容色は、比べるものがありません。夏の薄物《うすもの》を着ていたので、肌の色が単衣《ひとえ》に透けた様子など、えもいわれぬ美しさでした。年老いた博士たちは、遠くの席から見やって涙するのでした。

「高砂」の歌の終わりに、三位中将が源氏の君に酒を勧めます。

「〝今朝開いた薔薇《そうび》の初花《はつはな》に劣らぬと、君の色美しさを見ている〟」

源氏の君はほほえんで杯《さかずき》を受けました。

「〝時に合わずに咲く花は、夏の雨にしおれたようだ。色も冴《さ》えずに〟

もう衰えたよ」

笑いに紛らせ、賞賛を酔っての放言《ほうげん》にしてしまうと、三位中将はそのことを咎《とが》め、強《し》いて飲ませようとするのでした。

宴席の人々はみな、源氏の君を称える歌や漢詩を作りました。君も終盤《しゅうばん》には、誇らかに「文王《ぶんのう》の子、武王《ぶおう》の弟」と吟じます。そう名乗るだけの自負は、たしかにあるのでした。


そのころ、朧月夜の君が内裏を下がりました。わらわ病《や》みがなかなか治らないので、右大臣邸で加持祈禱《かじきとう》を受けるためでした。

修法《しゅほう》を受けると順調に回復したので、周囲の人々は気を緩《ゆる》めます。

この隙にと、源氏の君と文を取り交わし、夜な夜な危ない密会を重ねました。女盛りに美しく華やかな人が、病み上がりでほっそり痩《や》せたところは、たいそう魅力的でした。

弘徽殿の大后が同じ屋敷内におり、その気配は恐ろしいのですが、だからこそ火がつくのが源氏の君の性癖でした。大胆に忍びこむ夜が重なると、中には察する女房も出てきましたが、大ごとになるのを恐れて、大后には告《つ》げ口《ぐち》しませんでした。ましてや父の右大臣は、何一つ知りませんでした。

ある夜、明け方に急に雨が降り出し、雷が激しく鳴り響きました。右大臣の子息や大后の仕え人が騒がしく屋内を行き来し、女房たちは怯《おび》えきって女主人のそばに集まります。

源氏の君はどうにも抜け出せず、ここで夜を明かすことになりました。潜《ひそ》んでいる御《み》帳台《ちょうだい》の周りをずらりと女房が取り囲み、さすがに焦《あせ》ります。手引きをした女房二人も、この事態にはひどくうろたえていました。

雷鳴がようやく静まり、雨がやや小降りになったころ、右大臣が屋敷に戻り、弘徽殿の大后を見舞いました。けれども、雨音《あまおと》に紛れて源氏の君たちは気づきません。そのため、右大臣がひょいと顔をのぞかせたのは、完全な不意《ふい》打《う》ちでした。

「具合はどうだね。こんなに気味の悪い夜だから、様子を心配していたのになかなか来られなかったよ。お付きの中将や宮《みや》の亮《すけ》は役目をはたしているかね」

御簾を引き上げて這《は》い入りながら、右大臣は早口に言い続けます。源氏の君は、こんな場合だというのに、せかせかした口調や態度に笑いがこみ上げます。左大臣とは比べものになりません。国の重鎮なら、曹司《ぞうし》の中に入り終えてから口を開くべきでしょう。

朧月夜の君は困りはてながら、急いで膝《ひざ》をすべらせて御帳台を出ました。顔がすっかり火照《ほて》っているのを見て、父親はわらわ病みがぶり返したかと危ぶみます。

「どうして顔色がふつうでないのだ。もののけが憑《つ》いていたら大変だ。修法を延《の》ばしたほうがいいのでは」

言っている最中に、薄二藍《うすふたあい》の帯《おび》が娘の衣《ころも》にまといついて出てきたのが目に止まります。不審に思ってよく見ると、几帳の下に何か書きつけた懐紙《かいし》も散っています。どういうことだと仰天《ぎょうてん》しました。

「それはだれのものだ。おかしなことがあるものだ。寄こしなさい、だれのものか調べてやる」

朧月夜の君は、ふり返って初めて懐紙に気がつきます。こうなってはごまかすこともできず、返事のしようもありません。ただ茫然《ぼうぜん》とするばかりです。

これほど高い身分であれば、わが子といえども恥《はじ》をかかせまいと気づかうところですが、右大臣は性急でかっとなる性分でした。前後を考えずに懐紙を取りに行き、几帳の奥を見やると、そこには色気のある風情でくつろぎ、図々《ずうずう》しく添《そ》い寝《ね》をした男がいました。見られたと知って、おもむろに顔を隠して紛らせます。

右大臣は、あきれるやら腹立たしいやらで目もくらむ思いですが、さすがに面《めん》と向かって言い立てることはできません。懐紙を拾い上げると、いそいそと母屋に戻りました。

朧月夜の君は、あまりのことに気を失いかけています。源氏の君も、これで愚行《ぐこう》のつけが回り、世間の非難を浴びるのだと覚悟しますが、当面は朧月夜の君を慰めることに費《つい》やすのでした。

右大臣は、何ごとも胸に留《とど》めておけない本性《ほんしょう》の上、老いてのひがみも加わり、このような鬱憤《うっぷん》を抑えておくはずがありません。弘徽殿の大后の前で、残りなくぶちまけました。

「こういうことがあったのだ。懐紙の筆跡は源氏の大将のものだ。過去に許しもなく関係をもったとき、人柄に免じて罪とせず、正式な婿に迎えようとしたら見向きもしなかったくせに。不愉快さをこらえて、それならばと、帝が娘の身の汚《けが》れ一つでお見限りにならないのを頼みに、最初の予定通り宮中に入れたのだ。だが、せっかくの寵愛《ちょうあい》があっても、傷をはばかってれっきとした女御に立てられずにいる。もったいなく残念な上に、またも不始末をしでかすとは、がっかりさせるにも程《ほど》がある。

男のしそうなこととはいえ、源氏の大将はけしからん。賀茂の斎院にもいまだに文を通わせ、仲が怪《あや》しいと人々が噂するではないか。神聖な斎院を汚すことは、帝の御代《みよ》をないがしろにすることで、本人のためにもならず、ここまで無分別はしないと思っていたものを。世間の人々が当世の見識《けんしき》と見るせいで、大それた心を疑いもしなかった」

弘徽殿の大后は、父以上に烈火《れっか》の気性だけに、たちまち険《けわ》しい形相《ぎょうそう》になりました。

「帝と申し上げながら、昔から人々がみな軽んじるのだ。致仕《ちじ》の（辞任した）大臣《だいじん》も、大事な一人娘を春宮にはさし出さず、弟の源氏の幼い元服《げんぷく》まで取り置いたではないか。その上、この妹を春宮女御に用意していたら、みっともない有様《ありさま》になったのを、だれもかれも問題にしなかったではないか。

みな、あの源氏ばかりに心を寄せるのだ。不本意な形で宮仕《みやづか》えさせることになって、かわいそうで、どうすれば人に劣らぬ女御に持ち上げられるか、あのしゃくに障《さわ》る人物を見返せるかと、私が苦慮する最中に、当の妹はあちら方《がた》に心寄せてなびく始末。賀茂の斎院への手出しは、ましてありそうなことだ。何事につけても今の帝に後ろ暗い行為をするのは、春宮への代替《だいが》わりを早くと望んでいるからにちがいない」

大后の激昂《げっこう》を見ては、さすがの右大臣も勢いが冷め、話すのではなかったと後悔しました。

「まあまあ、このことはしばらくよそには漏《も》らすまい。帝にもお知らせしてくれるなよ。あの子は、過《あやま》ちを犯《おか》しても帝はお見捨てにならないと、おやさしさに甘えているのだろう。家族で諫《いさ》めても聞き入れないときには、私が責任をとるから」

うまくなだめようとしましたが、大后の怒りは治まりませんでした。同じ邸内に自分がいて、空《あ》いた場所もないというのに、遠慮知らずに侵入しての色ごととは、軽視され愚弄《ぐろう》されたとしか思えません。源氏の君が憎くてならず、これを口実に追い落とす策を講じようと思いめぐらすのでした。

七　花散里《はなちるさと》

光源氏《ひかるげんじ》、二十五歳の夏です。

内に秘めた恋心に、みずから陥《おちい》る憂愁《ゆうしゅう》は今に始まったことではありませんが、世間の風向きも憂《うれ》わしく、思いわずらう問題が山積《さんせき》して心細くなります。俗世《ぞくせ》を捨てて出家したくなりますが、さすがにできない事情が多いのでした。

故院《こいん》の妃《きさき》で、麗景殿《れいけいでん》の女御《にょうご》と呼ばれた人は、御子《みこ》も生まれず、院亡き後はますますうらぶれた状態になっていました。ただ源氏の君《きみ》の援助で生活している有様《ありさま》です。

妹の三の君は、女御とともに宮中《きゅうちゅう》で暮らしたころ、源氏の君とはかない契《ちぎ》りを持ったことがありました。その名残《なごり》で支援が続いたのであり、一度かよった女人《にょにん》をたやすく見捨てない君ですが、特別熱心に会うわけでもなかったので、妹君のほうでは、さぞ待ちわびる思いを尽くしたことでしょう。

世の中の逆風をかみしめるうち、源氏の君は、この麗景殿の妹君を思い出しました。昔が懐《なつ》かしくなり、五月雨《さみだれ》の雲の晴れた夜に出かけます。

これといった装いをせず、先払いの従者《じゅうしゃ》も立てずに目立たなくして、ひっそりと中川を過ぎたときです。屋敷は小さいが庭の木立がりっぱな地所で、よく鳴る箏《そう》の琴《こと》をあづま（和琴《わごん》）に調《しら》べ、ためし弾《び》きをにぎやかに掻《か》き鳴《な》らすのが耳にとまりました。

門の近くだったので、車の簾《すだれ》からさしのぞくと、大きな桂《かつら》の木から風が吹き寄せます。薫風《くんぷう》が賀茂《かも》の祭りを思わせ、どことなく風情《ふぜい》があると考えてから、一度だけかよった女人の家だったと思い出しました。急に胸が騒ぎます。

ずいぶん時がたったので、覚えているだろうかと気が引けますが、通り過ぎるのも惜しいと思っていると、目の前をホトトギスが鳴いて飛びわたりました。いかにも誘い顔なので、源氏の君は車を戻すよう命じます。惟光《これみつ》を使いに出しました。

「〝昔を忍びがたいとホトトギスが鳴いている。ほのかに訪ねた家の垣根で〟」

寝殿《しんでん》と見える西の端《はし》に、何人かの女房《にょうぼう》がいます。惟光は声に聞き覚えがあると気づき、咳払《せきばら》いして歌を伝えました。屋敷内からは若やいだ気配がして、不審がる様子がうかがえました。

「〝ホトトギスの声は昔のように聞こえるが、五月雨《さみだれ》の空模様では当てにならない〟」

わざと気づかないふりをすると見て取り、惟光は言いました。

「よしよし、問うべき垣根をまちがえたようです」

あっさり出て行く惟光の態度を、女人の側では悔《くや》しく思っていました。

源氏の君は、知らないふりをする事情あってのことだろうと、すぐに思い切ります。このくらいの身分の女性では、筑紫守《つくしのかみ》の五節《ごせち》の舞姫《まいひめ》が愛らしかったと、連想して思い出すのでした。休みなくだれのことも気にかけ、気苦労の多い話です。年月が過ぎても、一度関係した女人を忘れない性分だからこそ、かえって人々に憂《うれ》いの種《たね》をまくことになるのでした。

目指す屋敷は、予想した以上に使用人も少なく、静けさに胸を打たれました。女御に挨拶《あいさつ》を入れ、思い出話をするうちに夜が更けます。二十日の月がさし昇り、高く茂った庭木の陰がうっそうと暗く、軒《のき》近くに植えられた橘《たちばな》の香《か》が好ましく匂い立ちます。

麗景殿の女御は老いた気配ですが、どこまでもたしなみ深く可憐《かれん》でした。目立った寵《ちょう》愛《あい》を受けることのなかった人ですが、父の院が親しみやすさを好いていたことを、源氏の君も懐かしく思い出します。昔のことがつぎつぎよみがえり、語るうちに泣けてくるのでした。

ホトトギスの鳴く声が聞こえます。中川の垣根にいた鳥と鳴き方がそっくりです。自分の後を追ってきたのかと小粋《こいき》に感じ、「〝いかに知りてか〟」と古歌をこっそり口ずさみました。

「〝橘の香を懐かしむホトトギスが、花散里《はなちるさと》を探して訪ねてきたようだ〟

院の在位が忘れられない者同士の慰《なぐさ》めに、もっとこちらを訪ねるべきでした。悲しみが紛《まぎ》れることも、数を添えることもありますね。世間の人は時流に従うもので、しんみりと当時の話ができる人も少なくなりました。ましてこちらでは、淋しさを紛らすすべがないと思っておいででしょう」

源氏の君が言うと、移り変わりがことさら身にしみる人だけに、女御も胸を打たれる様子でした。お人柄もあいまって、しみじみした哀感がただよいます。

「〃人目もなく荒れた宿では、橘の花だけが訪問者を軒に招《まね》くよすがなのだろう〃」

女御の歌を聞き、源氏の君は、やはり平凡な人とは異なると、他の女人と比べてみるのでした。

妹君のいる西面《おもて》には、あたりを気づかいながら近づき、不意打ちでのぞきこみました。めずらしい訪問の上、世のだれもが目を見はる美しさの君です。妹君は、日ごろのつらさも忘れる思いだったでしょう。

源氏の君は、例によってあれこれと優しい言葉をかけますが、心にもないことを言うわけではありません。曲《ま》がりなりにも関係をもつ女人であれば、そのだれもに見どころを見出したのであり、自分から幻滅《げんめつ》することなどないのでした。

妹君のほうも、訪れの少なさを恨《うら》んだりせず、双方で思いやって温かく愛情を交わします。

（こうして気長《きなが》に恋を育てず、不満に思う人が心変わりするのは、それもそれで当然の世間の習いなのだ）

源氏の君は考えるのでした。

中川の女人は、世間に習って心を変えた一人なのでした。

八　須磨《すま》

二十六歳の春、光源氏《ひかるげんじ》は官位を失います。

都にいても、わずらわしくみじめな出来事が増えるばかりで、無理をしてそ知らぬ顔で通しても、悪くなる一方だと考えるようになりました。

歌枕《うたまくら》で名高い須磨《すま》は、在原行平《ありわらのゆきひら》が隠棲《いんせい》した当時は住む人もいたのに、最近は海人《あま》の家すら稀《まれ》だと聞きます。賑《にぎ》やかな土地に移り住むのはそぐわなくても、辺境すぎて都と音信がとれないのも困ると、未練《みれん》がましく思い迷います。

過去と未来を思えば、都のあれこれに愛着が増します。今はと見限ったつもりでも、住み慣れた地を離れるとなれば、捨てがたいものがたくさんあるのでした。

最大の気がかりが、このところ泣き暮らしている紫の上《むらさきのうえ》です。源氏の君《きみ》が確実に帰る場合でさえ、一、二日よそに泊まれば心配になり、心細くなる相手です。なのに、何年すれば帰るというあてもなく、遠く離ればなれになるのでした。

生きて帰れる保証もないので、これが今生《こんじょう》の別れになるかと思うと、極秘で紫の上を同伴《どうはん》しようかと逡巡《しゅんじゅん》します。けれども、波風《なみかぜ》しか寄るものもない辺境に住まわせ、どんなにみじめに暮らすかと思えば、可憐《かれん》な人にそんな仕打ちはできず、自分の心労を増すだけだと考え直すのでした。

紫の上のほうでは、どれほど悲惨《ひさん》な境遇《きょうぐう》だろうと共に暮らしたいのにと、源氏の君の考えを恨《うら》めしく思っていました。

花散里《はなちるさと》の人々は、心細い生計を源氏の君にたよって生きているのであり、ふだんの訪問が稀だろうと、この事態を嘆くのは当然でした。その他にも、わずかでも関係をもった女人《にょにん》はみな、あちらこちらで密《ひそ》かに胸を痛めていました。

尼《あま》となった藤壺《ふじつぼ》の宮《みや》から、世間の目をはばかりながらも、君の身を案じる文《ふみ》がしばしば届きます。源氏の君は、こうなる以前に文を取り交わし、やさしさを見せてほしかったと思わずにいられません。何ごとにつけても憂愁《ゆうしゅう》のまさる間柄《あいだがら》だと、いっそうつらく感じるのでした。

二月二十日あまりに、都を離れました。世間にはいつとも知らせず、ただ仕《つか》え慣れた供人《ともびと》を七、八人つれ、たいそう目立たない旅立ちでした。

旅立ちの二、三日前には、夜陰《やいん》に紛《まぎ》れて左大臣邸《さだいじんてい》を訪ねました。地味にやつした網代車《あじろぐるま》で、女車《おんなぐるま》のように人目を忍《しの》んで訪問する姿は、往時とは変わり果てて夢のようです。亡き葵《あおい》の上《うえ》の曹司《ぞうし》は、人も少なく荒涼《こうりょう》と見えました。若君《わかぎみ》の乳母《めのと》や昔から仕える女房《にょうぼう》など、今も去らずにいる限りは、源氏の君のめずらしい訪問に喜んで集まりましたが、世の移り変わりが悲しく、若い女房までが涙にくれるのでした。

若君はたいそう愛らしく、はしゃいで走り寄ってきます。

「久しく来ることができなかったのに、この子は私を忘れずにいてくれたのか」

膝《ひざ》に乗せてあやす源氏の君も、涙をこらえられないのでした。

致仕《ちじ》の大臣（前の左大臣）がこちらに顔を見せました。源氏の君は詳しいいきさつを語ります。

「あれもこれも前世《ぜんせ》の報《むく》いでしょうから、どう言いつくろおうとも、結局はわが身のいたらなさです。官位を奪われることのない、軽いお咎《とが》めでさえ、帝《みかど》の勘気《かんき》をこうむった者は、以前と同じに過ごすべきではありません。他国では流罪《るざい》に処するとも聞きますから、たしかに重大な罪科なのでしょう。身に覚えのないことだろうと、そ知らぬ顔で通すのは畏《おそ》れ多く、これ以上大きな恥《はじ》を見ないうちに、みずから世を逃れようと思い立ちました」

致仕の大臣は、昔のこと、故院《こいん》のこと、院の遺言《ゆいごん》のことなど、あれこれ言い及んで袖《そで》を顔から離せないほどに泣き、源氏の君も一人だけ気丈ではいられません。若君が無心にあいだを歩いて、人々に甘えるのが切ないことでした。

「死んだ娘を忘れることができず、いまだに偲《しの》び続けていますが、こんな異変が起きては、娘が生きていたらどれほど嘆いたか。なまじ短命のせいで見ずにすんだことが、わずかながらの慰《なぐさ》めです。幼い若君が年寄りのもとに留《とど》まり、父君とふれあわずに月日を過ごすことが、何よりも悲しいことです。昔の人は、真実罪を犯しても追放のような罰《ばつ》は受けませんでした。他国の朝廷《ちょうてい》でも、冤罪《えんざい》の例は数多くあります。けれども、根拠があってこそ官位剝奪《はくだつ》ということが起こるのに、どう考えても納得できぬことを」

大臣が言葉を尽くして語っている最中に、三位中将《さんみのちゅうじょう》（前の頭中将《とうのちゅうじょう》）がやってきて、酒を勧めなどして夜が更けたので、源氏の君は一泊していくことにしました。女房たちを集めて話をするうち、源氏の君を慕い続ける中納言《ちゅうなごん》の君《きみ》が、言い出せずに悲しんでいるのを哀れに思い、とりわけやさしく扱います。この結果、泊まることになったようです。

翌朝、まだ夜深いうちに屋敷を出ようとすると、有明《ありあけ》の月が美しくかかっていました。桜の木々は盛りを過ぎ、若葉の木陰《こかげ》には、白砂《しらすな》に薄く霞《かすみ》がかかっています。秋の情趣にもまさる風情《ふぜい》があり、源氏の君は高欄《こうらん》に寄りかかって見入りました。

中納言の君は、源氏の君の帰りを見送ろうと妻戸《つまど》を開けて座っています。

「再び会える日が来るかどうか、思えば難しいものだ。こうなるとも知らず、気楽に会えた年月には、急ぎもせずに疎遠《そえん》にしてしまったね」

源氏の君の言葉に、中納言の君は返事もできず泣き入るばかりでした。

若君の乳母である宰相《さいしょう》の君《きみ》が、大宮《おおみや》の伝言をたずさえてやってきます。

「みずからお話ししたかったのですが、こちらがまだ娘を偲んで取り乱しているうちに、夜深くお帰りになるとは、昔と様変わりしたことです。かわいそうな若君が寝入っている間に、もう行ってしまわれるのですね」

源氏の君も、それを聞いては思わず泣けてきます。

「〝鳥辺山《とりべやま》に燃えた煙《けむり》に似ているだろうかと、海人が藻塩《もしお》を焼く須磨の浦《うら》を見に行く〟」

返事ともなく口ずさみ、宰相の君に言います。

「暁《あかつき》の別れはこうまで胸にこたえるものだと、あなたなら、私以上に経験しているんだろうね」

「どんなときも別れという文字はつらいのに、今朝ほどつらいことはないような気がいたします」

鼻声で答える宰相の君も、深く悲しんでいました。

源氏の君の立ち去る姿を、女房たちは見送ります。山に入る月が明るい中、いっそう清らかに美しい君が、憂《うれ》いに沈みながら去っていく光景は、心ない虎《とら》や狼《おおかみ》でも泣くだろうと思われました。まして、源氏の君が元服《げんぷく》したばかりのころからお仕《つか》えした女房であれば、胸を痛めずにいられません。

大宮の歌が、悲しみをさらに深めます。

「〝亡き人との間はますます隔たるのだろう。煙となったこの空の下を去るのでは〟」

源氏の君の姿が見えなくなっても、女房たちはいつまでも泣き濡《ぬ》れるのでした。

二条院に戻れば、こちらの女房たちも一睡《いっすい》もできない様子で寄りそい、無情な世の中を嘆いていました。側近の供人たちは、旅立ちの前の私的な別れに出払ってしまい、控え所に一人もおりません。

そうでない人々は、右大臣《うだいじん》家のきつい咎めを恐れて挨拶《あいさつ》に来ようともせず、以前ならぎっしり詰めかけた馬や車は閑散としています。薄情な世間を思い知らされるばかりでした。

来客をもてなす台盤《だいばん》は、一部にほこりが降り積もっており、畳《たたみ》もところどころ裏を見せて立てかけてあります。今からこの様子では、今後どれほど荒れ果てるのかと思いやられました。

西の対《たい》にわたってみると、紫の上が御座所《ござしょ》の格子戸《こうしど》を降ろしもせず、一晩中外を眺め明かした様子でした。簀子《すのこ》で眠ってしまった女童《めのわらわ》たちが、あわてて目を覚まして騒いでいます。粗忽《そこつ》な宿直《とのい》姿をおかしく見やりますが、源氏の君は、こうした人々も年月のうちには散ってしまうだろうと、いつもは気にとめないことまで目がいくのでした。

紫の上に声をかけます。

「ゆうべは、こうした事情で夜を過ごしてしまった。いつもの気に入らない外泊だと思っていないだろうね。あなたといっしょにいられる間は、できるだけそばにいたいけれど、都を去るとなると、そのままにできないことが多いのだよ。この薄情な世の中に、さらに冷たい人間とは思われたくないから、あちこちの人に気を使うのだ」

「置いていかれる以上に、私の気に入らないことは、一体どんなことかしら」

紫の上がぽつりと答えます。別離の耐えがたさを、他のどんな女人よりも痛切に感じているのでした。

無理もありません。父の兵部卿《ひょうぶきょう》の宮《みや》とはもともと疎遠だった上、源氏の君がこの事態になると、世間体《せけんてい》を恐れて見舞いの文もよこさず、訪問も途絶《とだ》えている有様《ありさま》です。女房たちの手前も恥ずかしく、こんなことなら所在を明かさないほうがよかったと思っているところへ、さらに継母《ままはは》の陰口《かげぐち》が人づてに伝わってきます。

「急に成《な》り上がった人の幸福が、まあ、同じあわただしさで消えていくこと。忌《い》まわしいったらありはしない、大事な人と矢継《やつ》ぎ早《ばや》に別れる宿命のようね」

いたく傷ついた紫の上は、こちらから文を出すこともやめてしまったのでした。他に頼りにする身内もなく、たしかに気の毒な境遇でした。

源氏の君は言葉を尽くして慰めます。

「このまま、お許しもなく何年も過ぎるようなら、岩屋の中だろうとあなたを迎えにくるよ。今すぐは、世間の聞こえが悪すぎるのだ。朝廷をはばかって謹慎《きんしん》する者は、日や月の明るい場所に出ることもままならず、好きにふるまっては罪が重いとされるのだよ。私に罪の覚えはないが、前世の報いでこうなったのかもしれず、妻を伴って都落ちする例はないから、道理のないことがまかりとおる世の中では、そのことで罪を着せられるかもしれないのだ」

そして、日が高くなるまで紫の上と御帳台《みちょうだい》で過ごしました。

弟の帥《そち》の宮《みや》と三位中将が、二条院を訪れます。

二人に対面しようと、源氏の君は直衣《のうし》に着替えますが、無位《むい》の者として無紋《むもん》の品を選びました。地味《じみ》にやつした姿が、君の場合はかえって見映えします。鬢《びん》の毛を整えるため鏡台《きょうだい》に向かいましたが、鏡に映る面瘦《おもや》せした顔立ちは、本人でさえ上品に見える美しさでした。そっとつぶやきます。

「ずいぶん衰えたものだな。私はこんなに瘦せてしまったのか。哀れまれる身となったものだ」

紫の上が、目に涙をいっぱい湛《たた》えて見やりました。その様子に心を打たれ、源氏の君は歌を詠《よ》みます。

「〝わが身はこれからさすらうが、鏡《かがみ》に映る影はこのまま君から離れないだろう〟」

「〝別れてもあなたの影が残るなら、鏡《かがみ》を見て心をなだめることができようものを〟」

紫の上は歌を返し、柱の陰に隠れて涙を紛らそうとしています。多くの女人を知る源氏の君でも、たぐいまれな人だと感じるふるまいでした。

弟の帥の宮はしんみりした話を交わし、日が暮れるころに帰っていきました。

花散里の屋敷から、しげしげと心細げな文が届きます。もっともだと思う源氏の君は、都を離れる前に会っておかないと、きっとつらい思いをさせてしまうと考えます。けれども、なかなか腰《こし》が上がらず、夜更けになってようやく訪問しました。

暮らしの心もとないありさまは、源氏の君がいない年月に、どれほど荒れ果てるかと思いやられます。使用人もわずかです。月がおぼろに射し入り、広い池のまわりに木立がうっそうと茂る様子は、君がこれから出向く辺境を思わせました。

西面《にしおもて》の妹君は、源氏の君が最後の別れに来ることはないと思い込み、滅入《めい》っていたところへ、月影に美しく悲しげな君が、この上なく優雅に忍んできたのを知ります。膝をすべらせて端《はし》に出たまま、二人で月を眺めて語らいました。明け方近くなって、源氏の君が言います。

「何と短い夜だ。このような対面も二度とないかもしれず、ご無沙汰《ぶさた》した月日を悔《くや》しく思うよ。前世来世の因縁《いんねん》で、この世を心のどかに過ごすことができないさだめらしい」

鶏《にわとり》が朝を告げて何度も鳴いたため、世間をはばかる身ではと急いで帰ります。月が山に入り果てたことを、わが身に重ねて悲しいものでした。花散里の君が泣き濡れて、濃い紅《くれない》の袖が光って見えます。

「〃月影のやどる袖は小さくても、見飽きることのない『光』を見ていたいのに〃」

嘆く様子が哀れで、源氏の君は慰めました。

「〃めぐる月影は、最後には澄《す》むものなのだから、しばしの曇《くも》りを憂《うれ》えることはない〃

悲しいが、先のことが知れない涙こそ心を暗くするものだよ」

明け方のまだ暗いうちに帰りました。

二条院に戻った源氏の君は、留守中の実務の手配をしました。

右大臣家に迎合《げいごう》しない忠実な人々を、屋敷の仕《つか》え人《びと》としてさまざまな役職に選出します。君とともに下向《げこう》したいと願う人々も選出の必要がありました。

これから向かう、山里の住みかの日用品は、必要最低限を見つくろいます。主な漢書と白氏文集《はくしもんじゅう》を詰めた箱と、琴《こと》を一面《ひとめん》ばかりは荷物に加えましたが、場所ふさぎな調度品や華やかな装飾品はいっさい携《たずさ》えません。家財を持たない山の民のように質素にしつらえました。

使用人の報酬《ほうしゅう》をはじめ、屋敷のさまざまなことは西の対に託しました。源氏の君の所有する荘園《しょうえん》、御牧《みまき》の他、あれこれの証券《しょうけん》を紫の上に預けます。倉町《くらまち》や納殿《おさめどの》の管理は、少《しょう》納言《なごん》の乳母《めのと》を才覚ありと見込んで託し、信頼できる家司《けいし》を助役に付けて引き継ぎました。

東の対で仕える中務《なかつかさ》、中将《ちゅうじょう》といった女房たちは、源氏の君の温情《おんじょう》にわずかでも接し、日々の姿を拝《おが》むことができてこその勤めと考えていました。けれども、君は人々に言い聞かせます。

「私が、無事に都に戻ることもないとは限らないのだから、その日を待ってくれる気があるなら、留守中は西の対で、紫の上に仕えてほしい」

女房たちは説得され、身分の高い者も低い者も西の対に移りました。こうして、若君の乳母たちや花散里の人々を含め、どの方面にも博愛の心で接し、生活の実質的な面まで気を配っておく源氏の君なのでした。

朧月夜《おぼろづきよ》の君《きみ》には、極秘で文《ふみ》を届けました。

「そちらから文がないのは、当然の措置ですが、世捨て人になろうとする憂《う》さも恨めしさも増すばかりです。

〝逢瀬《おうせ》の難しい世に、涙におぼれたことが、漂泊《ひょうはく》する身のきっかけを作ったようだ〟」

発覚を恐れるために、詳しいことは書きません。これを読んだ朧月夜の君は、こらえきれずに袖を濡らします。

「〝涙川に浮かぶ水泡《みなわ》は消えてしまうだろう。流れ着いて出会う岸辺を待たずに〟」

泣きながら書いたと思われる、乱れた筆跡にも魅力があります。源氏の君は、今一度会っておきたかったと惜《お》しむものの、右大臣家の厭わしさを思えば、今さら無茶な逢瀬ができるものではありませんでした。

いよいよ明日が出発となり、夕暮れに北山へ父の墓参《ぼさん》に出かけます。暁にかけて月の出るころあいなので、その前に、藤壺の宮の三条屋敷を訪ねました。

今では藤壺の宮も、源氏の君の席を近い場所につくり、女房の取り次ぎなしに言葉を交わします。春宮《とうぐう》が気がかりでならないことを語り合いました。お互い人知れぬ思いを抱く同士のこと、言葉もひとしお胸に響くものだったでしょう。

藤壺の宮の慕《した》わしい気配《けはい》、御簾《みす》越しにもわかる美しさは、源氏の君にとって昔と少しも変わりません。つれない過去の恨みをほのめかしたくもなりますが、今さら疎《うと》まれてもしかたなく、かえって自分が取り乱すだけだと思いとどまります。

「こうして、身に覚えのない罪に問われることになりましたが、あなたと私が思い合わせる一つのことだけが後ろめたく、天をも恐れたくなります。惜しくもない私の身など、亡きものになろうとかまいませんが、春宮の御代《みよ》だけは無事に迎えたく」

源氏の君が、慎重に言葉を選ぶのはもっともでした。藤壺の宮も深く承知することであり、動揺して返事ができません。源氏の君はさらにいろいろ語り続け、思いあまって泣いたりもしました。そんなときにも、えもいわれず優美でした。

「院の御陵《ごりょう》に参拝《さんぱい》しますが、何かお伝えしたいことは」

最後にたずねると、藤壺の宮は長い間ためらってから、やっと答えました。

「〝院は亡く、生きるも悲しいこの世では、出家のかいなく泣きながら暮らすのか〟」

多くのことが浮かんでも、容易に口にはできないのでした。それは源氏の君も同じことでした。

「〝院と別れ、悲しみは尽きたと思われたのに、この世の憂《う》さはさらに増すようだ〟」

月の出を待って、御陵へ向かいました。お供に五、六人ごく親しい者だけを連れ、馬に乗って出かけます。今までの墓参とのあまりの落差に、供人たちも悲しく思います。供人の中に、賀茂《かも》の御禊《ごけい》の行列で、源氏の君の員外《いんがい》の従者として並んだ右近《うこん》の将監《ぞう》の蔵人《くろうど》がいました。右大臣家の世になって昇進できず、蔵人も免職にされ、官位を取り上げられて身の置きどころがないので、須磨に同行する一人でした。

下賀茂《しもかも》の御社《みやしろ》はこのあたりと見回したとき、ふと、祭の日を思い出した右近の将監は、馬を下り、源氏の君の馬の口を押さえて歌を詠みました。

「〝連れだって葵《あおい》の葉を冠《かんむり》に飾った昔を思うと、恨めしいような賀茂《かも》の瑞垣《みずがき》だ〟」

源氏の君も、彼の胸中を察します。華やかに目立つ若者だったのに、現在の不当な扱いが気の毒でした。君も馬を下りて、御社の方角を拝みました。神にいとまの挨拶を述べます。

「〝うき世を捨て、今はお別れしよう。後の評判は、糺《ただす》の森の神が『正《ただ》す』だろう〟」

若くて感動しやすい右近の将監は魅了され、源氏の君のふるまいを卓越《たくえつ》していると考えるのでした。

御陵まで来ると、在《あ》りし日の父の姿が目に浮かぶようです。けれども、帝の地位にあった人だろうと、この世を去っては無力なものです。源氏の君が、さまざまなことを泣く泣く訴えても、返事を聞かせてもらうことはできないのでした。

思慮深く残されたさまざまな遺言は、どこに消え失せてしまったのだろうと、思えば虚《むな》しいばかりです。

道は草深く、分け入るにも露《つゆ》の多いものでした。月の光は隠れ、密《みつ》に茂った森は不気味でなりません。帰る方角もわからなくなったようで、思わず祈りを捧げると、目の前に生前の父の面影《おもかげ》が鮮やかに浮かび、背筋が寒くなりました。

「〝亡き人の影は私をどう見るだろう。なぞらえて見上げた月さえ、雲隠れした今は〟」

夜が明けきったころ、ようやく二条院に帰り着きました。

源氏の君は最後に春宮御所への文を書きます。王命婦《おうみょうぶ》が藤壺の宮の代理で春宮に付き添っているので、彼女に宛《あ》ててしたためました。

「本日、都を離れます。今一度参上できなかったことが、さまざまな愁《うれ》いにもまさって悔《く》やまれます。どうかこの心をうまく推《お》し量《はか》って春宮にお伝えください。

〝いつかまた、春の都を見たいものだ。時流を失った無位の身であろうとも〟」

桜の花の散りかけた枝に文が結んでありました。

王命婦がこれを春宮に見せると、幼いながらも真剣な顔で読んでいます。

「お返事はどのようになさいますか」

「少し会わなくても恋しいのに、遠くへ行ってはどんなにか、と言って」

まだまだ幼稚な反応だと、王命婦は胸を痛めるのでした。

王命婦の心には、源氏の君が道ならぬ恋に苦しんだ過去が、さまざまな場面を伴って浮かんできます。何一つ苦労なく世を過ごせたはずの源氏の君、藤壺の宮が、みずから求めて苦悩に陥《おちい》ったことがいたわしく、密会を手引きした自分の責任のように感じます。

返事の文を書くにも、どこか心が乱れていました。

「あまりのことに言うべき言葉もありません。春宮の御前《ごぜん》にて申し上げましたが、心細く思うご様子をうかがっても悲しいものです。

〝花咲いてたちまち散るのがつらいが、行く春は、花の都に再びめぐり来てほしい〟

時が来ましたら、きっと」

返事を出した後も、名残《なごり》を惜しんで春宮の女房たちと語り合い、みんなで忍び泣きをするのでした。

源氏の君を一目でも見かけたことのある人は、君が失意で都を去る事態を、だれもかれも惜しみました。日々姿を目にすることができる者は、源氏の君が知らない下仕《しもづか》えや御厠人《みかわやびと》までもが恩恵を受けたのであり、不在で時が過ぎることを悲しみました。

大半の世の人も、だれが源氏の君の失脚《しっきゃく》をよいことに思うでしょう。七歳のときから帝のそばで昼夜を過ごし、君の口添《くちぞ》えがあればたいていのことが通ったので、援助を受け、恩恵にあずからぬ者はいなかったのです。現在の高位にいる大臣、文官《ぶんかん》にも多く、下位の宮人《みやびと》では数知れぬものでした。

そのことを承知でありながら、今はだれもが右大臣家の意向を恐れ、二条院を訪ねる者はいませんでした。陰《かげ》では朝廷の措置《そち》をそしり、恨み言を言うのですが、わが身を捨ててまで源氏の君の味方をしても、何の得《とく》にもならないと思うのでしょう。

逆境にいると、人聞きの悪いことばかり起こります。源氏の君は、薄情な人々のふるまいを思い知らされ、何ごとにつけても世の中が味気なく思えてなりませんでした。

旅立ちの当日は、終日紫の上と語りあってのどかに過ごしました。夜が更けてから出発します。

狩衣《かりぎぬ》の装束《しょうぞく》を地味に整え、紫の上に声をかけました。

「月が出たようだ。せめて建物の端まで出て、私を見送ってくれないか。これからは、あなたと話したいことが、どんなにうずたかく積《つ》もってしまうだろう。一日二日、ちょっと隔たっただけで、おかしいほど気がかりになってしまうのに」

御簾を巻き上げてうながすと、泣き伏せていた紫の上は、懸命《けんめい》に涙をこらえて膝をすべらせました。月光の中に、何とも可憐な姿で座っています。

源氏の君は、このまま死に別れたら、この人はどんな境遇をさまようだろうと考え、別れが耐《た》えがたくなります。けれども、悲嘆にくれた紫の上をこれ以上滅入らせることは言えませんでした。

「〝生き別れがあるとも知らず、将来を、命が尽きるまでと誓《ちか》ってしまったことだ〟

はかないものだね」

わざと軽い調子で言うと、紫の上も歌を返します。

「〝惜しくないこの命と引き替えに、目の前に迫った別れを、しばしでも留められたならば〟」

胸を打つ真情に、源氏の君はますます別れがたくなります。けれども、明るくなれば都落ちの一行が人目につきます。急いで行くしかありませんでした。

道すがらも、紫の上の面影がつきまといます。胸もふさがる思いで船に乗りました。日が長くなった季節であり、追い風がうまく吹いたため、まだ申《さる》の刻《こく》(午後四時)ばかりに、須磨の浦に到着しました。

かりそめの外出にさえ、こうした遠出を知らない源氏の君なので、旅路の心細さも周囲の景色も、まだ知らないめずらしいものばかりです。淀川《よどがわ》下流の大江殿《おおえどの》という場所は、荒れ放題となり、松の木だけが目印になっていました。

「〝唐国《からくに》で名を残した流罪人《るざいびと》よりも、ゆくえをさだめぬ流人《るにん》生活をするのだろうか〟」

渚《なぎさ》に波が寄せ返すのをながめ、源氏の君が「〝うらやましくも返る（帰る）波かな〟」と古歌を口にすると、言い古されたことでも供人の胸を打ち、悲しみを新たにしました。ふり返れば、来た方角の山々は遥《はる》か遠方に霞《かす》み、「三千里の外《ほか》」のようです。櫂《かい》のしずくが落ちるように、船中で涙がこぼれるのも無理もないのでした。

「〝ふるさとは峰の霞《かすみ》に見えないが、見上げる空は都と同じだろうか〟」

だれもがつらい思いで岸を離れました。

須磨の住居は、かつて在原行平が〝藻塩《もしお》たれつつ〟わびしく住んだ隠棲先の近くにありました。

海からやや奥に入り、淋しく鬱蒼《うっそう》とした山中です。庭の垣根の様子をはじめ、源氏の君にはものめずらしく見えます。いくつかの茅葺《かやぶ》きの家屋《かおく》、葦《あし》の葉で葺いた渡殿《わたどの》のような建物が、こぢんまりと立っていました。

場所柄にふさわしい住まいであり、風流《ふうりゅう》な趣向《しゅこう》にも思えて、こんな事情で住むのでなければおもしろいのにと、源氏の君は考えるのでした。昔の気ままな忍び歩きを思い出しているのです。

この近くに私有するいくつかの荘園の管理人を呼び寄せ、あれこれの手配をさせます。良清朝臣《よしきよのあそん》が家司《けいし》となり、彼らに指示を出して取り仕切っていますが、降格の点ではこれも気の毒なことでした。

わずかのうちに、家屋敷を体裁《ていさい》よく造り替えます。遣水《やりみず》の水路を深く掘り、前栽《せんざい》の木々を植え、ここを住まいとして腰を落ち着けるつもりになりますが、まだ現実のこととも思えないのでした。

この地の国司《こくし》は、以前親しくした宮人であり、源氏の君に心を寄せて奉仕します。こうした旅の宿と思えないほど、訪問客もありますが、気心の知れた同格の話し相手は一人もいないので、外国に来た思いです。源氏の君にとっては気が滅入ることが多く、この先の年月をどう過ごせばいいのかと、今から思いやられるのでした。

転居のあれこれが少し落ち着いたころ、梅雨《つゆ》の季節になりました。都を思いやれば、恋しい人々ばかりです。紫の上が悲しみにくれる様子、春宮の難しい立場、左大臣家の若君が無心になついた姿など、あれもこれもと思い浮かべます。

都に文を届ける使者を抜擢《ばってき》しました。しかし、紫の上と藤壺の宮に出す文は、簡単には書き上がらず、涙で先が続けられなくなるのでした。

藤壺の宮への文は、このようなものです。

「〝松島の海人《あま》（尼《あま》）はいかがお過ごしか。須磨の浦人《うらびと》が涙にくれるこのごろは〟

嘆きは長雨《ながあめ》の時期と限ることでなくても、過去も未来も暗くふさがる思いで、涙の量がまさります」

朧月夜の君へは、側仕《そばづか》えの中納言の君に当てた文と見せかけて、その中に書きました。

「長雨の退屈に、これまでのことをふり返っていますが、それにつけても思います。

〝懲《こ》りもせず、浦の海松布《みるめ》（見る目）が気になる私を、藻塩《もしお》を焼く海人《あま》はどう思うだろうか〟」


その他、方々に書き送った言葉の数々は、想像するしかありません。左大臣邸へも、乳母の宰相の君に、若君に仕える心づかいなどを書き送りました。

源氏の君の文が届いたそれぞれの場所で、都では心を乱す人ばかりでした。

紫の上は、文を見てから寝ついたままで、片時もやまずに源氏の君を恋い慕いました。仕える女房たちは、女主人を慰めかねて、自分たちも気弱になっています。源氏の君がふだんに使っていた調度、いつも弾《ひ》いていた琴、脱いだままになっている衣《ころも》の薫香《くんこう》を、紫の上が亡き人を偲《しの》ぶように偲ぶので、不吉にさえ思えて、少納言の乳母は北山の僧都《そうず》に祈禱《きとう》を依頼するのでした。

二条院では、正妻のつとめとして、須磨の地へ届ける夏用の寝具や衣類を縫《ぬ》います。縑《かとり》の無紋の直衣や指貫《さしぬき》といった、これまでとは様変わりした品を扱うことにも胸が痛みます。紫の上は、源氏の君が鏡を見て詠んだ歌を思い、その面影を絶えず思い浮かべますが、淋しさは一向に紛れません。源氏の君が出入りした妻戸、源氏の君が背もたれた真木柱《まきばしら》を目にするだけで、在りし日の記憶に胸がふさぐのでした。

ものごとをわきまえ、世間に慣れた年配者でさえ、君の不在に心を痛めるのです。ましてや、日ごろから源氏の君ただ一人に親しみ、親代わりに大きくなった紫の上が、やみくもに恋い慕うのは当然でした。これが死別の別れなら、どうすることもできず、少しずつあきらめもつきますが、消息《しょうそく》が届く近さにいて、何年後に帰るとも知れない離ればなれとあっては、嘆きが尽きることもありませんでした。

藤壺の宮も、春宮の将来を案じるあまり、他の人々以上に思いつめていました。春宮出生の宿縁を思えば、嘆きが浅いはずもないのでした。これまでの年月、ひたすら世間の目をはばかり、源氏の君に少しでも情《なさ》けを見せたら非難の的になると、そればかりを念じてきました。心が揺《ゆ》れることがあっても君の言動に目をつぶり、冷淡にあしらって過ごしました。人の噂《うわさ》ほど恐ろしいものはなかったからです。

けれども、今に至るまで、二人の過《あやま》ちを言い立てる者はだれもおらず、源氏の君がそれだけ思慮深くふるまったのだとわかります。内に秘めた思いを周囲にさとらせず、うわべを無難に通した態度はあっぱれなものでした。今では藤壺の宮も、源氏の君の都落ちを悲しみ、相手を恋しく思います。これまでより心のこもった文を書きました。

「最近はますます、

〝涙にくれることを仕事にして、松島の年老いた海人《あま》（尼《あま》）も嘆きを重ねている〟」

朧月夜の君のはかない返歌は、中納言の君の文にはさんでありました。

「〝浦で塩焼く海人《あま》ですら秘密にする恋なので、煙は行方知らずとなるだろう〟

それ以上のことは、とても」

中納言の君の筆で、女主人の痛々しい様子が細かく添えられています。源氏の君の胸を打つ描写もあり、思わず涙がこぼれました。

紫の上の返事は、源氏の君が特別に心をこめて書いた文の返しであり、読んで心を動かされる箇所《かしょ》がそれは多くありました。

「〝浦人《うらびと》が潮にぬらす袖《そで》に比べてほしい。波路《なみじ》を隔てた夜の衣《ころも》がどれほど涙にぬれるか〟」

届けられた寝具や衣類は、配色も仕立てもすばらしい品々です。紫の上が、すべての面で洗練された女性になっていくことが、源氏の君の願いのままであり、今なら女人の家をわたり歩く必要もなく、静かに暮らせるものをと悔しくなります。

昼となく夜となく、紫の上の面影が目にちらつくため、もう耐えられないと考え、須磨へ迎え取る決心をしそうになります。けれども再び自戒《じかい》して、謹慎する身でそれはできない、前世の罪をつぐなうことが先だと考えます。そして、仏前修行にはげむのでした。

若君の様子を伝える便りも、読んでは悲しいものですが、いつかきっと会えるだろう、たのもしい祖父母に育てられているのだから、と考えます。子を思う闇《やみ》に惑《まど》わされることは、それほどないようでした。

今は伊勢《いせ》で暮らす六条《ろくじょう》の御息所《みやすどころ》にも、文の使者をつかわしました。伊勢からは、じきじきに返事をたずさえた使者が須磨を訪ねてきます。

御息所の文は、真情のこもったものでした。言葉の選び方も筆づかいも群を抜き、さすがの才媛《さいえん》を感じさせせました。

「須磨の浦にお住まいと聞き、今も真実とは思えず、長夜《ながよ》の夢幻《ゆめまぼろし》かと思えてなりません。けれども、長くは過ごさず都におもどりになることと信じますので、神に仕える私とは、お会いする日も遥かなことでしょう。

〝憂《う》き日《め》（布《め》）を刈《か》る、伊勢《いせ》の海人《あま》を思いやってほしい。藻塩《もしお》の涙したたる須磨《すま》の浦でも〟

さまざまに乱れる世情も、これからはどうなっていくことやら」

というように、こまごまと書き綴《つづ》ってあります。後のほうにまた歌がありました。

「〝伊勢《いせ》の島で、潮干狩《しおひが》りに取る貝《かい》ほどにも、かいのない我が身であることだ〟」

もの思いにふけるまま、少し書いては筆を置き、また書くということを続けたようです。白い唐《から》わたりの紙が、四、五枚も継《つ》いで巻いてありました。文字の墨《すみ》つきの濃淡がたいそう美しい手紙でした。

源氏の君は、みずから心を寄せた御息所を、生《い》き霊《りょう》の件で疎んじたいたらなさから、相手も傷心で都を去ったことを思い、今改めて、哀れにももったいなくも感じます。長文の手紙が胸にしみるので、届けに来た使者にも親しみを感じ、二、三日もてなして伊勢の話を聞きました。

使者も若々しく感じのいい人物でした。須磨の狭い住居では、一介《いっかい》の使者ですら源氏の君の近くに座ることになります。ときおり見える姿かたちの驚嘆するほどの美しさに、感激の涙をこぼしていました。源氏の君は、御息所へさらに返事を書き送りました。

花散里からも、悲しい思いを書き集めた文が届きます。女御《にょうご》からも妹君からもあり、興味深く読み返しますが、それが気苦労の種にもなったようでした。

「〝荒れていくばかりの軒《のき》のしのぶ草をながめ、私の袖《そで》は露《つゆ》深く濡《ぬ》れている〟」

そう書かれた歌を見ては、藪《やぶ》の中でたよる人もなく過ごしているのだろうかと考え、「長雨に築地塀《ついじべい》のところどころが崩《くず》れてしまった」という文面を見ては、二条院の家司へ指示を送り、近くの荘園から人をつかわして修理させるよう申しつけるのでした。

朧月夜の君は、自分が世間のもの笑いになったことを恥じ、実家に謹慎して落ち込んでいました。

右大臣はこの娘をかわいがっていたので、大后《おおきさき》や帝に熱心にとりなします。帝も思い直し、女御や御息所が不義を犯したならともかく、彼女は宮廷女官《きゅうていじょかん》なのだからと許すようになりました。

源氏の君との不祥事《ふしょうじ》を憎み、厳しい態度でのぞんでいたのですが、今は元のような出仕《しゅっし》を命じます。こうした帝の厚情を受けても、朧月夜の君の心から、源氏の君への思いが消えることはないのでした。

七月に入って、再び宮中《きゅうちゅう》に戻りました。帝は以前のいとおしさが再燃《さいねん》し、人々がそしるのもかまわず、朧月夜の君をそばに長く留めおきます。そして、いろいろ恨み言を言ったり変わらぬ愛情を誓ったりして過ごしました。若い帝は、容姿も優美で端麗《たんれい》ですが、朧月夜の君が思い浮かべるのはいつも源氏の君であり、畏れ多いことでした。

管弦《かんげん》の遊びの最中、帝は朧月夜の君にもらします。

「あの人が都にいないと、ひどく淋しいね。私が思うくらいだから、さぞ多くの人がそう思っているのだろうね。何をするにも光が消えたようだ。私は、院のご配慮や言い残されたお言葉を違《たが》えてしまったのだな。罪を得ることだろう」

涙ぐむ帝を見ては、朧月夜の君もこらえきれません。帝はさらに言います。

「この世は、生きていても味気ないと思い知った気がするから、長生きしたいとは今さら思わないよ。私がこの世を去ったらどう思うかい。私との生死の別れも、あなたには、別の人との地上の別れの二の次だと思うと悔しいな。〝生ける世に〟というのは、ものを知らない人の言葉だよ」

帝が胸中《きょうちゅう》をつつみ隠さず、しみじみと思いめぐらす様子で語るため、朧月夜の君はほろほろと涙をこぼしました。

「その涙、どちらのためにこぼす涙だろう」

見つめた帝は言うのでした。

「これまで、あなたに御子《みこ》が生まれないのが残念だね。春宮を、院のご遺言どおりに次の帝にしようと思うが、不穏なことが起きるとわかっているから、私の心もつらいところだよ」

右大臣や大后が、帝の意向と異なる政治を行っても、若さと強く言えない性格で阻止できず、心の内には気の毒に思っているものごとが多いのでした。


須磨では、ますます〝心づくしの〟秋風が吹くようになりました。

海から少し離れた住まいですが、在原行平が〝関吹き越ゆる《せきふこ》〟と詠んだ浦波《うらなみ》は、夜になるとたいそう間近に聞こえます。秋の淋しさは、まさしくこのような場所で感じるものでした。

そばに控える人も少なく、そのだれもがぐっすり寝入っているところで、源氏の君は孤独に眠れず、枕《まくら》ごしに荒れすさぶ風の音を聞きます。波が今にも寝床へ打ち寄せてくるようです。

いつ涙がこぼれ落ちたのか、枕が浮くほど泣けてしまい、起きなおって慰みに琴をつま弾きました。しかし、それもぞっとするほどもの悲しく響くので、弾きさして歌を詠みました。

「〝恋しさに泣く音にも似た浦波《うらなみ》は、心を寄せる都のほうから風が吹くせいだろう〟」

周りの人々も目を覚まし、君の歌に心を打たれます。こらえていた悲しみが押し寄せ、起き上がってこっそり鼻をかんでいました。

源氏の君も、供人の胸中を察します。

（みんな、どんなにつらいだろう。私一人のせいで、親きょうだいや、片時も離れたくなかった、それぞれ身に応じて大事にしていた女人の家と別れ、こんな辺境で漂《ただよ》い暮らすのだから）

思えば気の毒で、主人が滅入る様子を見せては彼らが心細いと考え、昼のあいだはあれこれ言い紛らせて過ごしました。

手すさびに、色さまざまな紙を継いで文字の手習いをします。めずらしい織《お》りの唐綾《からあや》の布に、筆で気ままに描いた絵などは、屏風《びょうぶ》の表《おもて》にしてじつに見映えする調度になりました。

以前、供人たちが語った海山をはるかなものに思っていたのに、今では眼前に眺めています。都にいては想像もつかなかった磯《いそ》の景観《けいかん》を、見事な描写で描き集めているのでした。

「近ごろの評判の絵師、千枝《ちえだ》や常則《つねのり》あたりに命じて、この絵に彩色をほどこしてみたいものだ」

絵を目にした人々は口々に評しました。源氏の君の人柄と才能に感動して、逆境を思いわずらうのを忘れ、身近に仕えることの幸運を喜ぶのでした。良清《よしきよ》、民部大輔《みんぶのたいふ》（惟《これ》光《みつ》）、前右近《ぜんうこん》の将監《ぞう》などの四、五人は、こうして絶えず君に付き従っていました。

庭に植えた秋の花々が咲き乱れ、風情のある夕暮れ、海のほうを眺めて廊《ろう》にたたずむ君の姿は、怖くなるほどの美しさです。この辺鄙《へんぴ》な場所では、ましてこの世の人とも見えません。なよやかな白い綾《あや》、紫苑《しおん》色などの衣の上に、濃い色の直衣を帯もしどけなく重ねて、「釈迦牟尼仏弟子《しゃかむにぶつのでし》」と名乗ってゆっくり勤行《ごんぎょう》を始める姿は、世にもたぐいなきものでした。

沖のほうから、小舟をいくつも漕《こ》ぎ行く人々の歌う声が聞こえてきます。はるか遠くのことなので、舟は小さな鳥が浮かんでいるように見え、たよりなげです。空を雁《かり》の群れが鳴きわたり、その声が梶《かじ》の音に紛《まが》う秋の詩情に触れて、源氏の君は涙をぬぐうのでした。その指先の美しさが黒い念珠《ねんじゅ》の粒に映え、故郷の女人を懐《なつ》かしむ供人たちは、たいそう慰められました。

都では、月日が過ぎるとともに、帝を始めとする人々が源氏の君を追慕《ついぼ》することが多くなっていました。

春宮はたえず君を思い出し、こっそり泣いています。見守る乳母たち、とくに王命婦はつらい心境です。藤壺の宮は、春宮の身辺の危うさに気が気でなく、後ろ盾《だて》の人物がこうして漂泊していることを深く憂いました。

源氏の君が須磨に移った当初は、兄弟の親王《しんのう》や親しく接した宮人が、見舞いの便りを送ったものでした。けれども、取り交わした詩文が世間でもてはやされたので、弘徽殿《こきでん》の大后《おおきさき》が激しく非難しました。

「朝廷の咎めを受けた者は、思うまま日々の食べものを楽しむこともあってはならないはず。それなのに、風流な暮らしぶりで帝を侮《あなど》り、世をそしる人物に、馬を鹿と言いはる者のような愚かな追従《ついしょう》をして」

そんな暴言が聞こえてくるので、だれもがわずらわしくなり、須磨へ便りを出さなくなったのでした。

二条院の紫の上は、時が過ぎても心の慰むときがありませんでした。

東の対の女房たちは、西の対に移った当初は不満を抱えていましたが、紫の上に仕え慣れてくると、何とも気立てのやさしいかわいい女主人だとわかってきます。女房の生活面にもよく気を配ってくれるため、辞《や》めて出て行く人はいませんでした。

位の高い女房たちには、紫の上が、ときどき直接会ってくれます。東の対の女房たちは、君が多くの女人の中でとりわけ愛情をそそぐ人だけある、と考えるのでした。

須磨の住みかでは、離れて久しくなった源氏の君が、紫の上を恋する気持ちを抑えがたくなります。しかし、自分ですら宿命をあきれる侘《わ》び住《ず》まいに、かの人を呼び寄せてどうすると思い返すのでした。

地方では、都とはすべての事情が異なります。今まで知ることもなかった下々の暮らしに接し、源氏の君も見慣れない心地がして驚いてばかりで、われながら身にふさわしくないと思えました。

家のすぐ近くに、ときどき煙が立ちのぼるのが見えます。これが音に聞く〝海人《あま》の塩焼く〟煙だと思っていたところ、住みかの裏山で柴《しば》を焚《た》いているのでした。

めずらしく感じて歌を詠みました。


「〝山人の庵《いおり》で焚《た》く柴《しば》の、しばしばでも便りが欲しいものだ。恋しく思う故郷の人よ〟」


冬になり、雪が降り荒れるようになりました。

源氏の君は、ことさら寒々しい空の景色を眺め、手なぐさみに琴をつま弾きます。良清に歌を歌わせ、大輔が横笛を合わせて遊びましたが、君が演奏に身を入れ、切なく胸を打つ曲を奏でるので、他の人は音《ね》を止《や》めて聞き入り、涙をぬぐい合うのでした。

紫の上を偲ぶあまり、源氏の君は心に思い続けています。

（昔、漢《かん》の元帝《げんてい》は、王昭君《おうしょうくん》の美しさに気づかずに胡《こ》の国に与えてしまい、どれほど悔《く》やんだだろう。私もそんなふうに、最愛の人を知らずに遠くにやることになったら、どうすればいいだろう）

起こり得ることのような気がして、不吉に思った源氏の君は、「霜《しも》の後《のち》の夢」と王昭君の詩を吟じます。

はかない旅の御座所《ござしょ》は、月光が明るく射し入り、奥まで照らされていました。軒が狭いため、夜更けの空を居ながらに見上げることができます。入り方の月が見事で、「ただ是《これ》西に行くなり」と菅原道真《すがわらのみちざね》の詩句をつぶやきました。

「〝私はどこの雲路《くもじ》をさまようのだろう。月に見られることも恥ずかしいものだ〟」

眠れずに過ごした暁の空では、千鳥《ちどり》があわれをさそう声で鳴いています。

「〝友千鳥が唱和してくれるので、ただひとり目を覚ましている床にはたのもしい〟」

他に起きている人がいないため、源氏の君はどれもこれも独《ひと》り言《ごと》につぶやき、寝床に伏すのでした。

君が暗いうちから洗顔の水をつかい、念仏を唱えるのを知った供人たちは、これも特別なことのように感心します。主人を見捨てて出て行くことはできず、わずかな期間も家には帰らないのでした。

須磨の浦から明石《あかし》へは、浜づたいにかよえるほどの距離でした。

良清朝臣《よしきよのあそん》は、明石入道《あかしにゅうどう》が育てる娘を思い出し、文を出してみましたが、娘からの返事は来ませんでした。

代わりに入道から、相談があるので少し立ち寄らないかという文が来ます。しかし、娘に会わせてくれるとは思えず、出かけて行って虚《むな》しく帰るのはみっともないと、気が挫《くじ》けて応じませんでした。明石入道はこの上ない高望みをし、播磨《はりま》の住人であれば国司の身内をもてはやすところを、良清の求婚に目もくれず、頑固に年月を過ごしているのでした。

明石入道は、妻に向かって言います。

「桐壺《きりつぼ》の更衣《こうい》がお産みになった、源氏の光君《ひかるきみ》が、公《おおやけ》をはばかって須磨の浦に蟄居《ちっきょ》しているそうだ。うちの娘の宿命に思い当たるものごとだ。このときに乗じて、どのようにしてこの子をさし出せばいいだろう」

娘の母君はあきれ返りました。

「まあ、何というばかげた考えを。都人《みやこびと》の話では、源氏の君には高貴なお相手が何人もいらして、さらには帝のお相手に手をつけた過ちで、世間を騒《さわ》がせたというじゃありませんか。どんな事情があろうとも、ひなびた田舎《いなか》娘などお目にとめるものですか」

「おまえはわかっていないのだ。私には考えがある。娘をさし出す心づもりをしておくように。何か機会をこしらえて源氏の君においでいただくのだ」

立腹して決めつけるあたりは、いかにも頑固者と見えました。一人娘を目にあまるほど飾り立てて育てています。

母君は言い返しました。

「たとえ貴人《きじん》であろうと、娘の婿《むこ》として最初に迎える人が、どうして罪を犯して流された人でなくてはならないんです。末長く結ばれるというならともかく、冗談ごとにもそれはあり得ないのに」

明石入道は聞く耳をもたず、うわごとのように言い続けるのでした。

「帝から罪に問われることは、唐土《もろこし》にもわが国にも、世に優れた異能の人には必ず例のあることだ。源氏の君を、どういうおかたと思っているのだ。亡くなった母君は、私のおじ按察使大納言《あぜちだいなごん》の娘御だったのだぞ。功労を得て娘御を宮仕《みやづか》えに出し、帝のご寵愛《ちょうあい》は並ぶ者もなかった。人の嫉《ねた》みにあってはかなく世を去ってしまったが、光君をこの世に残されたのはご立派だった。女は理想を高く持たなくてはならぬ。私がこんな田舎者だからとて、君が見過ごしたりなさるものか」

明石入道の娘は、特別秀でた容姿をもつわけではありませんが、だれもが好ましい上品さをそなえ、知性と教養のたしなみは、高貴な女人にも劣らない冴《さ》えをもっていました。そして、聡明《そうめい》な娘だけに身の程《ほど》をわきまえ、生まれの低さを思い知っていました。

（高貴な人は、私のことなどものの数にも入れないだろう。だからといって、身分が釣り合う男性とは、今となっては結婚できないだろう。私が不本意に長生きして、両親に先立たれたら、このまま尼《あま》になってしまおう。でなければ、海の底に身を投げてしまおう）

娘は、そんなふうに考えるのでした。

明石入道は、一人娘に至れり尽くせりの贅沢《ぜいたく》をさせ、年に二度ずつ、住吉明神《すみよしみょうじん》に参《さん》詣《けい》させています。大願《たいがん》が成就《じょうじゅ》するよう、神の御加護《ごかご》をたのんでいるのでした。

源氏の君が須磨に住みついて、年が改まりました。

日が長くなるにつれて、暇な時間も増します。庭に植えた桜の若木がほのかに花をつけ、空の眺めもうららかなのを見やると、以前を思って泣けてしまうことが多いのでした。

都を出たのは、去年の二月二十日あまりのことです。名残惜しく別れた人々の姿を恋しく思い出します。

（紫宸殿《ししんでん》の桜は、今ごろ盛りとなっただろう。ああ、目に浮かぶ、あの懐かしい花の宴《えん》。ご存命だった父の帝のご様子。今の帝が春宮でいらして、清らかに美しいお姿で、私が作った漢詩を口ずさみなさったご様子）

「〝いつになく宮中が懐かしい。桜の枝を冠にかざした、あの日が廻《めぐ》ってきたせいなのか〟」

そんなふうに、源氏の君が所在なく過ごしていたときでした。

致仕の大臣の嫡男《ちゃくなん》、三位中将《さんみのちゅうじょう》（前の頭中将）は、今では宰相《さいしょう》に昇進し、優れた人柄を買われて都で重んじられていました。それでもやはり、右大臣家が幅をきかせる世では、いろいろ味気ない思いをしています。何かにつけて源氏の君を恋しく思うのでした。この日、彼は、発覚したら咎められると承知しながら、かまうものかと須磨へ遠出しました。めずらしくもうれしくも、再会した二人は同時に涙をこぼしました。

源氏の君の住まいを見た宰相中将は、えもいわれず唐風《からふう》だと感じます。土地柄からして唐絵《からえ》に描いたような場所ですが、竹を編んだ垣根を廻らせ、石橋やら松柱《まつばしら》やら、簡素ながらも趣《おもむき》があっておもしろいのでした。源氏の君その人も、黄がかった薄紅の衣に青鈍《あおにび》の狩衣、指貫と、ことさら田舎風に装っているものの、見てほほえんでしまうような清らかな美しさでした。

日用品は必要なものに留め、御座所は奥を見通せるほど殺風景《さっぷうけい》です。碁《ご》や双六盤《すごろくばん》などの遊び道具も田舎でそろえた品で、仏具ばかりが多く並び、勤行に励む毎日が見てとれます。それでも、客人をもてなすお膳《ぜん》は、地方の食材をいかにも興趣《きょうしゅ》のあるものにしつらえてありました。

浜で獲《と》った貝を献上《けんじょう》しに来た海人を、近くに呼び寄せ、披露《ひろう》させます。須磨の浦で過ごした年月をたずね、生活に不安の多いことなどを聞き出します。とりとめなく、さえずるように語る話も、この世の苦楽《くらく》は貴賤《きせん》を問わないと感じるものでした。

宰相中将が褒美《ほうび》の衣を授《さず》けると、海人は生きる甲斐があったと喜び合いました。馬を引き出し、倉のような場所から稲わらを出して食べさせる様子も、ものめずらしく見物しました。

催馬楽《さいばら》の「飛鳥井《あすかい》」を少々歌い、離れて過ごした月日の出来事を、互いに泣いたり笑ったりしながら語り合います。

「妹の産んだ若君が、幼すぎて何も知らずに暮らしているのが悲しいよ。致仕の大臣が、そう言って明け暮れ嘆いている」

源氏の君も、これを聞いては涙をこらえきれないのでした。

二人は、夜もすがら漢詩をつくり明かします。けれども、この訪問が世間に知れわたる前に帰らねばならず、楽しさがかえってつらいことでした。別れの盃《さかずき》を満たし、「酔いの悲しび涙灑《そそ》ぐ春の盃の裏《うち》」と、声を合わせて吟《ぎん》じます。供人もみな涙にくれ、それぞれ再会の短さを悲しみました。

朝ぼらけの空を、雁の群れがわたる様子を眺めて、源氏の君が詠みます。

「〃いつの春になれば私もふるさとを見るのだろう。帰る雁《かり》がうらやましいものだ〃」

宰相中将は、すぐに出発する気にもなれません。

「〃まだ飽《あ》かぬうちに雁《かり》（仮《かり》）の世を別れ別れになり、花の都への道にも迷いそうだ〃」

彼が都から携えたみやげの品は、趣味のいいものばかりでした。源氏の君は感謝をこめ、お返しに黒駒《くろこま》を進呈します。

「罪人に贈られては迷惑に思われそうだけど、ふるさとの風を慕って嘶《な》く、漢詩に歌われた馬に免じてほしい」

引き出した馬は、比類なき名馬でした。

「どうか、形見の品と思って納めてほしい」

そう言って、名のある横笛もさし出します。しかし、長く引き止めて人のそしりを受けることはできません。次第に日が昇り、気ぜわしくもあるので、宰相は何度もふり返りながら出て行きます。見送る側もつらいものでした。

「今度いつ会えるだろう」

宰相中将の言葉に、源氏の君は歌を詠みます。

「〝雲近く飛ぶ鶴《つる》も、よく見てほしい。私は春日《かすが》のようにくもりなき身だということを〟

とはいえ、いにしえの賢人《けんじん》でさえ都に返り咲くことはなかったのだから、自分が都の境を越える日は期待しないよ」

宰相中将も歌を詠みます。

「〝鶴《つる》はよるべない雲の上で独《ひと》り泣いている。翼《つばさ》を並べた友を恋しく思いながら〟

あなたに、もったいなくも慣れ親しんでしまったことを、悔しく思うことが多いよ」

ゆっくりもできずに去った友の名残に、源氏の君はますます淋しく過ごすのでした。

この年、弥生《やよい》（三月）一日が巳《み》の日でした。

「上巳《じょうし》の祓《はらえ》に当たります。都への帰還を祈念《きねん》するならば、今日こそ禊《みそ》ぎをなさるべきです」

もの知りぶった人の提言があり、源氏の君も、海辺に出たら気晴らしになるかと腰《こし》を上げました。

形ばかりの幕囲《まくがこ》いを作り、この国に通う陰陽師《おんみょうじ》を呼び寄せてお祓《はら》いをします。穢《けが》れをぬぐった人形《ひとがた》を舟に乗せて流すのを見やれば、漂泊するわが身と同じに思えて、源氏の君は歌を詠みました。

「〝覚えもない大洋の海原《うなばら》に流されて、ひとかた（人形）ならぬ悲しみを知ることだ〟」

晴れわたった日射しの下に座る源氏の君の姿は、言いようもなく美しく見えます。

海づらは凪《な》いで波静かに、どこまでも続いています。眺めていると、過去も未来も思いやられるのでした。

「〝八百万《やおよろず》の神々も哀れと思ってくださるだろう。犯した罪の覚えもないこの身を〟」

源氏の君が、こう詠んだときでした。にわかに風が立ち、空がかき曇《くも》りました。人々は、お祓いが済《す》まないうちに浮き足立ちます。肱笠《ひじかさ》雨と呼ぶ激しい雨が降り始め、帰りじたくを急ぎますが、突風で笠《かさ》をかざすこともできません。予想もつかない天候の急変であり、装備のあれこれを吹き飛ばしてしまう、とんでもない風でした。

海は恐ろしいばかりに波立ち、人々の逃げる足がもつれます。海面に絹《きぬ》を広げたように光が満ち、雷鳴が烈しく轟《とどろ》きました。頭上に落ちかかると見えてたまらず、這々《ほうほう》の体《てい》で家にたどり着きました。

「まさか、これほどの目に遭《あ》うとは。嵐にはたいてい予兆があるのに、あきれるほど突然だ」

とまどう中、なおも雷鳴は鳴りやまず、雨脚《あまあし》は当たるところを貫《つらぬ》く勢いで叩《たた》きつけます。この世の終わりが来るのかと、人々が取り乱しますが、源氏の君は心静かに経《きょう》を唱えていました。夕方になると雷鳴が少し静まりましたが、強風は夜になっても続きます。

「多くの願掛《がんか》けをした、そのしるしが表れたのだ」

「あと少し海岸に残っていたら、われらも波にのみこまれていたぞ」

「高潮《たかしお》というものは、なすすべもなく人死《ひとじ》にが出ると聞くが、ここまでの例は聞いたことがない」

供人はあれこれ言い合いましたが、夜明けがたになると、だれもが疲れきって寝静まりました。源氏の君もまどろんでいると、夢に異様な姿の使者が現れます。

「宮《みや》のお召《め》しがあったというのに、どうして参上なさらないのだ」

自分を探し歩いていると見てとったとき、はっと目が覚めました。

（さては、わだつみに住む竜王《りゅうおう》が、私をお気に召してつれていこうとしているのだ）

思い当たると気味が悪くてならず、須磨の浦の住まいを耐えがたく思うようになりました。

九

明石《あかし》

暴風雨はいっこうに治まりません。雷も静まらずに何日も続きました。源氏《げんじ》の君《きみ》は、わびしくつらいことが増すばかりで、過去も未来も闇《やみ》としか思えず、気を取りなおすこともできませんでした。

（どうすればいいのだろう。こんな目に遭《あ》ったからと都に逃げ戻っては、まだ朝廷の許しもないのに、ますます笑いものになるだけだ。いっそここより山奥に引きこんで、行方《ゆくえ》をくらませてしまいたいが、波風に恐れをなしたと言い伝えられては、それも後々まで不名誉な話になる）

などと思いわずらいます。夢にはいつも同じ異様な使者が現れ、しつこくつきまとってきます。

雲の切れ間もない日が続くにつれ、都の様子も気になります。しかし、軒《のき》から頭をさし出すこともできない吹き降りでは、便りを届けに来る人もいません。やっとのことで二条院から、貧相な使者が濡《ぬ》れそぼった姿で到着しました。

ふだんに道で行き逢《あ》えば、人か見極めもせず、従者《じゅうしゃ》が追い払ってしまいそうな賤《しず》の男です。けれども、今の源氏の君は親しみと同情を覚えます。我ながらもったいなく、いかに心が挫《くじ》けているか思い知るのでした。

紫《むらさき》の上《うえ》の文《ふみ》を広げます。

「あきれるほど長く降り続く、このごろの荒天を見やれば、空までが私と同じに暗くふさがれて、眺めやる方角もないようです。

〝浦風《うらかぜ》はどれほど吹くのだろう。思いやる私の袖《そで》が涙に濡《ぬ》れて、波の間もないあいだに〟」

悲しげなことが書き集めてある手紙で、読むほうも涙がまさり、文字が見えなくなるほどでした。

使者の男はあまり要領を得ず、たどたどしく語ります。

「都では、この雨風を何かのお告げと見て、仁王会《にんのうえ》（仁王般若経《にんのうはんにゃきょう》の読経《どきょう》）を行うべきだと声が上がっています。けれども、内裏《だいり》の高官のかたがたは、道が不通で出仕《しゅっし》できず、政務も絶えてしまっています」

源氏の君は、都の話であればどんなことも聞きたく、近くに呼んで質問させました。

「都もここと同じく、雨が止む間もなく降り続き、ときどき暴風の吹く天気が何日も続いています。今までになかったことです。地の底に通るばかりに雹《ひょう》が降ったり、雷が鳴り続けたり、空がここまで荒れ狂うのは見たことがありません」

天変におののき、つらい体験に顔を歪《ゆが》ませる使者を見て、須磨《すま》の人々はいっそう心細さを募《つの》らせるのでした。

このまま、この世の終わりが来るのかと見えます。翌日の暁《あかつき》からまた風が強まり、満ち潮が高まり、波の音のすごさは岩をも山をも崩《くず》し去る勢いです。雷鳴や稲光《いなびかり》のすさまじさは言いようもなく、今にも頭上を直撃しそうで、だれ一人気丈さを保ってはいられません。

供人《ともびと》は口々に嘆き悲しみました。

「私がどんな罪を犯したといって、これほど悲惨な目に遭うのだ。父母に再会することもかなわず、愛しい妻子の顔も見ずに死んでいくのか」

源氏の君は、無理やりにも心を静め、こんな場所で命運を極めてなるものかと強く念じました。人々が怯《おび》え騒《さわ》ぐ一方なので、五色《ごしき》の御幣《みてぐら》を用意させます。

「近くの境を守りたもう住吉《すみよし》の神よ。真に仏が垂迹《すいじゃく》なさった神であるならば、われらのこの苦境を救いたまえ」

源氏の君が御幣をささげ、多くの大願を立てると、供人も、いくらか分別が残っている者は心を奮い立てました。わが命《いのち》に替えても、主人の尊い御身《おんみ》ばかりは助けたまえと、声を合わせて神仏を拝みます。

「わが君は、帝《みかど》の宮《みや》深くにお育ちになり、さまざまな享楽《きょうらく》の驕《おご》りがあったといえども、慈悲深さは大八洲《おおやしま》に満ちわたり、不遇な人々を多く救済してこられました。今、何の報《むく》いとて、これほど不当な波風に溺《おぼ》れるのでしょう。天も地も正したまえ、罪なくして罪に問われ、官位を取られ、家を捨て都を離れて、日々の平安なく嘆き暮らしておられる君が、悲惨な境遇で命も果てようとするのは何ごとでしょう。前世の報いかこの世の過《あやま》ちか、神仏が明らかにおられるなら、この愁《うれ》いを取り去りたまえ」

住吉明神《みょうじん》の社《やしろ》のほうを向いて祈り、さまざまに願掛《がんか》けします。さらには、海中の竜王《りゅうおう》、その他の神々にも願を立てたところ、雷がますます激しく鳴り響き、母屋《もや》の渡り廊下を打ちました。

炎が噴き上げ、廊《ろう》は焼け落ちてしまいます。だれもかれも魂《たましい》が抜けたようになり、惑《わく》乱《らん》するばかりでした。

源氏の君の御座所《ござしょ》を、背後の炊事場のある建物に移しますが、身分の上下なく立て込んで、君には不相応に騒がしく、泣きわめく声が雷鳴をかき消すほどでした。空は墨《すみ》をすったように暗いまま、やがては日も暮れました。

ようやく風がおさまり、雨脚《あまあし》も弱まります。雲間に星の光が見えてきました。ふさわしくない御座所が恐縮《きょうしゅく》なので、母屋に戻そうとすると、片側の焼け跡が見苦しい上に、怯え惑《まど》う人々が中を踏み荒らし、御簾《みす》なども吹き飛んでなくなっていました。これでは、夜が明けてからにしようと、人々が探り歩く中、源氏の君はただ念誦《ねんじゅ》して過ごしましたが、心の内は落ち着かないままでした。

月が出ると、高潮がすぐ近くまで迫ったことがありありと痕跡《こんせき》に見えます。君は柴《しば》の戸を押し開け、名残《なごり》の波が荒く打ち寄せるのを眺めました。

この界隈《かいわい》には、分別《ふんべつ》があって事情に精通し、賢明《けんめい》なことが言える人が一人もいません。貧しい海人《あま》たちは、尊い人の住居と集まってきて、君には聞き取れない言葉でさえずっていますが、慣れない心地がしますが、追い払うわけにもいきません。

「風があと少しやまなかったら、潮がここまで上って何一つ残らなかっただろう。よほど神の助けがあったようだ」

だれかが言うのを聞いても、心細いにも程《ほど》がある心境でした。

「〝海の神の助けを得なければ、海流の逆巻《さかま》く中をさすらっていただろう〟」

歌に詠《よ》みましたが、一日中荒れた雷の騒ぎに疲れ果てており、いつの間にかまどろみました。御座所らしくない場所なので、そばにあるものに背もたれてうとうとしていると、父の院《いん》がありし日のままに立ち、源氏の君の手を取って引き起こしました。

「どうして、このようなみすぼらしい場所にいるのだ。住吉の神の導きに従って、舟でこの浦《うら》を離れなさい」

源氏の君は、うれしくなって父に言います。

「尊い父上の御姿《おすがた》にお別れしてからこちら、悲しいことばかりたくさんあります。今は、この渚《なぎさ》に身を捨ててしまいたいものです」

「あるまじきことだ。そなたのこれは、ただいささかの報いなのだ。私は在位のとき、過ちを犯しはしなかったが、知らなかった罪もあるようで、その罪滅ぼしに忙しく、しばらくこの世をかえりみなかった。けれども、そなたが愁いに沈むのを知って、こらえきれずに海に入り、渚を上《のぼ》ってきたのだよ。ずいぶん疲れたが、このついでに内裏《だいり》にもの申すことにして、都に急ぎ上るつもりだ」

父の院は、そう言って去って行くのでした。

「どうかお供にしてください」

源氏の君は話し足《た》りず、泣きながら見上げると、そこにはだれもおらず、月の面《おもて》だけが白く輝いていました。夢とは思えず、父の気配《けはい》がまだ漂《ただよ》っている気がします。空にたなびく雲が胸にしみました。

(この年月、夢にさえお会いできず、恋しくおぼつかなく思っていた御姿を、しばしでもはっきりと面影《おもかげ》に見た。私が悲しみを極め、命も尽きようとしているのを、あの世から助けに来てくださったのだ)

今は、落雷の騒ぎですら感謝したくなり、夢の名残が頼もしく思えて、うれしくてなりません。父の慕《した》わしさで胸がいっぱいになり、現実のつらさを忘れ、もう少し長いお返事をすればよかったと、もどかしく考えます。今一度会えないかと、無理にも目をつぶるのですが、眠気もささずに明け方を迎えるのでした。

渚に小ぶりな舟を寄せて、二、三人の人影が、源氏の君の住まいを目指して浜から上ってきました。

何者かと問えば、彼らは答えます。

「明石《あかし》の浦《うら》から、前播磨守《ぜんはりまのかみ》の入道《にゅうどう》が舟を仕立ててお迎えにまいりました。こちらに、源少納言《げんしょうなごん》がお仕《つか》えしていると聞きます。彼に対面して事《こと》の子細《しさい》を語りましょう」

源少納言とは良清《よしきよ》のことです。良清は驚いて不審がりました。

「明石入道は国の知人で、何年も交流してきましたが、私事《わたくしごと》で少しばかり恨《うら》めしいことがあり、親しい便りを交わさずに久しくなっています。こんな荒波をおして、何があったというのだろう」

源氏の君は、父の夢を思い合わせたので、早く会えと勧めました。良清は舟まで出向き、入道と顔を合わせましたが、あれほど激しい風雨の中、どうして船出などできたのだろうと不思議でなりません。

明石入道は、良清に語りました。

「今月一日、私の夢に、異様な者が出てきて予言をしたのです。信じがたいことではありますが、『十三日に新たな験《げん》を見せよう。舟を仕立てて、雨風がやんだら必ず須磨の浦に舟を寄せるように』と言い置きました。ためしに舟を用意して待ったところ、風雨や雷は少しもやみませんでしたが、それでも、外国にも夢を信じて国を助けた例は多いから、役に立たなくても日を違《たが》えず、夢のお告げを伝えようと舟を出しました。すると、不思議に細く吹き通る風があって、すぐにこの浦に着いたのです。まことの神の道しるべに違いありません。源氏の君もお心に、すでにご存じのことがあるかもしれず、畏《おそ》れ多いながら申し上げてください」

良清がひそかにこの言葉を伝えると、源氏の君は、夢にもうつつにもただならぬお告げが続くことを、あれこれ思い合わせました。

（世間の人がこれを聞き、後世にそしられることを恐れるあまり、真実神の助けであったものに背を向けたら、私はいっそう笑いものになるだろう。この世の人の申し出だろうと、拒《こば》むことには気が引ける。少しのこともよく慎《つつし》み、年長だったり、位が高かったり、人望がまさる人物には、素直《すなお》に従うべきなのだ。謙譲《けんじょう》の心に咎《とが》はないと、昔の賢人《けんじん》も言うではないか。ここまで生死の境をさまよい、世にまたとない辛苦《しんく》を尽くした私なら、後世の名をなくそうとたいしたことではないだろう。ならば、夢の中にも父の院が示された導きを、これ以上どうして疑うことがある）

心を決め、明石入道に返事を送りました。

「不慣れな土地で、思いもよらぬ愁いの限りを尽くしています。都から見舞いや問い合わせがあるわけでもなく、空の月と日ばかりを故郷の友と眺めているところへ、うれしい釣り舟が来訪したものです。そちらの浦には、静かに隠れ住むによい土地があるでしょうか」

明石入道は、この上もなく喜びました。

「とにかく夜が明けないうちに、どうぞ舟にお乗りください」

そこで、源氏の君は親しい供人四、五人だけをつれて、明石入道の舟に乗りこんだのでした。入道が語った通りの風が吹き、飛ぶように明石の浦に着きました。浦づたいに行ける距離とはいえ、ほんの片時でしかなく、じつに奇妙に吹いた風でした。

明石の浜の景色には、たしかに他とは違う風情《ふぜい》があります。住人をたくさん見かけることだけが、源氏の君の望みに反していました。

入道の所有地は、あちらこちら、海辺にも山陰《やまかげ》にもあります。四季折々の楽しみには、渚に苫屋《とまや》を建ててあり、勤行《ごんぎょう》をして後世を願うには、渓流《けいりゅう》ぞいに立派な御堂《みどう》が建ててあり、念仏三昧《ねんぶつざんまい》もできます。現世の老後の蓄《たくわ》えには、秋の田の稲穂を納めておく倉町《くらまち》があります。それぞれが見どころのある立派な建物でした。

この時期、入道の妻や娘は、高潮に怯えて丘の上の別荘に移り住んでおり、浜の館《やかた》には気がねなく入居することができました。

舟から牛車《ぎっしゃ》に乗り移るころ、ようやく日が昇ってきて、明石入道は、光君《ひかるきみ》の姿をほのかに目にします。老いも忘れ、寿命が延《の》びた気がして、笑みくずれてなりません。何より先に住吉の神に感謝して拝みます。月と日の光を一手に得たような心地がして、君のもてなしに身を尽くすのも無理もないことでした。

地所の風光は言うに及ばず、館の建築も風流を心得たものです。木立、立て石、前栽《せんざい》の草花、えもいわれぬ入り江の水など、絵に描いても半端《はんぱ》な絵師の技倆《ぎりょう》では手に負えないほどです。須磨の住みかと大違いで、目の前が明るくなるように君の身になじみました。内装の調度は極上です。都の上流とどこも変わることなく、財力にまかせて風流を尽くした点では、むしろ勝っていると言えるのでした。

移転の気ぜわしさが少し落ち着いてから、都へ文を送ります。二条院から来た使者の男が、難儀《なんぎ》な旅をしたことに意気消沈《いきしょうちん》して、まだ須磨の浦に留《とど》まっていたのを召し寄せ、身にあまるほどたくさんの褒美《ほうび》を与えて、都へつかわすことにしました。

仏道の師や祈禱《きとう》を依頼した僧たち、しかるべき屋敷の人々には、新しい住所とそのいきさつを書き送ります。藤壺《ふじつぼ》の宮《みや》には、世にも不思議な父の院のよみがえりの様子なども書き添えました。紫の上の悲しい手紙への返事は、思うように書き続けることができず、涙をぬぐいながら少しずつ書く様子が、やはり他の手紙とは別格と見えました。

「返す返すも、この世の辛苦を極限まで味わい尽くすことになり、今は、現世を見限って出家したいという思いが募ります。けれども、あなたが〝鏡《かがみ》を見て〟と詠んだ面影が日々忘れられず、これほど心残りなままではと、いくつもの災難のつらさをさしおいて考えてしまうのです。

〝はるかに思いを寄せている。見知らぬ浦《うら》から、さらに遠方へと浦づたいしながらも〟

こうなるとは予想もせず、夢の中にいる気分が覚めやらないので、きっと誤解を呼ぶような文章になっていることでしょう」

源氏の君がとりとめなくいつまでも書いている様子は、供人の目にも好ましく映り、紫の上への愛情深さが思いやられるのでした。供人たちも、それぞれふるさとに心細い便りを書き送ったようです。

雨の止む間がなかった天気は、今では残りなく澄《す》みわたり、浜で漁をする人たちも誇らしげでした。須磨の浦は閑散とした場所で、海人の住みかもわずかだったのに対し、明石の浦には活気があります。蟄居《ちっきょ》する身には不都合だと思ってみても、眺めの違いに楽しくなることが多く、源氏の君の気持ちもなごむのでした。

明石入道は日ごろから勤行に励《はげ》み、よく悟《さと》りすませていましたが、娘の行く末を思いわずらうことだけは、聞き苦しいほど嘆きました。

昔から噂《うわさ》に聞き、関心をそそられた娘だけに、源氏の君も、不思議なめぐりあわせは宿命かと思わなくもありません。

（とはいえ、官位を失ってさすらう身では、仏道に励むことしかできない。紫の上に、書き送ったことと行状《ぎょうじょう》が異なると思われてしまう）

そう考えるので、関心のあるそぶりは見せませんでした。それでも、折《おり》にふれて娘の話を聞かされ、知性もたしなみも平凡ではなさそうだと、どこか気にとめてはいるのでした。

明石入道は、身分に遠慮してなかなか直接には顔を出さず、いつもは離《はな》れた下《しも》の屋《や》に控えています。けれども、できれば一日中目にしていたい源氏の君であり、この念願がかなうようにと神仏に祈り続けました。

年のころは六十ほどであり、小ぎれいで、法師《ほうし》らしく精進《しょうじん》に痩《や》せた姿をしています。その上品さのせいか、頑固《がんこ》で耄碌《もうろく》したところがあっても、人柄まで卑《いや》しくは見えませんでした。ふさわしい教養もあり、源氏の君は、彼の昔語りを聞くことがいい退屈しのぎになりました。

これまで公務にも私事にも忙しすぎて、じっくり耳を傾けることのなかった昔のできごとを、ふとしたついでに教えられます。この明石の土地も入道の人柄も、知らないまま過ごせば損失《そんしつ》だったと感じるほど、興《きょう》に入《い》ることがあるのでした。

そのように親しくなっても、明石入道は、君の気高さに接すると気後れが先立ってしまい、娘の婿《むこ》にとは言い出せないのでした。陰《かげ》では妻に、そんな自分が情けないと嘆いていました。

当の娘は、国司《こくし》の身分でさえ無難《ぶなん》な人がいなかった辺境に、これほど傑出《けっしゅつ》した人が出現したことに驚くだけです。身の程を思い知らされ、はるかな人物とふり仰ぐばかりでした。親たちが縁《えん》を望む様子がうかがえても、不釣り合いとしか考えられません。これまで以上にわが身の愁いが増すのでした。

四月になりました。

衣替《ころもが》えの装束《しょうぞく》や、御座所の几帳《きちょう》の夏の帷子《かたびら》など、明石入道がみずから手配して、高価な品をしつらえて回ります。源氏の君は、いわれもないのに困ったことだと考えますが、入道の人柄に免じて黙っていました。

二条院からも、夏用の物品がしげしげと届きます。

気持ちのいい夕月夜、海上をくもりなく眺めわたすことができて、源氏の君は、住み慣れた二条院の池水を胸の内に重ねます。言い尽くせないほど紫の上が恋しく、今の放浪《ほうろう》は行方も定まらない気がして、眺めやる淡路《あわじ》島の浮き影に、「〝あわと遥《はる》かに〟」と古歌をつぶやくのでした。歌も詠みました。

「〝かすかに淡路島《あわじ》を見る悲しみさえ、隈《くま》なくあらわにする澄《す》んだ月夜の光だ〟」

久しく手もふれずにいた琴《こと》を、袋から取り出し、少しだけつま弾《び》いてみます。そばに仕える人々も平静ではいられず、故郷をしのぶ悲しみにひたりました。

源氏の君は「広陵《こうりょう》」という曲を最後まで弾き続けます。丘の別荘へも、松風や波の響きとともに琴の音色が届き、都から来た若い女房《にょうぼう》などは、さぞ胸にしみたことでしょう。音曲《おんぎょく》を聞き分けもしない賤の者たちさえ、じっとしていられずに、浜風をたどってさまよい出ています。

明石入道もたまらず、毎日の勤行をおろそかにして、浜の館へはせ参じました。

「これでは、背を向けたはずの俗世《ぞくせ》がよみがえりそうです。私が後世に願う極楽浄土《ごくらくじょうど》も、こんな風情かと思うような夜です」

琴を奏する源氏の君は、宮中《きゅうちゅう》の管弦《かんげん》の遊びを懐かしみます。あの人やこの人の演奏、または歌う声がつぎつぎ耳によみがえり、ありし日の父をはじめとして、他の宮人《みやびと》もみずからも、もてはやされた華やかな過去が眼前に浮かびます。現在の有様《ありさま》が夢のようでなりません。

そんな君が掻《か》き鳴《な》らす音色に聞き入る供人も、涙をこらえることができませんでした。

明石入道は、丘の別荘から箏《そう》の琴と琵琶《びわ》を取り寄せ、自分は琵琶法師となって、聞き慣れないおもしろい曲を一、二手、巧みに弾いてみせます。

箏の琴を勧めるので、源氏の君はこれも少しだけ掻き鳴らしましたが、やはり優れた奏者と聞こえました。これほどの名手が弾かずとも、管弦の音の冴《さ》える夜であり、目をさえぎるものもない海景色のもと、近場にそこはかとなく茂った木立には、盛りの花紅葉よりも好ましい瑞々《みずみず》しさがあります。戸を叩《たた》くような水鶏《くいな》の鳴き声が聞こえ、〝どの門《かど》を閉められてか〟と哀れをさそいました。

源氏の君は、よい音の出る琴を、手になじむように弾き馴《な》らしてあることに心をとめます。

「これは、女人《にょにん》が気をそそる風情で、しどけなく弾いているのが似合う楽器だね」

だれとは特定せずに言いますが、入道は心得顔《こころえがお》にほほえみました。

「君の演奏より気をそそるものが、どこにありましょう。とはいえ、この私めは、延《えん》喜帝《ぎてい》（醍醐《だいご》天皇）の琴を相伝《そうでん》して四代になります。身のつたなさで出家して、世間の栄《えい》達《たつ》を忘れましたが、ひどくやるせないときなどは、時折掻き鳴らしておりました。すると、不思議とこれを聞き覚えた者の琴が、いつのまにか先代の御手《みて》に似かよっているのです。山法師の空耳《そらみみ》であって、松風《まつかぜ》を聞き違えているかもしれません。ですが、その音色を、どうにかして君のお耳に入れたく」

言い続けるうち、最後のほうは、わなないて涙をこぼしそうになります。

源氏の君は、琴を押しやりました。

「私の演奏など、琴にも聞こえない人たちの前で弾いてしまったようだね。悔《くや》しいよ」

さらに言葉を続けます。

「不思議なものだが、昔から箏の琴は女性のほうが名手になるようだ。嵯峨帝《さがてい》の御手を継《つ》いで、女五の宮が天下の上手だったそうだが、その筋を後世に伝える人はなく、今では名の知られた奏者でも、うわべを掻き鳴らすにすぎないところだよ。ここに、秘伝《ひでん》を弾きこめた人がいたとは何とも興味深いね。聞かずにいられないよ」

「お聞かせするに何の差しつかえもありません。何なら御前《ごぜん》に召してでも。かの白楽《はくらく》天《てん》は、商人の中でさえ琵琶の曲を愛《め》でたものです。楽器の中でも琵琶こそは、過去にも真の音色を出せる者がごく少数でした。娘はどうやって真《ま》似《ね》たものやら、めったに弾《ひ》き損《そん》じることもなく、心にくく弾きこなす筋《すじ》が他とは異なります。荒波に交《まじ》えて聞くには悲しい音色ですが、胸につもる嘆きも紛《まぎ》れる気がすることがあります」

熱心に語る父親をおかしく思い、源氏の君が箏の琴と取り替えると、入道はたしかに優れた手つきで掻き鳴らすのでした。当世には聞いたことのない筋です。手法が唐《から》めいて、弦を揺《ゆ》する音が深く澄んでいます。

ここは伊勢《いせ》の海ではないものの、声のいい供人に催馬楽《さいばら》の「伊勢の海」を歌わせ、源氏の君も拍子《ひょうし》を取りながら、ときどき声を添えました。すると、入道は演奏を止めて褒《ほ》めそやすのでした。さらには、めずらしい品々を酒の肴《さかな》にふるまい、人々に杯《さかずき》を勧めたので、いつしか望郷の愁いも忘れる夜になりました。

夜が更けるにつれて、浜風が涼しくなります。月の光が入り方になっていっそう澄みわたり、人々が静かになったころ、明石入道はついに胸中《きょうちゅう》を明かしました。

この浦に住みついた決意、後世をたのんでの出家修行、さらには一人娘の話を、問わず語りに語り続けます。源氏の君もさすがに興にのって聞いていました。

「申し上げにくいことではありますが、あなた様がこうも見慣れぬ辺境へ、仮にも移り住んで来られたのは、この老い法師の積年の祈りを神仏が哀れんで、御身をわずらわせたのではないかと、そのように思えてならぬのです。

住吉の神に祈願《きがん》して、すでに十八年になります。娘が小さな女童《めのわらわ》のころから、高貴な方との縁結びだけを願い、毎年春と秋に必ず住吉に参詣《さんけい》させてきました。私の日に六度の仏前修行も、みずからの極楽往生《ごくらくおうじょう》をさしおいて、娘のことばかりを祈念《きねん》しています。この大願にそむく結婚をするときは、海に身を投げろと言い聞かせてきたほどです」

明石入道は、ふつうならあり得ないような話を、途中で泣き泣き打ち明けます。源氏の君も、いろいろ悲しい思いをし尽くしたところではあり、いっしょに涙ぐむのでした。

「いわれのない罪に問われ、思いもよらぬ地方をさすらうのは、何の因果《いんが》かわからずにいたが、今夜の話を聞き合わせると、浅くはない前世の縁があったのだと思い当たるよ。

そこまで承知しながら、今までどうして黙っていたのですか。都を離れて以来、無常の世の味気なさに、仏前修行より他を知らずに月日を過ごして、心もみな挫けてしまった私なのに。ほのかに娘御の話を耳にしても、位もないわが身では忌《い》まわしく思われるだけだろうと、最初から断念していた。しかし、そういうことであれば、あなたにお導きいただきましょう。心細い独《ひと》り寝《ね》の慰《なぐさ》めにも」

入道は、その言葉を限りなくうれしく聞きました。

「〝独《ひと》り寝《ね》の君もご存じか。無聊《ぶりょう》に思い明《あ》かし（明石《あかし》）の浦（うら）淋しさを〟

まして、長年思いわずらう身の心痛を推《お》し量《はか》りください」

身を震《ふる》わせながら言いますが、さすがに歌にはたしなみが感じられます。

「それでも、あなたは住み慣れているのだから。

〝旅衣《たびごろも》の裏（うら）悲しさに明《あ》かし（明石《あかし》）かねて、私の草枕《くさまくら》は夢も結ばないものを〟」

少し打ちとけた源氏の君には愛敬《あいきょう》があり、言い知れない魅力にあふれて見えました。

次の日の昼頃、源氏の君は文を送りました。

教養ある娘と伝え聞くので、あなどれないことが潜《ひそ》んでいるかと考え、高麗《こま》わたりの胡桃《くるみ》色の紙に、入念に整えた文字を書きます。

「〝どこも見知らぬ土地に来て、退屈でわびしく、かすめ聞いた宿のあなたに文を送る〟

〝思うには〟の歌のように」

明石入道は別荘で待ちかまえており、文が届いたと知るや、使者をむやみに饗応《きょうおう》して酔《よ》わせました。

娘は、いつまでたっても返事を書こうとしません。業《ごう》を煮《に》やした入道が、中に入って急がせますが、いっこうに聞き入れません。

気後れするばかりの見事な文を見て、返事の筆跡も恥ずかしく、相手との格《かく》の違いを思い知るのでした。気分が悪いと言って隅《すみ》に寄り伏してしまいます。

どんなに言っても書かないので、しかたなく父親が代筆しました。

「あまりに尊いお手紙で、田舎者《いなかもの》の袂《たもと》には過ぎたようです。これほど栄《は》えあるものを見たこともなかったものですから。とはいえ、

〝わびしさを同じ土地で同じに耐《た》える身は、思いも同じになるものだろう〟

そう見ています。法師にふさわしくないことですが」

文は陸奥《みちのく》紙に、古めかしい筆跡で由緒ありげに書いてありました。

源氏の君は、入道が恋文の代筆までするのにあきれます。文の使者には、高価な裳《も》を褒美に授《さず》けました。

次の日、再び別荘に文をやりました。

「宣旨書《せんじが》き（代筆）の返事は見たことがありません。

〝心も沈んで悩ましいことだ。どのようにお暮らしかと問うてくれる人もいないとは〟

〝言いがたみ〟の歌のように」

今度は、ごく柔らかな薄様《うすよう》の紙に、細く愛らしげに書いてありました。若い女性であれば、これにときめかずにいるのはあまりに野暮《やぼ》というものです。

入道の娘も感動したのですが、あか抜けたふるまいに慣れない田舎娘では、もらう甲斐《かい》がないと考えます。いることを知られなければよかったのに、と涙ぐむのでした。

返事を書かずにいると、父親に責め立てられます。

とうとう、香《こう》をよく焚《た》きしめた紫の紙に、墨の色を濃く薄くまぎらせて書きました。

「〝どのようなお志《こころざし》かと問いたいものだ。見ず知らずの私の何を聞いて悩むというのか〟」

筆跡も歌も、高貴な女人に大きく劣ると思えない優雅さです。都のやりとりに匹敵《ひってき》することに、源氏の君は感心します。あまりしげしげと文をやっては人目に立つので、二、三日を隔《へだ》てながら書き続けました。

所在のない夕暮れ、心にしみる曙《あけぼの》などにかこつけて、折々の感興《かんきょう》を分かち合えるか試したところ、娘の返事も同じほど優れています。その、たしなみ深く気高い様子を知れば知るほど、会わずにいられない思いがしました。

けれども、この娘は、良清が目をつけたと公言して長年求婚している女人です。彼の目の前で望みを挫くのは気の毒だと思いめぐらします。

入道の娘が、みずから浜の館へ出仕するなら、何気なく取りつくろうことができるのですが、当人は思いもよらず、身分の高い女性でもこうはいかないほど気位《きぐらい》高く構えているのでした。小面憎《こづらにく》い態度であり、根《こん》くらべで月日が過ぎました。

須磨の関《せき》より遠く移り住んだことで、二条院の様子はますます気がかりです。源氏の君は、冗談にならないほど紫の上が恋しくなり、密かに呼び寄せようかと、くり返し弱気になります。けれども、このまま何年も過ごすことはあるまい、今さらなことになってしまうと、またもや渇望《かつぼう》をなだめるのでした。

この年、朝廷には神仏のお告げがしきりにあり、人々を騒がせていました。

三月十三日、雷が閃《ひらめ》き、風雨の強まった夜、帝の夢に亡き院が現れて、清涼殿《せいりょうでん》の階《きざはし》のもとに立ちました。怒りもあらわににらみつけており、帝がかしこまって対面すると、多くのことを告げたといいます。源氏の君のことだったでしょう。

たいそう恐ろしくいたわしく、帝は母にこの夢を打ち明けました。けれども、弘徽殿《こきでん》の大后《おおきさき》は取り合いません。

「雨が降りしきる夜は、思い込みから怖い夢を見るものです。軽々しく驚いたりするものではありません」

しかし、亡き院ににらまれ、その目を見合わせたせいなのか、帝は眼病《がんびょう》を患《わずら》って耐えがたく苦しむようになりました。内裏でも大后方でも、平癒《へいゆ》の祈禱を大々的に行います。

その中で、太政大臣《だいじょうだいじん》（前の右大臣《うだいじん》）が世を去りました。寿命と言える年齢でしたが、立て続けに凶事《きょうじ》ばかり起こるので、大后もどこか病気がちになり、それが長びくにつれ体が弱っていきます。帝の嘆きもさまざまでした。

「やはり、源氏の君が、真実の罪なくして地方に身を沈めていては、必ず報いがあるだろうと思っていました。今はもう、彼に元の官位を授けましょう」

帝は何度もそう言いますが、大后は厳《きび》しく諫《いさ》めます。

「世間から、軽率だと非難されるに決まっています。罪を恐れて都を去った人を、短くても三年を過ごす前に許しては、後世へどう言い伝えるやら」

諫めをはばかって行動できず、月日を重ねるうちに、帝も大后もますます病《やまい》が重くなるのでした。

明石の浦は、例年、秋の浜風もよそとは異なります。源氏の君は、独り寝の寝床がつくづくわびしくなりました。

「何とか人目に立たないようにして、娘をこちらに使わしなさい」

ときおり明石入道に言いますが、君がみずから娘のもとへ出かけることは、あってはならないと考えています。

しかし、入道の娘は、浜の館へ参上することはさらさら思い立ちませんでした。

（何もわきまえない田舎人《いなかびと》なら、甘い言葉を真《ま》に受け、軽々しく身をまかせるのだろう。そして、恋人の数にも数えられず、その後は悲しい思いをするのだろう。高望みをする親たちは、私が男を知らずに籠《こ》もっている年月はむやみな期待ができても、私に男の手がついた後は、かえって心痛《しんつう》を増すことになる)

そんなふうに考えています。

(この浦に滞在中、光君と文を交わしただけでも身に過ぎた出来事なのだ。都人《みやこびと》の噂にしか知らず、わずかでも接する機会があるとは思いもしないおかたが、この明石にお住まいになったのだ。遠目だけど、ほのかに御姿も拝見したし、比類なき音色と伝え聞く琴を風に聞いたし、明け暮れのご様子をうかがい知ることもできた。私を、一人前の女と認めてくださった。海人の中で朽《く》ちていく身に、これ以上のことは望めない)

あれこれ思うとますます自分を恥じたくなり、側仕《そばづか》えに参上することなどあり得ないのでした。

両親は進展しない事態を嘆き、手をこまねいています。源氏の君は、季節の波音に耳をとめては何度も口にするのでした。

「約束の音色が聞きたいものだ。そうでなければ、何の甲斐もないだろう」

明石入道は、おのれの心一つで決断します。密かに吉日《きちじつ》を選び出し、娘の母君のためらいをも聞き入れず、弟子たちにも知らせず、娘の身辺を輝くばかり美しく整えました。

十三夜の月が華やかに照る中、君にただ一言「〃あたら夜の〃」と伝えます。

源氏の君には、入道のさしがねがわかりました。

風流ぶっているなと考えるものの、直衣《のうし》に着替えて身なりを整え、夜が更けてから出かけます。館には立派な牛車もありましたが、大げさと考えて騎馬《きば》で行くことにしました。主《おも》だったお供は惟光《これみつ》しかつれて行きません。

別荘は、やや遠く山に入った場所でした。道行く間も、浦の四方を見わたすことができます。入江の月影は、心の通い合う人と見たらさぞ心ゆく眺めだろうと、まずは恋しい紫の上が思いやられ、このまま都まで馬を進めたくてなりませんでした。

「〃秋の夜《よ》の月毛《つきげ》の駒《こま》よ、私の恋しい人の居場所に駆けてくれ。一瞬でも目にしたい〃」

源氏の君は、そんな独《ひと》り言《ごと》をもらすのでした。

丘の別荘は、庭の木立が深く、予期した以上に風情のある住まいでした。浜の館は豪《ごう》壮《そう》で気晴らしもありますが、この奥まった場所にひっそり住んでいては、娘ものの思いをし尽くすだろうと思われます。

入道が建てた御堂《みどう》もこの近くで、松風に乗った鐘《かね》の音《ね》がもの悲しく、岩に根をはる松の姿も趣《おもむき》がありました。前栽でさかんに虫が鳴いています。あれこれ眺めながら行くと、娘の曹司《ぞうし》のあたりはとりわけ磨き立ててあり、月光の射しこむ真木《まき》の戸口が、わずかばかり開けてありました。

入道の娘は、直接会うつもりがなかったので、君がやさしく誘いをかけても拒んで嘆くばかりです。心を開こうとしません。

（まるで、たいした貴人《きじん》のようではないか。もっと身分の高い女人さえ、私がここまで言い寄ったら強情を張らずに従《したが》ったものを。落ちぶれて地方をさまよう身だからと、あなどっているんだろうか）

源氏の君は、悔しく思い悩むのでした。

無理に言うことをきかせるのは、趣味に合わない、根くらべに負けたことだけでも立場が悪いのにと、困惑《こんわく》してあれこれ口説《くど》く様子には、たしかに〝あたら夜の〟情趣《じょうしゅ》を知る人に見せたいものがありました。

そばの几帳の紐《ひも》が箏の琴に触れ、かすかに弦《げん》を鳴らします。娘がくつろいだとき、いつも気ままに掻き鳴らしている姿がうかがえて、興味深いと考えます。

「この、いつも弾いている琴の音くらいは、聞かせてくれないか」

娘の心を解きほぐそうと、さまざまに言葉をかけるのでした。

「〝親密な言葉をかわす人が欲しいものだ。憂《う》き世の夢も少しは覚めるかもしれない〟」

「〝明けない夜に心を惑《まど》わす身では、どこからが夢と区別して語ることもできない〟」

歌を返すほのかな気配が、六条《ろくじょう》の御息所《みやすどころ》とどこか似ているようです。

入道の娘は、気ままな夜を過ごしていたところへ、何の知らせもなく押し入られ、近くの障子《そうじ》に逃げ込んだのでした。どう戸を固めたのか、源氏の君には引き開けることができず、強引な態度も取れずにいます。

けれども、最後まで障子越しでいられるはずがありませんでした。

娘の人柄には気品がそなわり、体つきはすらりとして、いかにも気高い雰囲気《ふんいき》をたたえています。通常あり得ない契《ちぎ》りをもったことに、浅くはない愛情がわいてきます。

会ってますます心を惹《ひ》かれ、源氏の君は、いつもは長く厭《いと》わしい夜がたちまち明けてしまうと感じるのでした。帰る姿を他人に知られまいと気ぜわしく、再会を約束して別れました。

後朝《きぬぎぬ》の文は、厳重に人目を忍んで届けました。紫の上の手前を思い、むやみに気がとがめているのでした。別荘のほうでも心得て、よそに漏《も》れないよう大げさに使者をもてなしませんが、明石入道は、これほど秘密にすることを残念に思っていました。

それからは、源氏の君も、お忍びでときどき丘の別荘にかようようになりました。けれども、少し距離が遠いため、口さがない海人の子に出会うことをはばかって、つい間遠《まどお》になります。

入道の娘は、やはりその程度だったと悲嘆にくれ、明石入道も、極楽浄土を願うのを忘れて君の訪問を待ちわびるのでした。この期《ご》に及んで出家の心を乱すとは、気の毒なことでした。

源氏の君は、この一件が風のたよりに二条院に伝われば、心に隠し立てがあったと思われ、遊びごとでも疎《うと》まれてしまうと、ひどく気に病《や》んでわが身を恥じます。自分勝手なことながら、紫の上への愛情深さではありました。

（あの子も、このごろではよその女人の話を聞き漏らさず、しっかり恨み言を言うようになっていたのに。先だっても、取るに足らない出来心《できごころ》で、紫の上に疎まれたことがあったというのに）

昔を今に取り戻したい思いでした。明石の君と契っても、紫の上の恋しさを慰めるものにはならないのでした。いつも以上にこまごまと長文の文を書きました。

「たしかに、心にもない遊びであなたに嫌《きら》われてしまった件では、今思い出しても胸が疼《うず》きます。それなのに、また、奇妙ではかない夢を見たようです。こうして、問わず語りに打ち明けることで、私の隠し立てのない心を推し量ってください。誓った言葉も思い出して。何ごとにつけても、

〝しおしおと泣けるばかりだ。仮そめの海松布《みるめ》（見る目）は海人の遊びだとはいえ〟」

そんな源氏の君の文に、紫の上は何気ない愛らしい文を返しますが、結びにはこうあ

りました。

「忍びきれない夢語りを聞くにつけても、思い合わせることが多いのですが、〝浦《うら》（裏）も知らずに思っていたことだ。誓《ちか》いの松《まつ》（待つ）を波が越えることはないと〟」

おっとりと書いてはありますが、巧みに恨み言をほのめかしているのでした。

源氏の君は、この文を下に置くこともできずに見入り、その後は久しくお忍びの外泊もしませんでした。

明石の君は、自分が予期した通りのなりゆきに、今こそ本当に海に身を投げてしまいたくなります。

（先の長くない親だけを頼りに生きて、この先、人並の居場所を得ようとは思わなかったけれど。それにしても、娘として過ごした年月には、本当の悩み事などなかったかのようだ。男をもつとは、これほど悩みの多いつらいことだったとは）

以前、想像していた以上に、さまざまに悲しい思いをするのでした。けれども、源氏の君の訪問があったときには、この思いを表《おもて》に出さず、感じのよい態度を保ってもてなしました。

月日とともに、源氏の君も明石の君が好きになりますが、それでも、都の大事な紫の上が何年も心細く過ごしている上、この件をひどく気にかけているのが心苦しく、独り寝で過ごしがちでした。

絵を何枚も描いて、自分の思いを書きつけ、返歌を書き入れられるつくりにします。見る人の心にしみる出来映《できば》えでした。

遠い空の下で心がかよい合うのか、二条院の紫の上も、悲しいもの思いを紛らすことができないとき、同じように絵を描いて過ごしていました。何枚も描いて自分の様子を書き入れ、日記のようにしているのでした。これからどうなる二人だろうと思わせることでした。


年が変わりました。

帝の病のため、世間は動揺《どうよう》しています。当代の帝の御子《みこ》には、承香殿《しょうきょうでん》の女御《にょうご》の産んだ男御子が一人いますが、まだ二歳になったところで、もの心もつきません。

春宮《とうぐう》に譲位《じょうい》するときだと考え、帝は、摂政《せっしょう》として国政を動かす人物をだれにするかと思いめぐらせます。すると、やはり、源氏の君が地方に沈んだことが残念で、不当な処《しょ》遇《ぐう》としか考えられないのでした。ついに大后の諫めに背《そむ》き、源氏の君に許しを与える裁《さい》定《てい》を下しました。

昨年から、弘徽殿の大后はもののけの病に苦しんでおり、さまざまな予兆がしきりに起きて騒がしいのでした。平癒の祈禱を大がかりに行い、一時はやや治まった帝の眼病も、最近また重くなっています。すっかり心細くなった帝は、七月二十日あまりに、重ねて帰還《きかん》を命じる宣旨を出しました。

源氏の君がいつかはと信じたことですが、この無常の世にどうなるかと嘆いていたところへ、降ってわいたような召還《しょうかん》でした。喜びながらも、今は明石の浦の人々をふり捨てて行くことを悲しみます。

このころは、毎晩のように丘の別荘で過ごしていたのでした。明石の君に、六月ごろから懐妊《かいにん》の兆《きざ》しが表れたのです。別れ際にあいにくのことであり、今まで以上に彼女がいとしくなります。何かにつけて心を砕《くだ》く身だと困惑するのでした。

別離を知った明石の君は、当然ながら悲嘆にくれます。都へ戻ればもう二度と明石を見ることはあるまいと、思う源氏の君も胸がつまりました。

君の供人たちは、それぞれの立場で帰還を喜んでいます。都からの迎えの人々も到着して、気持ちが高揚《こうよう》します。明石入道は涙にくれて過ごし、そのまま翌月になりました。

空模様ももの思わしげな仲秋《ちゅうしゅう》の空であり、源氏の君はあれこれ悩み続けます。

（どうして私は、みずから求めて、今も昔も色恋の方面から苦境に陥《おちい》るのだろう）

源氏の君をよく知る供人たちは、いつもの悪い癖《くせ》が出たと見てとり、陰でひそひそと言い交わしました。

「最近まで、周りに気づかせもせず、ときたまお忍びで出かける程度のつれなさだったのに、別れ際になってのご執心とは。かえって明石の人も苦しむだろうよ」

つつき合って、良清の少納言が話を吹きこんだ、ことの始まりを持ち出したりします。良清の胸の内も穏やかではありませんでした。

明後日は都へ出発するという日、源氏の君は、いつものように夜更けを待たずに丘の別荘を訪れました。

今まで、さやかな光で見たことのなかった明石の君の容姿は、たしなみ深く気品にあふれて、思わず賞賛《しょうさん》するものでした。とてもこのまま見捨てることはできず、正式に都に迎えようと決め、相手にもそう語って慰めました。

源氏の君の容姿は、さらに言うまでもありません。勤行で過ごした年月にすっかり顔が痩せて見える点までが、たとえようもなく美しく、明石の君は、これほどの人が身重《みおも》の自分に涙ぐみ、心をこめて将来を約束するのであれば、これ一つを生涯の幸せにしてもいいと思うほどです。とはいえ、君のあまりの美しさに、不相応《ふそうおう》な自分をさらに思い知らされるのでした。

聞こえてくる波の音は、秋の風に響きも異なり、藻塩《もしお》を焼く浜の煙《けむり》は、かすかにたなびいていきます。胸を打つ風物《ふうぶつ》が取り集めてありました。

源氏の君は歌を詠みます。

「〝今は別れる二人だが、藻塩《もしお》焼く煙《けむり》が同じ方向になびくように、あなたも都へつれて行こう〟」

明石の君は返します。

「〝海人が集める藻《も》のように、もの思いが多くても、甲斐《かい》（貝）のない恨《うら》み（浦見）はしないでおこう〟」

哀れに泣くばかりで、口数の少ない人ですが、答えるべきところでは心がこめてありました。

源氏の君は、気になっていた箏の琴をとうとう聞かせてもらえなかったことを、ひどく残念がります。

「お別れなのだから、形見《かたみ》にしのぶ一曲だけでも」

都から携えてきた琴《きん》の琴を、従者に持って来させ、妙《たえ》なる調《しら》べを少しばかり掻き鳴らしてみせます。深夜に澄みきった音色は言い知れなく切なく、明石入道はたまらずに、箏の琴を取って娘のもとにさし入れました。

明石の君も、源氏の君の音色にますます涙を誘われ、こらえきれなくなったのか、そっと琴を奏《かな》でます。高貴な人の手に聞こえました。

（藤壺の宮の琴を、当代一の名手として聞いていたものだが、それは現代風に華やかで、賛美する者の心を満たし、奏者の美しさまでも想像できる音色だった。この音色は、どこまでも弾き澄ましながら、心にくく秘めたものに気をそそる点で優れているようだ）

源氏の君であっても初めて知る音色であり、聞き慣れない奏法《そうほう》ですが、明石の君は気をもたせる程度で弾くのをやめてしまいます。飽《あ》き足《た》らず、これまで強《し》いて弾かせなかったことを悔やみました。さらに熱心に再会を約束します。

「私の琴は、この次合奏するまでの形見に置いていこうね」

明石の君は、さりげなく口ずさみます。

「〝なおざりに頼みおく一言《こと》（琴）を、私は尽きることない音《ね》に泣いて偲《しの》ぶだろう〟」

源氏の君は、信用されないことを恨みます。

「〝会うまでの形見《かたみ》に契《ちぎ》る、中《なか》（仲）の弦《げん》は、異《こと》（琴）なる調《ちょう》に変わったりはしない〟

この琴の調律が変わってしまう前に必ず再会するよ」

そう誓いますが、別離を前にした明石の君が、ひたすら悲しみにくれるのは無理もないことでした。

旅立つ暁は、夜が更けている上に迎えの人々が騒がしく、気もそぞろになりますが、人目を盗んで別れの歌を届けました。

「〃あなたを捨て、立つのは悲しい浦波《うらなみ》の私。後の名残《なごり》はどのように思われるだろう〃」

明石の君も返します。

「〃年を経《へ》た苫屋《とまや》も荒れてしまうだろう。憂《う》き波が返すままに身を投げてしまいたい〃」

真実そう思っているのがうかがえて、返歌を見た源氏の君は、こらえようとしても涙がこぼれました。

何も知らない人々は、君の涙を見て、こんな辺境の住まいでも何年も住めば名残惜《お》しいのだろうと考えていました。しかし良清は、主人の明石の君への執着を見て取って、憎らしいことだと思っていました。

源氏の君は、難波《なにわ》の瀬に立ち寄ってお祓《はら》いをすませます。住吉明神の社にも使者をやり、無事の帰郷と日を改めての御礼参《まい》りを報告させました。急な旅で自由がきかず、本人が参拝《さんぱい》に出向けなかったのでした。他に名所旧跡を遊覧《ゆうらん》することもなく、急ぎ足で都に入ります。

二条院に到着すると、待っていた人々も旅の人々も、夢かと顔を合わせ、だれもがうれし泣きに泣いて、空恐ろしいほどの騒ぎになりました。紫の上も、生きる甲斐がないと思っていた命を、辛抱《しんぼう》して生きながらえてよかったと思ったことでしょう。

この年月に、美しく成長して容姿がさらに整い、悲しいもの思いを続けたせいか、かさが多すぎるほどだった髪が少し減っているところも、いっそうの見映えがしています。

（ようやく、こうして、この人をいつでもそばに見ていることができる）

源氏の君は、たえまなく恋し続けた心がやっと落ち着く思いです。そうなると、名残惜しく別れた明石の君を思い出し、どれほど悲しんでいるだろうと気に病むのでした。いつになっても、この方面では心の休まらない性分《しょうぶん》と見えます。

紫の上との語らいにも、明石の君とのいきさつを残さず打ち明けました。思い出が心を占めている様子を見て取り、紫の上も、ただならないと感じたようでした。

「〝身をば思わず〟」

大げさには言わず、古歌の一節で、心変わりの罪をほのめかします。機知《きち》に富んで愛らしい態度でした。これほど会えば会うほど飽きない相手と、どうして何年ものあいだ離れていなければならなかったのかと、改めて世の中が恨めしくなるほどでした。

帰還してまもなく、源氏の君の官位は元にもどり、さらに員外《いんがい》の官である権大納言《ごんだいなごん》に昇進します。君に従う人々も、ふさわしい限りは元の官位を返されました。再び都に返り咲いた様子は、枯木に春が廻《めぐ》ったようであり、だれもがめでたげでした。

帝のお召しがあり、内裏に参上します。

御前《ごぜん》に拝《はい》する源氏の君の姿には、年齢を加えた風格がそなわっていました。内裏に仕える女房たち、特に亡き院を知る年老いた女房などは、これほどの君がどうしてみすぼらしい辺境で暮らしたのかと、今さらに泣き騒いで悲しみ、褒めちぎるのでした。

帝は、源氏の君に対面することに気後れを感じ、入念に身なりを整えてから接見の場に臨《のぞ》みます。病に伏せって久しいので、体はかなり衰弱していますが、昨日今日は少しだけ気分がよくなっていました。

二人は、しんみりと話を交わして夜になりました。十五夜の月の美しい静かな夜であり、帝は、昔のことを思い浮かべて涙をこぼします。心細くなったのでしょう。

「最近は、こうした宵《よい》に管弦の遊びもせず、昔はよく聞いていた名手たちの音色も聞かないまま、年月が過ぎてしまったよ」

源氏の君は、歌を詠みました。

「〝蛭子《ひるこ》神の足が三年立たなかったように、うらぶれて過ごしたまま年月が立ったことだ〟」

帝は胸を打たれ、恥じ入る気持ちになります。

「〝宮柱《みやばしら》を廻《めぐ》って、再会することができたのだから、別れた春の恨《うら》みを残さないでほしい〟」

同じ国生み神話をふまえて返す歌は、さすがの帝の優雅さでした。

源氏の君は、何よりも先に、亡き院のための法華八講《ほっけはっこう》を行うことを急ぎます。

春宮御所に参上してみれば、春宮が格段の成長を遂げていて、源氏の君の再訪をめずらしがり、喜ぶ様子が胸にしみました。学問にも長じ、帝となって治世を保つにふさわしく英明《えいめい》だと見えます。

藤壺の宮には、心を静めてこれを伝えました。再会しての二人の会話には、さぞ奥深いものがあったことでしょう。

明石の君には、都から引き返す人々にもたせて文を送ります。紫の上には隠しながらも、心こまやかに書きました。

「返す波の寄せる夜は、いかがお過ごしか。

〝嘆きつつ明かす明石の浦は、さぞ朝霧《あさぎり》が立っただろうと、あなたのことを思っている〟」

源氏物語
紫の結び一

荻原規子(おぎわら・のりこ)
東京に生まれる。早稲田大学教育学部国語国文学科卒。著書に勾玉三部作『空色勾玉』『白鳥異伝』『薄紅天女』(徳間書店)。『風神秘抄』(徳間書店)で産経児童出版文化賞・JR賞、日本児童文学者協会賞、小学館児童出版文化賞を受賞。他に「RDG レッドデータガール」シリーズ「西の善き魔女」シリーズ(KADOKAWA)、『あまねく神竜住まう国』(徳間書店)など。五年をかけて源氏物語を全訳、「荻原規子の源氏物語　全七巻」(理論社)にまとめる。

参考文献 「新日本古典文学大系　源氏物語」(岩波書店)

訳者　荻原規子
発行者　鈴木博喜
編集　芳本律子
発行所　株式会社 理論社
〒101-0062　東京都千代田区神田駿河台2-5
電話　営業 03-6264-8890　編集 03-6264-8891
URL　https://www.rironsha.com

2013年8月初版
2023年11月第5刷発行

本文組　アジュール
印刷・製本　図書印刷

ISBN978-4-652-20033-9　NDC913　四六判　20cm　367P